KB120179

비워야 산다

비워야 산다

채워도 채워도
허기진 현대인을 위한
여섯 현자의 메시지

지율, 박기호, 이남곡, 임락경, 칫다다, 서영남 지음

서문

비움으로써 사랑의 곳간을 채우는 우리 시대 현자들

현기증 나는 세상이다. 넘쳐나는 온갖 상품과 시설, 그리고 그것들이 서로 충돌하지 않고 작동할 수 있도록 도와주는 온갖 법률과 제도들에 둘러싸여 정신없는 나날을 보낸다. 우리는 이 모든 움직임의 배후에 물질이 있다고 믿는다. 그 대표적인 것이 돈과 권력이다. 돈은 물질을 획득할 수 있는 수단이고, 권력은 물질을 획득할 수 있는 능력이다. 그렇기 때문에 현대인들은 물질이든 무엇이든 많이 소유할수록 성공한 것으로 믿는다. 바야흐로 물질만능의 시대이다. 그러나 과연 그럴까? 눈에 보이는 물질이 우리가 사는 이 세상을 통제하고 있을까? 사실은 그 반대이다. 보이지 않는 것이 보이는 것을 통제한다. 물질은 인간의 정신과 의지가 작동하는 매개체이자 결과일 뿐이다. 그런데도 사람들은 매개체에 불과한 물질에 온 정신과 마음을 쏟는다. 거기에 행복이 있다고 믿기 때문이다.

2010년 10월부터 6주 동안 서울 정동프란치스코회관에서 '우리 시대 무소유를 묻는다'라는 주제로 즉문즉설 형식의 대중강연이 열렸다. '생명평화결사'가 해마다 실시하는 기획 강연의 하나로 우리 사회의 정신적 사표가 되는 선지식들을 모셔 시대의 화두를 함께 생각해보는 자리이다. 모실 강사는 후원기관인 〈한겨레〉와 생명평화결사가 함께 머리를 맞대고 선정하였다. 강연의 기획과 사회를 맡은 사람으로서 이런 분들을 한자리에 모시는 것도 영광스러웠지만 바로 곁에서 보고 배울 수 있어 더욱 좋았다. 그러나 주제가 주제인 만큼 섭외과정이 순탄치 못했다. 대부분 전화를 받자마자 난색을 표시했다. "어이쿠, 나는 무소유가 아네요. 오히려 너무 가진 게 많아 탈입니다." 그 누가 이 물질만능 시대에 자신 있게 무소유를 주장할 수 있을까. 이분들은 스스로 많이 가졌다고 엄살을 부렸지만 보통 사람들과 비교해보면 거의 무소유에 가깝게 살고 있다. 그런데 실제로 이분들이 많이 갖고 있는 것이 있었다. 아무리 퍼주어도 마르지 않는 사랑과 지혜라는 재산이다.

첫 강연자인 지율 스님부터 '산위의마을' 공동체의 박기호 신부, '좋은마을'의 이남곡 선생, '시골교회'의 임락경 목사, 요가수행 단체 '아난다마르가'의 칫다다, 마지막 강연자인 서영남 민들레 국수집 주인장까지, 이들은 어쩌면 우리 사회의 이단아 혹은 몽상가일 수도 있다. 보통사람의 처지에서 보면 듣기는 좋은데 현실에서 실천하기에는 너무도 힘든 삶을 천연덕스럽게 살아내고 있기 때문이다. 여섯 분의 강연을 다 듣고 나서 생각해보니 무소유라는 것이 단순히 아무것도 갖지 않은 상태를 의미하는 것이 아님이 분명해졌다. 물질적으로 아무것도 없이 산다는 것 자체가 말이 안 된다. 물질과 마음의 관계를 어떻게 설정하고 사는가에 따라 무소유에 대한 규정이 달라질 수밖에 없다. 단순소박함을 고집하는 사람에게는 최소한의 물질적 소유가 더 중요하게 여겨질 것이고, 물질을 통한 마음의 소통에 의미를 두는 사람에게는 물질의 분배가 더 중요할 것이다. 극단적 예로 억만장자이지만 자기 소유를 주장하지 않고 끊임없이 물질의 사회적 소통을 실천하는 사람도 무소유의 삶을 산다고 말할 수 있다. 강연자들의 삶의 궤적과 주장은 저마다 달랐지만 '함께 나누고자 하는 마음'과 '사회적 약자에 대한 연민' 그리고 '진리를 추구하는 집요한 의지'만큼은 공통적으로 발견할 수 있었다.

모신 분들이 대부분 공동체와 관련이 있는데 이는 무소유라는 주제에 적합한 분을 찾다 보니 그리 되었다. 아무래도 공동체에 살거나 공동체를 추구하는 사람은 일신의 영화보다는 모두가 함께 잘 살기를 바라기 때문이다. 강연 내용에 무소유에 대한 직접적 발언은 그리 많지 않다. 무소유는 설명이 아니라 구체적 삶을 통해 이해될 수 있는 것이기에 자연스럽게 그리 되었다. 물질이 없으면 당장이라도 무력감에 빠져 아무 일도 할 수 없을 것 같은 세상에 물질의 구속을 벗어나 자신의 뜻대로 사는 이분들의 이야기가 아무쪼록 우리 사회에 한줄기 바람이 되었으면 좋겠다.

나는 지난 10여 년간 순례다, 공동체 탐방이다, 강연이다 하여 참으로 많은 곳을 돌아다녔다. 가는 곳마다 스승으로 삼고 싶을 정도로 도력이 높은 분들을 만나 깜짝깜짝 놀라곤 한다. 이 땅에는 골짜기와 마을마다 도인이 한 분씩 있다고 말해도 과언이 아니다. 이런 분들이 있기 때문에 겉보기에 다 썩어 곧 무너질 것 같은 사회가 무너지지 않고 그런대로 유지되고 있다고 생각한다. 생명평화결사의 즉문즉설은 앞으로도 계속될 것인데, 나는 여건이 허락하는 한 이분들을 모셔다 대중들과 함께 그 향기를 나누고자 한다.

2011년 6월, 바우 황대권

(《야생초편지》의 저자. '생명평화결사' 전 운영위원장. (사)생명평화마을 촌장)

CONTENTS

ⓒ한겨레

지율 스님

양산 통도사에서 청화 스님을 은사로 출가해 선방에서 지내다 1997년 구족계를 받고 1998년부터 수행생활을 시작했다. 2000년에 공부하러 내원사에 왔다가 포클레인이 산을 뚫고 길을 내는 장면을 보고 마치 어린아이가 강간당하고 구타당하는 듯한 느낌을 받았고, 그때부터 천성산 지킴이로 나섰다. 2003년 5월부터 네 차례에 걸쳐 무려 242일간 단식을 했지만 천성산 터널은 결국 개통됐다.

그 후 교통편조차 거의 닿지 않은 영덕의 두메에서 살며 하루 5000원짜리 손수건 한 장씩을 수놓아 판 돈 월 15만 원으로 무소유적 삶을 살았다. 그러다 2009년 4대강 개발 현장인 낙동강에서 천성산보다 100배, 1000배나 더 많은 생명이 파괴되는 모습을 보고 다시 현장으로 나가 생명의 고통을 세상에 전하고 있다.

나는 소유하고 있다,
햇살과 바람과 구름을

알렉산더 대왕의 두 손을 보라

? '무소유'라는 단어가 평범한 우리의 머리에 각인된 것은 아마도 타계하신 법정 스님이 《무소유》라는 책을 쓰신 이후부터가 아닐까 생각합니다. 어떤 의미에서, 법정 스님은 세속을 떠난 분이셨기에 무소유가 가능한 게 아니었을까 생각도 들고요. 오늘을 사는 보통사람들에게도 무소유의 철학이 필요한가요?

저는 세속을 떠난 사람이기에 밖으로 나오는 일이 드물고 강의를 다니는 일은 더 드뭅니다. 전화를 받고 주제가 무소유라고 해서 펄쩍 뛰었습니다. 다른 사람들보다 조금 불편하게 살아왔고 그런 삶을 즐거워했을 뿐 무소유를 생각하면서 살지는 않았기 때문이지요. 저는 법정 스님의 책도 읽지 않았습니다. 무소유를 실천하느냐 안 하느냐의 문제를 떠나 그에 대한 아무런 의식이 없었던 것입니다. 그래서 무소유는 사실 조금 불편한 화두입니다.

무소유가 주제라는 말을 듣고 제 스스로에게 질문을 던졌지요. "무소유는 과연 무엇인가?" 금방 답을 내릴 수 있는 것은 아니지만 가지거나 가지지 않거나의 문제가 아니라고 일단 결론을 내렸습니다. 삶의 방식에 대한 질문인 것이죠.

'평범한 보통사람들에게도 무소유의 철학이 필요할까?'라는 질문 역시 대답하기 쉽지 않습니다. 각자 삶의 방식의 하나로 받아들여야 할 것입니다. 현대 사회에서 보통사람들이 완전한 무소유 상태로 살 수는 없을 테니까요. 그러나 저는 세속을 떠난 삶이기에 소유를 잘 모릅니다. 그 덕분인지 아니면 그 결과인지 무소유 역시 잘 모릅니다.

다만 현재 제가 머무는 곳에서 무소유의 의미를 이야기할 수는 있습니다. 세상의 어떤 것들을 마음에 두고 즐기는 일이 별로 없으므로 그런 의미에서의 무소유라면 여러분께 몇 가지 말씀을 드릴 순 있겠습니다.

? 저는 씨알사상을 공부하고 있습니다. 씨알을 공부하는 사람은 너무 많이 가지면 안 된다고 말합니다. 그것과 무소유는 다른 것인가요?

씨알사상에 무소유의 가르침이 있는지는 제가 잘 모르겠습니다. 그러나 어느 종교를 막론하고 '더 많이 가지라'고 가르치는 종교는 없습니다. 내 것을 남에게 베풀라는 가르침이 훨씬 더 많지요. 많은 사람들이 종교를 가지고 있음에도 불구하고 그 가르침대로 행동하지 않는 이유는 무엇일까요? 어쩌면 탐심이 가장 큰 이유일 것입니다.

우리는 어디서 왔는지도 모르는 존재입니다. 강가에서 모래 한 줌을 손에 올려놓고 바라보면 인간은 모래 한 알이라는 느낌이 듭니다. 그 모래는 어느 산에서, 어느 바위에서 구르고 굴러 여기까지 왔을까요? 수억만 번 쪼개져서 모래가 된 존재, 그게 바로 우리 인간이 아닐까요. 그 사실을 깨닫는 순간 존재에 대해 겸손해지고, 친밀해지고 많이 알게 됩니다. 그 이상의 것은 중요하지 않습니다.

나는 (환경) 운동을 하면서 때로는 울기도 하고, 분노도 하고, 싸우기도 합니다. 그러나 그런 것은 중요치 않습니다. 우리는 온 곳도 모르고 가는 곳도 모른 채 삶을 사는 것입니다. (당신이) 어쩌다 보니 많이 가지고 있을 수는 있습니다. 문득 너무 많이 가졌다고 느끼면 그것을 나누면 됩니다. 자기가 가진 것을 나눌 수 없으면 그게 바로 탐심이며 소유입니다.

얼마 전 구미에서 한 스님을 만났습니다. 몹시 추운 날씨였는데 제가 여름옷을 입고 있어 고생이 이만저만이 아니었습니다. 저는 스님이 된 후 옷을 얻어만 입었기 때문에 막상 필요한 상황에도 사 입는다는 것이 너무 낯설었어요. 마침 그날 만난 스님과 목적지가 비슷해서 함께 가기로 했는데 스님이 그 자리에서 당신이 입고 있던 옷을 벗어 제게 주었습니다.

"이 옷을 제게 주면 스님은 무엇을 입습니까?"

"걱정하지 마세요. 저는 겨울옷이 또 있습니다."

감사히 그 옷을 받았는데 가장자리가 다 헤진 낡은 옷이에요. 이렇게 꼭 필요할 때 망설이지 않고 옆 사람을 위해 기꺼이 자신이 입고 있던 옷을 벗어주는 게 무소유가 아닐까 합니다. 추위에 떠는 사람이 있으면 즉시 옷을 벗어주고 굶주리는 사람이 있으면 그 자리에서 따뜻한 밥 한 그릇을 대접하는 것. 하지만 소유하려는 욕심이 강하면 차일피일 미루게 되지요. 내가 좀더 부유해진 다음에 베풀어야겠다고 결심하지만 정작 영원히 부유하지 못하다고 여기니까요.

부처님은 돌아가실 때 관 밖으로 두 발을 내놓았고, 알렉산더 대왕은 죽은 뒤 관 밖으로 두 손을 내놨습니다. 세계를 정복했고 그 많은 영토를 가졌던 왕도 결국 죽을 땐 아무것도 가져가지 못했습니다. 반면 부처님은 두 발로 걸어 다니며 그렇게 많은 설법을 하시고, 그 족적을 남기고 가셨습니다.

얼마 전 4대강 공사 현장에서 마애부처님의 형상이 보였다는 뉴스를 듣고 달려가 부처님을 뵈었습니다. 그 모습을 보며, 아 부처님이 다시 오셨구나 생각했습니다. 단순한 형상이 아니라 실제로 이 아픈 강가에 오셔서 당신이 오신 뜻을 보여주고 계시는구나 싶었지요. 뭇 생명이 죽어가는 강가에 인연이 아니면 오지 않으셨겠구나, 그런 생각이 들더군요.

부처님은 삶 전체를 통해 무소유를 보여주셨습니다. 왕자의 직위를 버리고, 자기가 가진 모든 재물, 영광, 명예, 권력을 다 버리고 가장 낮은 곳으로 내려가셨습니다. 그러나 엄밀히 따져보면 가장 많은 것을 가졌습니다. 이 세상 그 누구보다 아름답고 위대하고 영원한 것을 소유했지요. 그것은 무엇일까요? 청정한 마음, 평화로운 마음, 사랑하는 마음, 베푸는 마음, 깨끗한 마음입니다. 이러한 마음은 세상 그 어떤 보석보다 가치 있고 아름답습니다. 이 아름다운 것들은 누구나 가질 수 있습니다.

어떻게 가질 수 있을까요? 누구나 가질 수는 있으나 또 누구도 가질 수 없습니다. 마음을 비워야 하기 때문입니다. 내 손에 꼭 쥐고 있는 것을 버려야 가능합니다.

©한겨레

"지도로 보는 땅은 기호에 불과하지요.
인간이 소유하는 땅은 살아 있는 생명체가 아닌,
허상의 기호에 불과하지요."

물론 쉬운 일은 아닙니다. 인간의 삶이 물질로 이뤄지는 자본주의 사회에서 물질을 완전히 버릴 수는 없으니까요. 단지 그것들에 구속되거나 그 자체가 목적이 되어서는 안 됩니다.

제가 만약 부동산 개발업자라면 땅을 어떻게 볼까요? 가장 먼저 지도를 통해서 땅을 봅니다. 지도책을 펼쳐놓고 주소를 찾아 어떤 모양인지, 인근에 어느 도시가 있고, 얼마나 넓은지를 봅니다. 여유 있는 개발업자라면 비행기를 타고 땅을 볼 수 있을 것입니다. 그러면 지도에서 보는 것보다 더 현장감이 있지요. 실제 땅의 면적을 감지할 수 있고 땅 위에 무엇이 있는지도 알게 되지요. 그러나 정말 그럴까요? 지도를 펼쳐놓으면 그 땅의 진짜 모습이 눈에 들어올까요? 비행기를 타고 하늘에서 내려다보는 땅이 실제의 땅일까요?

실제의 땅은, 그러니까 진짜 땅은 우리 눈앞에 펼쳐져 있습니다. 그 땅을 보기 위해서는 직접 그곳을 찾아가 내 두 발로 걸어보아야 합니다. 발로 디뎌야 하고 내 눈으로 보아야 하고 손으로 만져보아야 합니다. 땅의 흙을 쥐어보아야 땅의 실제를 느낄 수 있으며 강물소리를 들어야 강의 참모습을 확인할 수 있습니다. 하늘에서 보는 땅은 실제가 아니라 허상입니다. 하물며 지도로 보는 땅은 그저 기호에 불과하지요. 그 허상의 기호를 인간은 소유하고 있을 뿐 땅의 진짜 주인은 될 수 없습니다. 인간이 소유하는 것과 무소유도 그런 차이가 아닐까요.

24시간 켜진 등이 우리를 기쁘게 하는가

? 천성산 터널 반대운동이 일어났을 때 스님은 "이곳에 뚫지 말라"고 하지 않으셨지요. 그 이유는 무엇입니까?

만약 내가 "이곳은 절대 안 된다"라고 강하게 반대 의사를 표시한다면, 그 말은 곧 "이곳은 안 되지만 저곳은 된다"라는 의미로 해석할 수 있겠지요. 산에 터널을 뚫으면 자연이 아프고 그것을 바라보는 우리의 마음도 아픕니다. 그 아픔을 알기에 '이곳은 안 된다'라고 말하지 않은 것입니다.

즉 내 아픔을 다른 사람에게 떠넘길 수 없었기 때문입니다. 내가 아팠기 때문에 다른 존재가 아플 것이라는 사실을 잘 압니다. 그걸 번연히 알면서도 '이곳은 안 된다'고 주장할 수는 없지요. 그래서 반대하지 않은 것입니다.

? 법정 스님의 책에 비슷한 내용이 있습니다. 난초를 애지중지 키우다 보니 결국은 난초에 사로잡힌 자신을 발견하게 되지요. 그것이 소유의 탐심임을 깨닫고 다른 사람에게 주자 큰 해방감을 느낍니다. 그 부분을 읽으면서 약간 반발심이 들었습니다. 받은 사람 역시 난초에 구속되는 것은 아닐까라는 생각이 들었기 때문이죠.

무소유의 개념을 해방과 구속의 관점에서 풀이하는 인식이 흥미롭습니다. 그러나 저는 좀 다르게 봅니다.

제가 낙동강으로 다시 나오기 전에 한동안 오지 마을에서 머물렀습니다. 요즘 세상에 그런 곳도 있을까 싶을 정도로 외진 곳입니다. 5일에 한 번 차가 들어오는 곳이니까요. 마지막 100일 단식 후유증으로 걸음도 잘 못 걸을 때 그 마을로 들어갔습니다. 10여 가구가 모여 사는 곳입니다.

제가 그곳에 들어가자 동네 어르신들이 손을 내밀어 잡아주셨고 음식도 마련해주셨습니다. 그분들과 함께 농사를 지으면서 차차 몸이 회복되었지요. 처음엔 그냥 시골 오지라고만 생각했습니다. 이런 곳에 무슨 문화가, 이를테면 오지 문화가 있을 것이라고는 꿈에도 생각하지 않았습니다. 그런데 그곳 사람들은 다양하게 세상을 즐기면서 살아가더군요. 겨울에는 힘을 모아 멧돼지를 잡고, 가을에는 노루를 잡습니다. 여름에는 망둥이를 잡고, 봄에는 바다로 나가 물고기를 잡습니다. 그야말로 자연이 가진 풍요로움을 즐기며 살아갑니다. 자연의 언어를 들으며 욕심 없이 살아가는 사람들이지요. 그래서 마음이 활짝 열려 있습니다.

그곳 어르신들은 도시 사람들처럼 저에 대해 선악의 개념을 가지지 않았습니다. 나를 훌륭한 사람이라고 우러러보는 사람도 없고 나쁜 일을 하다가 숨어든 사람이라고 손가락질하는 사람도 없었습니다. 다만 "나라를 상대로 힘든 싸움을 하고 우리 마을에 오신 스님이다"라고, 있는 그대로 바라보는 것입니다.

연세가 많은 동네 할아버지 한 분이 한국전쟁 참전 후 받은 훈장을 늘 달고 다니셨지요. 국가를 위해 청춘을 바친 것을 자랑스럽게 여기는 것입니다. 그것을 나무라는 사람도 없고 부러워하는 사람도 없습니다. '그저 훈장은 훈장이다'라고 있는 그대로 받아들일 뿐이지요. 그런데 어느 날 그 할아버지의 가슴에서 훈장이 사라졌습니다. 제가 궁금해서 물었지요.

"훈장을 왜 떼셨어요?"

"어젯밤에 거울을 보면서 떼어냈소. 가만 생각해보니, 이 훈장은 동포들끼리 싸운 보상으로 받은 것 아니겠소. 여태 그걸 몰랐는데 부끄러운 생각이 들었단 말이지. 동포에게 총을 겨눈 것이 뭐 자랑이라고……."

이데올로기나 정치를 떠난 순수한 마음이지요. 그것은 자연에서 배운 것입니다. 자연은 우리에게 사시사철 가르침을 줍니다.

그 마을에는 기계라고는 몇 개에 불과합니다. 소가 논을 갈고, 낫으로 벼를 베고 수확을 합니다. 그러니 큰 부자가 있을 수 없지만 마을 사람들 중에 빚이 있는 사람 또한 아무도 없습니다.

큰 밭이라고 해봐야 300평 정도이고 논은 열 마지기를 짓는 사람이 별로 없습니다. 그 작은 밭에 모든 곡식을 다 심어서 먹습니다. 작은 밭은 그야말로 곡식의 전당이라고 할 수 있지요. 상추, 배추 같은 것은 당연하고 도라지, 더덕, 인삼까지 심지요. 보통 곡식 열 가지, 채소 열 가지를 심어서 수확합니다. 아침저녁으로 먹고 이웃과 나누고 그래도 남으면 장날에 내다 팝니다. 소도 한 마리씩 키우면서 여유 있고 풍족하게 살아갑니다. 그 외엔 아무것도 없지만 부족한 것은 하나도 없습니다. 오히려 언제나 남지요.

그곳을 떠나 지금은 상주의 한 동네에서 지냅니다. 그곳 역시 번화한 곳은 아니지만 전에 살던 오지 마을에 비하면 크게 발전한 곳입니다. 동네 사람들은 수만 평씩 땅을 갖고 있어서 굉장한 부자라고 할 수 있지요. 땅값도 비교가 안 되게 비쌉니다. 오지 마을은 1200~1300원이 공시지가였는데 이곳은 최소 5~6만 원이 나갑니다. 수십 배, 수백 배 부자지요. 그런데 나중에 알고 보니 동네 사람들 중에 빚이 없는 사람이 없습니다. 전부 빚을 내서 빚으로 살아갑니다. 큰 논밭을 유지하기 위해 경운기, 트랙터, 트럭, 승용차, 오토바이를 구입하고 커다란 과일창고를 지었습니다. 문명의 기계란 기계는 전부 들어와 있는 것입니다.

오지 마을은 해가 지고 어두워지면 모두 집으로 돌아가 저녁을 먹고 난 다음에는 편안하게 쉽니다. 가족들끼리 오순도순 이야기하고 동네 사람들끼리 모여 음식도 먹으면서 정담을 나누지요. 그러나 상주에서는 그러지 못합니다. 새벽부터 밤늦게까지 일을 합니다. 자정이 되고 온통 사방이 어둠에 잠겨도 일을 멈추지 않습니다. 동네 사람들과의 대화는 말할 것도 없고 가족들 간의 대화도 드뭅니다. 과연 어느 쪽이 더 행복한 삶이라 할 수 있을까요? 문명이 있는 삶과 없는 삶, 누가 더 인간다운 삶을 살고 있을까요?

지금 정부에서는 4대강 사업을 벌이고 있습니다. 그것이 만들어지면, 그 굉장한 문명의 공간이 우리를 더 행복하게 해줄까요? 문명이 더 확대되었으니 우리는 더 인간다워질까요? 가족 간의 대화가 더 늘어나고 마을 사람들과의 정이 더 깊어질까요? 하루 종일 켜진 불 속에 있는 삶이 과연 평화로운 삶일까요?

이 질문에 빗대어 무소유를 생각할 수 있습니다. 제가 생각하는 무소유는, 가지고 있느냐 없느냐의 문제가 아니라 질문 방식의 문제입니다. 어떤 질문을 가지고 이 세상을 살아가느냐는 것이지요.

저는 외등이 없는 곳에서 살았습니다. 어둠 속에 빛이라고는 아무것도 없었습니다. 그저 방 안에 작은 등 하나 켜놓고 살았지요. 그래도 누릴 수 있는 것이 너무나 많았습니다. 나뭇잎에 반짝이는 달빛도 느끼고, 고요 속에 있으면 바람이 지나는 길들이 느껴집니다. 바람은 하늘에서 불기도 하고 땅에서 위로 올라가기도 합니다. 어둠 속에 가만히 앉아 바라보면 그 바람의 결들이 보입니다. 별들이 뿜어내는 빛들도 보이고 자연이 속삭이는 소리도 들립니다. 빛 하나 없이도 엄청나게 많은 것들을 누린 것이지요.

하지만 문명이 발달한 곳으로 나와서는 그런 자연의 즐거움을 누릴 수 없었습니다. 문명의 기계는 외진 마을보다 수십 배가 더 많았으나 마음속은 텅텅 비고 말았습니다. 예컨대 4대강 사업도 그런 것입니다. 완성되고 나면 우리의 문명은 또 발달한 것처럼 보이지만 실제로는 많은 것을 잃게 됩니다. 겉으로 보기에는 부자가 되었으나 속으로는 빚쟁이가 되는 것입니다.

우리 삶에 진정 필요한 것은

? 4대강 이야기가 나온 김에 그와 관련된 질문을 하겠습니다. 그 사업으로 삶터를 잃은 농민이 2만 명에 달한다고 합니다. 이대로 완공된다고 가정하면 그 숫자는 더 늘어나겠지요. 대통령은 연설에서 4대강 살리기는 생명 살리기라고 했습니다. 그러나 남한강 쑥부쟁이가 죽고, 수많은 물고기와 조개들이 폐사했습니다. 대통령이 말하는 생명 살리기를 어떻게 생각하십니까?

강은 강 자체가 가지고 있는 고유의 시스템이 있습니다. 그런데 그 시스템은 오래전부터 인간에 의해 훼손되기 시작했습니다. 현 시점에서는 우리가 강을 어떻게 바라보느냐가 더 중요합니다. 물론 발단은 4대강 사업이므로 그 문제부터 살펴봐야겠지요.

낙동강 일대에서 지금 공사가 한창입니다. 우리가 영원히 간직해야 할 최고의 자연이 망가지고 있지요. 다시는 볼 수 없는 아름다운 비경이 훼손되고 있다고 말해도 아무도 귀를 기울이지 않습니다. 여러 곳에 이 슬픈 사연을 띄우지만 찾아오는 사람은 거의 없습니다. 그 무렵 설악산 단풍 인파는 8만 명이 넘었다고 합니다. 아픔의 현장에는 그 누구도 눈길을 주지 않습니다. 이제 우리는 소중히 지켜야 할 것들에 눈을 돌리고 관심을 기울여야 합니다. 설악산 단풍은 내년에도 볼 수 있으나 한번 훼손된 강은 두 번 다시 볼 수 없습니다. 그것이 또 다른 의미에서의 4대강 사업입니다. 강의 파괴라는 단순한 현상을 넘어 돌아갈 수 없다는 상실의 아픔을 주는 것입니다.

강은 개발의 대상이 아닙니다. 강은 많은 것을 품고 있습니다. 당연히 물이 있고, 습지가 있고, 제방이 있고, 논밭이 있고, 논밭 끝에 우리가 사는 집이 있고, 그 뒤에 산이 있습니다. 그곳에는 헤아릴 수 없이 많은 생명체들이 살고 있습니다. 강의 주인은 우리가 아니라 강이 생긴 이후부터 그곳에서 살아온 그 생명체들입니다. 단지 우리는 그 강을 이용하는 손님에 불과하지요. 그런데 4대강 사업으로 강을 파서 논밭을 메우고, 습지를 없애고, 시멘트로 마무리를 해서 고유의 생명 시스템을 무너뜨리고 있습니다.

생명의 피라미드 저 아래에 있는 작은 벌레들, 송사리, 조개, 피라미, 가재, 퉁사리, 버들치, 수달, 메기…… 그리고 수많은 식물들의 터전을 한꺼번에 덮어가고 있습니다. 생명의 터전이 무너지면 당연히 생명이 사라지지요. 4대강 사업이 생명을 살리는 일이라는 표현은 잘못된 것입니다. 이때의 생명이 인간만을 의미한다면 모를까요. 그러나 생명은 살아 있는 모든 자연을 말합니다. 어찌 인간만 생명이라고 할 수 있나요. '사람을 위한 사업'이라고 한다면 맞는 표현이지만 생명을 살린다는 표현은 잘못된 것입니다. 그럼에도 자연이 훼손되면 사람의 터전이 훼손되는 것이므로 결국 사람을 위한 사업도 아니라는 결론이 나지요.

? 얼마 전 뜻을 같이 하는 사람들과 공사 현장을 방문하고 돌아왔습

©한겨레

"4대강 사업이 생명을 살리는 일이라는 표현은
잘못된 것입니다. 이때의 생명이 인간만을
의미한다면 모를까요."

니다. 그때 지율 스님이 저희를 안내해주셨습니다. 1박 2일이었죠. 그때도 작업이 많이 진척된 상황이었습니다. 그나마 금모래, 은모래가 많았는데 지금은 자취도 없이 사라져버렸습니다. 이명박 정부가 끝내 4대강 사업을 할 것으로 보십니까? 만약 그렇게 된다면 국민들은 어떻게 해야 하나요? 지금 4대 종단과 일부 대학 교수들이 반대하는데도 정부는 밀어붙이고 있습니다. 또 처음에는 반대의 목소리가 높았으나 지금은 약화된 상태입니다. 그런 모습을 보면서 과연 이 땅에서 계속 살아야 하는지, 그런 자괴감이 듭니다.

4대강 사업은 현재로선 많이 진척된 상황입니다. 이제 우리는 자연을 포기하고 끝없는 문명을 추구하느냐, 자연을 지켜 모두가 공존하는 터전을 만드느냐의 갈림길에 서 있습니다. 달리 말하면 인간과 자연의 존엄성을 지키느냐, 훼손하느냐의 기로입니다. 그런데 가만 생각해보면 이 문제의 책임을 이명박 정부에만 지울 수도 없습니다. 대통령 한 사람의 잘못이라고 하기에는 우리가 너무 무책임합니다. 결국 우리 모두의 책임이고 잘못입니다.

해결 방안이 아주 없는 것은 아닙니다. 최선의 방법은 국민들의 각성입니다. 국민들이 4대강 사업을 더 이상 진행하면 안 된다는 사실을 깨달으면 사업을 멈추게 할 수 있습니다.

저는 중앙아메리카에 있는 작은 나라 코스타리카의 경우를 보면서 우리가 앞으로 어떻게 해야 할지 생각합니다. 그 나라는 커피가 주요 산물 중 하나입니다. 바나나, 파인애플, 커피 등을 주로 수출하는데 더 많은 커피를 재배하고 수출하기 위해 많은 커피농장을 지었습니다. 무분별하게 커피농장을 확대했는데 그 과정에서 무려 국토의 70%를 파괴했습니다. 나라 전체가 민둥산이 되어버린 것이지요. 그러던 어느 날 국민들은 자연을 너무 파괴했다는 사실을 깨달았습니다. 커피를 팔아 돈을 벌기는 하지만 자연 훼손의 벌이 그보다 더 크다는 것을 절실히 깨달은 것이지요.

국가적 차원에서 30년에 걸쳐 생명보호운동에 나섰고 지금은 생물 다양성 1위의 나라가 됐습니다. 전 국토의 25%가 생태보존지역으로 지정되어 있는데 이는 세계에서 가장 높은 비율입니다. 그들은 한 번 훼손된 자연을 다시 되살리는 일이 얼마나 어려운가를 몸소 체험했습니다. 국립공원에 들어가는 인구를 200명으로 제한했고, 길을 낼 때는 왜 내야 하는지 철저히 따진 후에 길을 닦았습니다. 완전히 황폐해진 곳에서 천천히 자연을 복원했습니다. 그 과정이 쉽지는 않았겠지요.

남한 크기의 코스타리카는 인구가 우리의 10분의 1입니다. 그들은 자연을 복원하기 위해 오랫동안 고통을 감내했습니다. 더 잘살기 위해 파괴했던 것들을 투표를 통해 되살리기로 합의했고 그에 필요한 것들을 철저히 추진했습니다. 만약 그때 국민들이 약간의 돈을 더 벌기 위해 투표를 거부했거나 자연 복원에 반대했다면 오늘날 코스타리카가 어떤 상황에 처하게 됐을지 상상해보세요. 커피농장을 계속 확대하고 국토를 계속 훼손했다면 오늘날 코스타리카는 인간은 말할 것도 없고 생명이 살 수 없는 땅으로 전락했을 것입니다.

우리나라의 4대강 사업도 이 관점에서 보아야 합니다. 4대강 사업은 이명박 정부만의 문제도 아니고 정치인들만의 문제도 아니며 4대강 주변에 사는 사람들만의 문제도 아닙니다. 우리 모두의 문제입니다. 하지만 불행히도 지금 시점에서는 답을 찾을 수 없습니다. 계속 더 나아가도록 보고만 있어야 하는지, 전국민적 반대운동을 벌어야 하는지 판단하기 쉽지 않습니다. 공사를 계속해서는 안 되는 이유는 헤아릴 수 없이 많습니다. 설사 반대 이유가 단 하나라 해도 해야 하는 이유보다 더 크고 중요합니다.

아마도 현재로선 4대강 사업은 계속될 것입니다. 하지만 어느 정도 진행되다가 더 큰 이유에서 되돌려질 것이라 생각합니다. 원래대로 돌아가는 것이지요. 코스타리카 국민들이 자연을 복원하기 위해 30년 동안 불편을 감수하면서 살았다는 사실을 기억해야 합니다.

무엇보다 우리의 삶에 무엇이 더 많이 들어와야 하는지 고민해야 합니다. 오지 마을 사람들은 가진 것이 없어도 행복하고 부자 마을 사람들은 훨씬 더 많이 소유했지만 늘 허덕이고 마음에 여유가 없습니다. 자신을 한번 돌아보십시오. 옷장의 문을 열면 형형색색의 수많은 옷들이 가득합니다. 그럼에도 입을 옷이 없다고 불평합니다. 제가 입고 있는 이 옷은 30년도 넘은 것입니다. 헤지면 꿰매서 입는데 너무 오래되어 천이 삭아서 이젠 바늘도 잘 안 들어갑니다. 그러나 옷 때문에 불편한 적은 없었습니다. 소유와 무소유도 이와 같습니다. 너무 많이 가지고 있으면 힘들어집니다.

4대강 사업도 이 관점에서 보아야 합니다. 지금은 우리의 힘이 미약하기 때문에 지켜볼 수밖에 없지만 언젠가는 원래의 상태로 돌아가리라 믿습니다. 자연은 자연 그대로 있어야 한다는 진리를 우리가 너무 잘 알기 때문입니다.

놓여 있는 그대로 받아들일 뿐

? 일산에 사는 주부입니다. 가진 게 많아도 마음에 여유가 없으면 가난하다는 말씀이 마음에 와 닿습니다. 그런데 도시생활과 농촌생활의 괴리는 어느 정도 존재할 수밖에 없지 않을까요?

소유와 무소유에 대한 인식은 어느 곳에 사느냐에 따라 달라지지는 않습니다. 저 역시 무소유의 생활을 추구하지는 않습니다. 단지 더 가지려고 애써 노력하지 않을 뿐입니다. 행복을 위해 가난하게 살아야 한다고 주장하지도 않으며, 가난을 즐거워하지도 않습니다. 제가 무소유한 까닭은 어느 정도 무능한 부분도 있습니다. 애초에 현대의 도시인과 세속을 떠난 출가인을 비교하는 것 자체가 불가능합니다. 예컨대 저는 보험이나 연금 같은 것은 아예 없습니다. 미래를 위해 축적을 하지도 않고요. 아, 이제 생각해보니 통장은 가지고 있네요.

제가 시민운동을 하니까 분명 뒷돈 대주는 사람이 있을 것이라는 소문이 돌았습니다. 돈을 받지 않고서야 그런 운동을 할 리 없다고 생각했던 모양입니다. 한 일간지에서 그런 보도를 했습니다. 시민운동이나 정치 비판을 떠나 그런 보도는 명예에 관한 것이고 또 제 신념을 추구하는 데도 큰 걸림돌이 되어 소송을 했지요. 그때 소송에서 이겨 700만 원을 받았습니다. 이제까지 제가 소유한 돈 중에 가장 큰 돈이었고, 덕분에 운동하는 데 큰 동력이 되었습니다.

그러나 그런 것들은 원래 제게 필요치 않은 부분이었어요. 제가 진정으로 추구하고 즐기고 바라는 것은 돈이 없어도 살 수 있는 삶입니다. 맑은 햇살을 아침에 받는 것, 고요히 앉아 바람소리를 느끼는 것, 푸른 하늘에 흘러가는 구름을 바라보는 것, 강물에 발을 담그고 사색에 잠기는 것, 새들의 지저귐을 듣는 것, 가을 낙엽과 한겨울의 눈을 맞는 것…… 그런 것들입니다.

반면 도시인들처럼 넓은 집이나 멋진 차, 신제품 냉장고 같은 물건은 제겐 필요가 없습니다. 그런데 최근에 저도 소유하는 물질이 늘었습니다. 컴퓨터, 카메라, 휴대폰이 생긴 것입니다. 4대강 현장을 기록하는 일 때문에 어쩔 수 없이 소유하게 된 것입니다. 그 물건들로 인해 너무 힘들어졌습니다. 편리하게 사용하지만 저를 불편하게 하는 도구이지요. 평소엔 가까이 있으면서도 버려야 할 것으로 여겨 한쪽으로 치워놓습니다. 그런데 고장 나면 애를 먹지요. 그럴 때마다 소유의 고통을 절감합니다.

저처럼 세속을 떠난 사람에게도 몇몇 기기는 필수인데 도시인들에게는 두말할 나위가 없겠지요. 다만 소유의 방식을 바꿀 필요가 있다고 생각합니다. 소유 자체가 인생의 목적이 되어서는 안 되는 것이지요. 그러나 도시인들은 그것에 매몰되어 인생의 참 가치를 놓치는 경우를 너무도 많이 봅니다. 소유의 욕구가 너무 강해 스스로를 옭아매지요. 더 갖고자 하는 욕망으로부터 벗어나는 것이 무소유의 첫 걸음 아닐까요.

? 스님은 자연을 소유하고 도시인은 물질을 소유한다는 말이 가슴에 와 닿습니다. 그러나 진정한 무소유는 아무것도 가지지 않는 것인데, 아침에 밝은 햇살을 받고, 꽃을 보고 즐기는 것도 마음속의 소유가 아닌가요?

그것이 소유라고 주장하면 소유라고 할 수 있지요. 하지만 저는 놓여 있는 그대로를 편안하게 받아들일 뿐입니다. 자연을 훼손하지 않으면서 그 자리에 있을 수 있다는 사실을 즐기는 것이지요. 이 즐거움은 누구라도 지금 당장 누릴 수 있습니다. 활짝 핀 꽃을 보며 즐거움을 느낀다 해서 그것이 시들 때 마음이 아프지는 않습니다. 시들어가는 모습을 보면 생명의 신비와 기다림의 경이를 느낍니다. 결코 가슴이 아프지 않습니다.

자연을 받아들이는 데는 즐거움만 있는 것은 아닙니다. 죽음도 있습니다. 천성산 반대운동으로 단식을 할 때 많이 아파서 죽음이 다가왔다는 것을 절실하게 느낀 적이 있었습니다. 그러나 그것도 자연스럽게 받아들였죠. 아무런 공포나 두려움 없이 편안하게 받아들였습니다.

지금도 순간순간 아픔의 현장에 함께할 수 있다는 것에 감사할 따름입니다. 물론 때때로 현장에서 절망과 외로움, 분노를 느끼기도 합니다. 저 역시 인간인지라 견디기 힘든 시간이 있습니다. 그러나 언제나 마음은 하나로 돌아갑니다. 궁극적으로 내가 그 현장에 있을 수 있다는 것에 감사합니다.

강과 카지노, 선택은 당신의 몫이다

? 이명박 정권에 대해 몇 마디 비평하고 싶습니다. 이명박 정권은 쇼 정권이라고 할 수 있지요. 처음에는 시장에서 쇼를 하다가 광우병 사건 때는 경찰청장을 통해 했습니다. 이명박 정권이 들어선 이후 사회적 갈등이 심해졌습니다. 이에 대한 스님의 생각이 궁금합니다.

사실 저는 4대강 사업을 이명박 정부에서 하는 것이라고 단정적으로 생각하는 관점을 우려합니다. 현 정권에 대한 비판이나 분노가 4대강 사업을 비롯한 여러 문제를 풀어가는 데는 전혀 도움이 되지 않습니다. 이 세상에 분노로 해결할 수 있는 문제는 아무것도 없습니다. 오히려 그런 갈등 관계 속에서 우리가 잃어버릴 수 있는 것이 너무나 많습니다. 4대강 사업은 정권의 문제가 아닙니다. 제가 가능한 한 정치적 발언을 안 하려고 하는 것은 근본적으로 환경 문제는 정치적으로 풀 수 있는 것이 아니기 때문입니다.

이 혼란을 풀어가려면 우선 마음이 중요합니다. 어떤 마음을 가지고 접근할 것인가를 먼저 정해야 합니다. 만약 다른 사람을 이해할 수 없다고 한다면 그것은 우리에게도 문제가 있다는 뜻입니다.

얼마 전에 〈중앙일보〉에서 전화가 왔습니다. 제가 기자들 전화를 받지 않으니까 마을 면장님을 통해 전화를 걸어 인터뷰 요청을 하더군요. 물론 거절했지요. 흔히 말하는 보수 신문이어서 거절한 것이 아니라 인터뷰 자체의 부담 때문에 그랬습니다. 그러다 하루는 재판 때문에 서울에 갔다가 내려오는데, 주인아저씨 휴대폰으로 또 전화를 했습니다. 아저씨가 휴대폰을 건네주며 "학생이에요" 하더군요.

학생이라고 해서 저는 전화를 받았지요. 그런데 받아보니 기자였습니다. 기자가 이것저것 묻기 시작하는데 상대방이 이야기하는 동안 제가 일방적으로 전화를 끊을 수 없어 '전화를 끊자'는 말을 열 번도 넘게 했습니다. 다음날 〈중앙일보〉에 큼지막하게 실렸더군요. '천성산에 도롱뇽이 바글바글하다'라고. 1면 머리기사로 실렸지요. 다음날 〈조선일보〉도 지지 않고 도롱뇽 기사를 내보냈습니다. '도롱뇽에 뭇매 맞은 고속철도' 그런 기사였습니다.

신문 기사를 보고 마음이 격해졌습니다. 왜 격해졌느냐 하면, 질문을 이해하지 못한 사람들이 답을 내려고 하기 때문이었습니다. 우리 사회의 잘못된 점 하나는 질문의 뜻을 알지 못하는 사람들이 답을 결정한다는 것입니다. 문제가 무엇인지 모르는 사람이 올바른 해결책을 낼 수 있을까요?

천성산을 개발할 때 정부에서 환경영향평가를 두 번이나 한 뒤에 도롱뇽이 살지 않는 산이라고 판단을 내렸습니다. 산을 조사한 실무자가 도롱뇽이 아예 없다고 말한 것이지요. 그 말을 듣고 제가 천성산 도롱뇽 소송을 하기로 마음먹었습니다. 잘 아시다시피 옛날이나 지금이나 천성산에는 도롱뇽이 엄청나게 많습니다. 글자 그대로 바글바글하게 많습니다. 그런데 그 똑똑한 박사님들의 눈에는 한 마리도 띄지 않았다고 합니다. 1년 넘게 천성산을 다녔지만 도롱뇽을 보지 못했다는 것입니다.

만일 그때 〈조선일보〉나 〈중앙일보〉가 도롱뇽이 바글바글하다고 썼으면 소송까지 가진 않았겠지요. 그때는 아예 없다고 했습니다. 그런데 지금은 또 바글바글하다고 그럽니다. 즉 개발을 할 때는 도롱뇽이 없다고 말하고, 개발이 끝난 다음에는 터널을 뚫었어도 도롱뇽이 많으니 개발을 반대한 제가 틀렸다는 주장입니다.

우리 사회에서 약자들이 제기하는 질문에 대한 답을 가지고 있는 사람들이 있습니다. 그런데 정작 그 사람들은 4대강이나 낙동강을 직접 눈으로 본 적도 없습니다. 그러면서도 개발해야 한다고 말하고, 국민들을 선동하고, 아무런 성찰도 없이 하나의 이슈로 우리 사회에 던져놓습니다. 제가 가장 우려하고 걱정하는 부분이 바로 이런 것들입니다.

낙동강을 한 번도 본 적 없는 사람들이 개발을 해야 한다고 주장합니다. 그들은 '나를 믿어라, 나를 따르라'라고 외칩니다. 그러나 그들은 잘못된 방향으로 사람들을 이끕니다. 천성산에 도롱뇽이 살지 않는다고 주장하는 것과 똑같습니다.

제가 얼마 전 자전거를 타고 대구를 다녀왔습니다. 가다 보니까 길목에 커다란 조감도 하나가 세워져 있더군요. 무언가 하고 자세히 들여다보았습니다. 대구 인근에 7조 원의 사업비를 들여 대단위 개발을 한다는 조감도예요. 카지노와 디즈니랜드, 선박사업 계획까지 들어 있었습니다. 도대체 7조 원이라는 돈이 얼마나 되는지 감도 잡히지 않았지만 그 돈을 어디에서 마련할지도 궁금하더군요. 3조 원은 외자로 빌리고, 1조 5000억 원은 수자원공사, 나머지는 지역에서 대는 계획이라 들었습니다.

그곳에 세워지는 것들에 대해 생각해보세요. 강을 허물고 카지노를 지어야 할까요? 우리 삶의 터전을 밀어내고 디즈니랜드를 지어야 할까요? 그것들을 지을 때 그곳에 살던 수많은 생명체들은 어떻게 될까요? 지역민들은 개발사업이라고 좋아하더군요. 하지만 그 누구도 중요한 질문을 던지지 않습니다. 그런 것들이 왜 필요한지, 우리에게 무엇을 주는지, 생명들은 어디로 가는지에 대한 질문은 하지 않는 것입니다. 단지 답만 내릴 뿐입니다.

사람들이 좋아하는 모습을 보고 저는 너무 당황스러웠습니다. 7조 원이라는 돈은 궁극적으로 누구에게서 나옵니까? 사업의 주체가 기업이라면 기업은 그 돈을 벌기 위해 소비자인 국민에게서 돈을 받아냅니다. 주체가 정부라면 세금을 통해 거두어들입니다. 결국 국민의

©한겨레

"천성산이 나를 약초처럼 쓰는구나, 다른 스님들은
모두 바쁘시니 게으르고 한가한 나를 불러다
이 일을 시키는구나, 생각했습니다."

돈으로 강을 파괴하고 생명을 죽이는 것입니다. 그런데도 다들 좋아합니다.

우리는 많은 일들과 현상에서 오해를 하고 있습니다. 천성산에 대해서도 마찬가지입니다. 천성산은 단지 터널을 뚫느냐 마느냐, 도롱뇽을 살리느냐 마느냐의 문제가 아닙니다. 천성산은 4대강 사업과 똑같습니다. 그런데도 사람들은 4대강 사업에 더 큰 의미를 부여하고 더 주의를 쏟습니다. 천성산은 4대강에 비하면 아무것도 아니라는 인식이지요. 하지만 그렇지 않습니다.

지금 서울에서 부산까지 고속철도가 다닙니다. 예전 새마을호는 대략 5시간이 넘게 걸렸는데 고속철도는 그보다 2시간 정도가 줄었습니다. 2시간을 줄이기 위해 우리가 얼마의 돈을 쏟아부었는지 아십니까? 자그마치 22조 원이 들어갔습니다. 대구에서 부산까지 2단계 사업에 또 7조 원이 들어갑니다. 128km에 무려 7조 원을 쏟아붓습니다. 터널은 38개를 뚫었습니다. 또 엄청난 돈을 들여 천성산에 도롱뇽이 사느냐, 살지 않느냐를 조사합니다. 환경영향평가 문제를 제기하기 위해서입니다. 지금도 도롱뇽이 사느니 안 사느니로 문제를 풀려고 합니다. 정작 중요한 것은 놓치고 있습니다. 제대로 된 질문을 가지고 있지 않은 것입니다. 더 빨리 가기 위해 우리가 파괴한 논과 밭, 산과 강을 떠올려보세요. 그곳에서 살다 사라져간 수많은 생명들을 생각해보세요. 천성산의 도롱뇽은 단지 하나의 상징입니다. 우리가 파괴한 자연의 상징인 것입니다.

자연은 스스로 제자리를 찾아간다

❓ 조금 도발적인 질문을 던지겠습니다. 지금 4대강 문제로 단식을 하자고 하면 어떻게 하시겠습니까?

논의선상에 있다면, 또 그것이 필요하다면 당연히 합니다. 4대강에 대해 고민할 때마다 지금의 모습을 지켜보고만 있어야 하는가라는 자괴감에 빠지지요. 과연 최선의 방법은 무엇일까, 개발을 막을 방법은 없을까 늘 생각합니다.

며칠 전 공사 현장에서 문화재가 발굴되었습니다. 그 소식을 듣고 오후 5시 넘어 강에 갔는데 비죽비죽한 돌이 10개 정도 있더군요. 크고 납작한 그 돌들의 사진을 찍었습니다. 그 주변에선 찾아볼 수 없는 돌들입니다. 공사 관계자들과 실랑이를 벌여 일단 공사를 중지시켰습니다. 겨우 하루를 중지시켰지요. 그런데 도청 관계자들이 특별한 사안이 아니라고 하면서 공사를 계속하라고 지시를 내렸습니다. 자연석에 가깝다고 결론을 내린 것이지요.

다음날 공사를 재개하려고 하는데 제가 주장해서 비슷한 돌덩이가 나올 때까지 팠습니다. 그 다음날 40개 정도의 돌을 더 발굴했습니다. 문화재청 분들이 나와 살펴보고 전체 구간이 문화재 구간이라고 잠정 결론을 내려 일주일간 공사가 중단됐습니다. 만일 첫날 제가 실랑이를 벌여 공사를 중단시키지 않았다면 그 문화재는 전부 파괴되었을 것입니다. 이 강연이 끝나면 그 문제로 곧바로 강에 가야 합니다. 공사 관계자들은 지금도 그 돌이 문화재가 아니라고 주장합니다. 과연 그 돌들이 무엇인지 판가름을 내야지요.

어쩌면 우연한 일들 때문에 이 세상은 변하는 것 같지만 자세히 들여다보면 그렇지 않습니다. 예전에 노벨물리학상을 두 번이나 받은 분이 "우연히 발견했을 때 곁에 있었던 행운 덕분이었다"라고 말했지만 그렇지 않다는 것을 우리는 잘 알지요. 그가 엄청나게 많은 노력을 쏟고 정성을 기울였기 때문에 발견한 것이지요. 그의 정성과 노력이 하늘에 닿았기 때문에 위대한 업적을 이룬 것입니다.

행운은 어느 날 갑자기 하늘에서 뚝 떨어지지 않는다는 것을 여러분도 잘 아실 것입니다. 어떤 소득을 얻으려면 그만큼 노력해야 합니다. 당연히 정성과 노력을 기울여야 하지요. 4대강 반대운동도 마찬가지입니다. 저 한 사람이 단식을 하는 것보다는 많은 사람이 뜻을 모으고 실천하는 것이 더 중요하다고 생각합니다. 우리의 노력과 정성이 하늘에 닿아야 돌려세울 수 있을 것입니다. 사실 4대강의 경우는 천성산 때보다 너무나 쉽습니다. 첫째, 몰래 숨어서 하는 게 아닙니다. 천성산 터널을 뚫을 때처럼 보이지 않는 곳에서 일어나는 일이 아니죠. 더욱이 그 결과까지 대중들이 훤히 알고 있습니다. 무엇보다 지금 전문가들과 교수님들이 주체가 되어 많은 일들을 해주고 계시고요. 반면 도롱뇽 소송 땐 대법원까지 가는 동안 도와주시는 전문가가 딱 한 분 계셨어요. 이 모든 상황을 고려할 때 우리가 얼마만큼의 노력과 정성을 모으냐에 따라 결과는 충분히 낼 수 있다고 봅니다.

그런데 여러분은 오늘 제 이야기를 듣고 난 후에도 속 시원한 게 하나도 없다고 생각할지 모르겠습니다. 맞습니다. 그 누구도 완벽한 해결책이나 깨달음을 주지는 못합니다. 반대운동도 마찬가지입니다. 우리는 두려워하고 망설이고 분노합니다. 당연합니다. 바로 사람이기 때문이지요.

우리는 좋은 질문을 던지고 좋은 답을 찾기를 바라지만 완벽하게 좋은 질문과 답은 존재하지 않습니다. 비슷하게 찾아갈 뿐입니다. 그러나 나쁜 질문과 답도 버리지 않습니다. 제가 불교에 입문해서 가장 좋아하게 된 말이 '번뇌를 버리지 않고 그 모습 그대로 열반에 든다'는 것입니다. 저 역시 지금의 모습 그대로 현장에 서고, 그 모습이 그대로 비춰지기를 바랍니다. 세상은 우리가 원하지 않는 방향으로 흘러가고 있는 것 같지만, 자세히 들여다보면 결코 그렇지 않습니다. 인류가 진화해온 모습을 한번 떠올려보세요. 우리의 의지와 무관하게 세상이 거꾸로 돌아간 결과, 지금에 이르진 않았을 것입니다. 다만 그중에는 굉장히 낮고 작은 힘과, 크고 공격적인 힘들, 이렇게 여러 힘들이 섞여서 흘러간다는 생각이 듭니다.

? 귀한 말씀 감사합니다. 저는 4대강에 반대하는 입장에서 낙동강 보존운동에 참여했습니다. 현재는 북한산 산자락에 살고 있는데 케이블카를 놓는다고 합니다. 또 은평새길을 뚫고 평창 터널도 뚫는다고 합니다. 솔직히 두렵고 무섭습니다. 학생들과 토론할 기회가 있었는데 대다수 학생들의 반응은 "재미있겠다, 아무리 비싸도 케이블카를 타

보고 싶다"입니다. 그 모습을 볼 때마다 제 자신이 너무 무기력하게 느껴집니다. 어떻게 마음을 다독여야 할지 모르겠습니다.

그 마음을 잘 압니다. 4대강 반대운동을 시작한 이후 매일 강에 나가 살펴보았습니다. 강의 변해가는 모습을 살피고 꼼꼼히 기록을 하고 나니까 방법이 정해지더군요. 그러자 사람들이 이구동성으로 저에게 독하다고 말했습니다. 강이 파괴되는 모습을 어쩌면 그렇게 지켜볼 수 있느냐는 것입니다. 두 눈을 크게 뜨고 아픔을 끝까지 지켜보기란 쉽지 않습니다. 그러나 저는 처음부터 끝까지 지켜보았습니다. 지금도 지켜보고 있습니다. 그래서 사람들이 저에게 독하다고 하는 것입니다.

그런데 참 의아한 것이 그 아픔을 바라보는 동안 내 안에서 에너지가 생겼습니다. 아픔이 아픔에서 끝나지 않고 새로운 일을 할 수 있는 힘과 용기를 준 것입니다. 생명이 이렇게 파괴되게 놔두어서는 안 되겠다는 결심을 하게 만들어준 것이지요. 제가 생각해도 참으로 독한 마음을 먹은 것입니다. 자연을 파괴하는 사람도 독하지만 그것을 두 눈 뜨고 똑바로 바라보다가 막는 행동에 뛰어든 것은 더 독합니다. 그렇게 독하게 행동하지 않으면 파괴행위를 막을 수 없습니다.

얼마 전에 만난 〈르몽드〉 기자가 제 행동이 너무 극단으로 가고 있다고 말하더군요. 제가 생각해도 제 행동은 극단으로 가고 있습니다. 왜 그렇게 되었을까요? 그렇게 하지 않으면 잘못을 바로잡을 수 없다는 것을 잘 알기 때문입니다. 현재의 상황에서는 그들보다 더 독하게 해야 문제의 균형을 잡을 수 있기 때문입니다.

여기 오기 전에 〈내일신문〉 기자가 신문을 건네주더군요. 4대강 관련 기사가 실려 있었습니다. 봄 내내 중장비를 동원해 준설을 했는데 여름 지나고 몇 달 사이에 준설한 곳에 다시 모래가 쌓였다는 것입니다. 그 모래는 강물의 모래입니다. 그 모래를 누가 쌓았을까요? 강물 스스로 쌓아놓은 것입니다. 자연이 다시 원래의 모습대로 해놓은 것입니다. 설마 그럴까, 의심스럽다면 직접 가서 보시기 바랍니다.

한강에 밤섬이 있습니다. 섬 모양이 밤처럼 생겼다 하여 밤섬[栗島]이라고 부르지요. 이 섬의 역사를 아십니까? 원래 그냥 작은 섬이었던 이곳을 1960년대 후반에 여의도 개발을 하면서 돌 채취를 위해 폭파시켰습니다. 섬의 대부분이 없어지고 위아래로 나뉘었습니다. 자연이 만든 섬을 인간이 없애버린 것이지요. 그리고 30년이 흘렀습니다. 지금 밤섬은 어떻습니까? 서서히 원래의 모습을 갖춰가고 있습니다. 또 철새 도래지로 유명하지요.

인간이 폭파시킨 섬을 강물이 오랜 세월에 걸쳐 다시 복원한 것입니다. 자연의 힘은 그만큼 크고 위대합니다. 감히 인간이 자연을 이길 수 없지요. 4대강도 똑같은 길을 걸을 것이라고 저는 믿습니다. 지금 어쩔 수 없이 정권의 힘에 밀려, 사람들의 무관심에 묻혀 파헤쳐지고 망가진다 해도 다시 스스로가 복원할 것입니다.

자연은 다시 돌아오는 기능이 있습니다. 여름이 가면 가을이 오는 단순한 이치이지요. 낙동강을 지금 6m까지 팠습니다. 왜 파는지 그 이유는 모르겠으나, 또 그렇게 파서 우리 인간에게 이로운 것이 무엇인지도 모르겠으나 여하튼 계속 파고 있습니다. 그러나 강물은 그것을 거부합니다. 자연 스스로 거부하는 것입니다. 그래서 언젠가는 다시 제자리로 돌아올 것이라고 믿습니다. 간섭하지 않으면 자연은 자기 자리를 찾아갑니다.

? 〈내일신문〉 기자입니다. 천성산 도롱뇽 싸움 때부터 스님을 죽 지켜보았습니다. 제삼자의 입장에서 보면 너무 집착이 심한 것은 아닌가, 예컨대 여고생이 안달하는 것 같은 느낌이 듭니다. 덧붙이는 질문은, 스님은 부처님의 어떤 가르침을 가장 중요하게 여기십니까?

세속인이 출가해서 발원할 때 "목숨을 바쳐 귀의(歸依)합니다"라고 말합니다. 귀의란 돌아간다는 뜻이지요. 어디로 돌아가는 것일까요? 원래의 자리, 본래의 자신으로 돌아가는 것입니다. 자연 역시 원래의 자리로 돌아가야 합니다.

제삼자의 시각으로 보면 제가 집착하는 것으로 보일 수 있습니다. 또한 제 집착이 잘못됐을 수도 있습니다. 그러나 자연과 우리의 관계는 잘못될 수 없습니다. 다른 사람의 눈에는 제 행동이 집착으로 보일 수 있으나 저는 귀의라고 생각합니다. 원래의 모습으로 돌아가 자연을 그대로 놔두자는 것입니다.

불교에서는 생명이 있거나 없거나 관계없이 모든 것을 화엄이라고 얘기합니다. 저는 천성산 일을 해나가면서 그 동기가 차츰 바뀌었습니다. 처음 동기는 아주 단순했습니다. 어느 날 갑자기 개발이라는 것이 밀려 들어왔습니다. 고속철도는 한참 후의 일입니다. 예컨대 철쭉제가 시작되었지요. 일주일 동안 20만 명이 몰려와 늪 안에 들어갔다가 썰물처럼 빠져나갔습니다. 그 늪이 어떻게 되었겠습니까.

늪은 원래의 기능이 있고 원래의 목적이 있습니다. 심심한 사람들의 눈요기를 위해 만들어진 것은 아닙니다. 그런데 20만 명이 늪을 짓밟고 돌아간 후 아름다운 꽃들은 다 꺾이고 처참한 모습이 이루 말할 수 없는 지경이었습니다. 그 모습을 보는 제 눈에서 눈물이 비 오듯 쏟아졌습니다. 이래서는 안 되겠다 싶었습니다. 이런 일만은 더 이상 없어야 한다고 생각했습니다. 어떤 뚜렷한 철학이 있었던 것은 아니지요. 결국 가장 중요한 것은 생명입니다. 그런 의미에서 불교의 생명관이 부처님의 가장 큰 가르침이라 생각합니다. 산과 강에 살고 있는 생명 자체가 위협받고 있다는 사실은 우리의 아픔입니다. 부처님의 생명에 대한 가르침이 저에게 그런 깨달음을 주었습니다.

천성산이 나를 약초처럼 쓰는구나

? 그때 목숨을 던져야겠구나, 하고 결심하셨다는데, 너무 극단적인 선택 아닌가요? 불교의 가르침에 어긋나기도 하구요.

극단적인 선택은 아니었다고 생각합니다. 그만큼 절실했던 것이지요. 그때까지 살아왔던 제 삶과 생활 자체를 완전히 바꾸는 것이기에 모든 것을 걸어야 했습니다. 그렇지 않고서는 이 일을 지속할 수 없었기 때문입니다.

만약 제가 사회 물정에 밝고, 물질문화에 익숙하고, 소유한 것이 많았다면 그런 방법으로 운동하지는 않았을 것입니다. 좀더 편하게 했겠지요. 다만 그때는 이 땅이 아파서 나를 약초처럼 쓰는구나, 천성산이 나를 불러다 쓰는구나, 그렇게 생각했습니다. 다른 스님들은 모두 주어진 소임이 있어 바쁘니 게으르고 한가한 나를 필요로 하는구나, 여겼습니다. 다른 곳에는 쓸모없는 나를 불러다 이 일을 시키는구나, 싶었지요. 그렇게 주어진 일이기에 제가 가진 모든 것을 걸고 하는 것입니다.

? 1980~1990년대에 활발했던 시민운동이 많이 위축되었습니다. 무력감을 느끼는 분들이 갈수록 많아지고 있습니다. 시민사회단체들의 결집력도 예전보다 훨씬 못하고요. 시민사회운동이 어떤 방향으로 가야 할까요?

무기력하다는 표현이 가슴 깊이 이해가 갑니다. 결집력이나 통일성, 대표성도 예전보다 많이 약해진 게 사실이지요. 우리 사회가 에너지를 얻으려면 그만한 동력원이 필요합니다. 사회를 커다란 독으로 보고 에너지를 물로 본다면 사회를 변화시키기 위해서는 우선 에너지인 물이 필요합니다. 독 밖으로 넘칠 때까지 물을 계속 부어야 합니다. 그래야 사회가 변합니다. 물을 붓지 않으면 정체되고 썩게 되지요.

시민사회운동도 그와 같습니다. 작은 물이나마 힘을 모아 계속 부어야 합니다. 멈추면 고갈되고 썩기 마련입니다. 내가 붓는 물, 다른 사람들이 붓는 물이 합쳐져 사회를 변화시킵니다. 이때 자신이 가진 마지막 한 방울의 물까지 짜내 독에 붓는 건 안 됩니다. 자신을 채워나가면서 물을 부어야 합니다. 에너지가 완전히 고갈되면 어느 순간 더 이상 독을 채울 수 없게 됩니다. 사회운동의 방향이나 결집력을 논하기 전에 현재 각자의 위치에서 꾸준히 지속적으로 해내는 것이 중요합니다. 그 맥이 끊기지 않도록 하는 것이지요.

이때 누가 붓는 물이 넘치는 한 방울이 될지는 알 수 없습니다. 다만 운동하는 사람이 붓는 물은 아닐 것입니다. 운동하는 사람들의 역할은 언젠가 넘치는 물이 될 때까지 독을 채우는 것이니까요. 운동이 성공한다면, 그 결과 넘치는 물로 이익을 보고 목을 축이는 사람들이 생겨나는 것이죠.

? 분위기가 심각해졌네요. 잠시 화제를 돌려보지요. 옷을 안 산다고 하셨는데, 스님이시라 해도 생활에 꼭 필요한 물건이 있고 그렇다 보면 애정이 가는 물건이 있으리라 생각합니다. 이것이 없으면 안 된다

하는 필수품 혹은 애정을 갖는 물건이 있나요?

옷에 대해 얘기하자면, 지금 생각해보니 옷을 전혀 안 사는 것은 아닙니다. 다른 사람에게 얻어 입을 수 있는 옷이 있고, 내가 사야 하는 옷이 있습니다. 옷을 안 사 입었다기보다 있는 것을 중복해서 가지지 않는다는 표현이 더 정확하겠네요. 몇 차례 말씀 드렸다시피 저는 무소유를 의식적으로 실천하지는 않습니다. 꼭 필요한 물건이라면 당연히 가져야지요. 단지 더 가지려고 욕심을 부리지는 않습니다.

가장 애정이 가는 물건이라면…… 불교에서 제자에게 깨달음을 전할 때 주는 물건이 있습니다. 불자(拂子) 혹은 불진(拂塵)이라고도 하는데, 나무에 헝겊을 붙여서 만든 파리채를 떠올리시면 됩니다. 일종의 털이개(먼지떨이)로, 파리나 모기 같은 것이 가까이 오면 쫓는 용도로 사용합니다. 불가에서는 제자에게 이것을 전해주지요. 지금 제가 가장 소중히 여기는 것은 이 털이개입니다. 늘 필요하고 제 옆에 항상 있으니까요. 그 외에는 그다지 중요한 것이 없습니다.

내 이름 석 자가 흔적 없이 사라지기를

? 스님들을 뵈면 가장 먼저 떠오르는 생각이 왜 출가를 하셨을까 하

는 궁금증입니다. 혹시 출가하신 동기를 들려주실 수 있나요?

제 사생활에 대해선 별로 할 얘기가 없습니다. 어쩌면 출가 동기를 그동안 잊었는지도 모르겠습니다. 제 수행은, 집을 떠나 10여 년 동안 거리에서 살면서 삶을 이루어가는 것에 불과합니다. 출가의 첫 마음을 크게 훼손시키지 않고 살아온 것이 스스로 대견하다고 여기기는 합니다.

굳이 출가의 동기에 대해 말하자면, 정말 우연이었지요. 여행을 하다가 번뜩 뇌리를 스치는 게 있어 출가를 했습니다. 그런데 가만히 되돌아보면 우연은 아니었다는 생각도 듭니다.

불가에선 출가를 귀의(歸依)했다고 말하지요. 저 역시 돌아와서 의지했습니다. 무엇으로 혹은 무엇에 돌아왔느냐 하면, 원래 삶으로 돌아온 것입니다. 제가 머물고 싶은 곳에 의지하게 된 것이죠. 원래 세상살이에 그다지 관심도 없었구요.

출가를 하면 먼저 가르침을 배우고, 그 가르침을 실천하고, 거둬들이는 단계에 이르지요. 지금은 배우면서 실천하는 단계입니다.

? 수행에 관한 질문입니다. 열반할 때 가장 남기고 싶은 것은 무엇입니까?

제 이름 석 자가 이 세상에서 묻혀 사라지기를 바랍

니다. 다른 무엇보다도 그것을 간절히 원합니다. 이 세상에 머물렀던 생명체가 흔적을 남기고 가는 것은 좋은 일이 아닙니다. 저는 흔적 없이 사라지기를 바랍니다.

? 스님의 말씀을 듣고 4대강 사업은 인간의 무분별한 소유욕과 직결된 문제임을 새삼 깨달았습니다. 우리에게 희망이 있을까요?

무소유는 어쩌면 우리의 영원한 숙제일지도 모릅니다. 그럼에도 내가 가진 무언가를 누군가와 나눠야겠다고 생각하고 조금이나마 실천하면 그게 바로 무소유가 아닐까 싶습니다.

나누는 것은 어려운 일일까요? 가난한 사람은 가난한 사람을 돕습니다. 자신조차 어려운 삶이지만 나보다 더 못한 사람을 보면 자기 것을 내줍니다. 다 헤진 옷일망정 내게 선뜻 벗어준 그 스님처럼 나누어줍니다. 반면 소유자들은 더 많은 물질을 원합니다. 우리가 잘 아는 "99석 가진 부자가 100석 채우려고 한 석을 빼앗는다"는 말을 떠올려보세요.

도시는 점점 커지고 농촌은 병들고 늙어갑니다. 저희 마을에 학교가 하나 있는데, 예전에 수백 명이었던 학생 수가 지금은 30명으로 줄어들었습니다. 모두 도시로 떠나고 불과 수십 세대만 남았지요. 그나마 30명 중에서 15명이 결손가정 아이들입니다. 도시에서 살다가 가정이 깨져 시골로 내려온 것이지요. 아이들의 수만 줄어든 게 아니라 아기 자체가 없습니다. 아기 울음소리가 사라진 지 오래되었습니다. 반면 도시는 점점 커져 사람들과 그들이 만들어내는 물질로 북적입니다. 사람들에게 부대껴 숨 쉴 공간마저 점점 줄어들고 있습니다. 시골은 텅텅 비었는데 도시는 너무 비좁아 난리지요.

이렇게 격차를 점점 키우는 게 오늘날 우리의 삶의 방향입니다. 이 방향이 옳은 것인지 잘못된 것인지는 여러분 스스로 판단할 일입니다. 저는 도시를 만들기 위해 시골을 파괴하고 자연을 훼손하는 어리석음을 극히 우려합니다. 그러나 극단적인 상황이 오리라고는 생각하지 않습니다. 왜냐하면 도시와 시골이 어느 시점에 가면 평등해질 것이고 무분별한 개발도 멈출 테니까요. 물론 지금과 같은 개발, 훼손 시스템은 일정 기간 확대될 것입니다. 그러다가 너무 커지면 무너집니다. 인위적인 시스템은 반드시 무너지기 마련입니다.

여기 계신 분들은 성곽을 한 번쯤 보셨을 것입니다. 그 성벽을 보면 무슨 생각이 듭니까? 잘 알다시피 성벽은 전투를 위해 만든 건축물입니다. 외적이 침입해오면 막기 위해 쌓은 것입니다.

그런데 오늘날 어떻습니까? 그 옛날의 튼튼했던 성곽은 전부 허물어지고 그나마 남은 흔적들은 관광지가 되었습니다. 사람들은 옛날의 성곽에 구경을 하러 가지 침략이나 전쟁을 치르기 위해 가지 않습니다. 세계 모든 나라가 마찬가지입니다. 그 옛날 성곽을 쌓았던 사람들은 후세에 그곳이 관광지가 되리라고는 꿈에도 생각하지 못했을 것입니다. 역사는 그렇게 바뀌어갑니다.

집요한 원칙주의를 구도행으로 이어가는 수행자

지율 스님은 세간의 짐작대로 대단히 접근하기 어려운 분이었다. 나는 이전에 '강 살리기'와 관련하여 몇 차례 스님을 만난 적이 있지만 이번 강연을 통해 제대로 스님을 이해할 수 있었다. 한마디로 스님은 완고한 비타협주의자이자 원칙주의자라고 말할 수 있다. 어떤 사안을 두고 자신이 옳다고 생각하는 노선을 정하면 '올인'하는 성격의 소유자이다. 자신의 힘이 얼마나 되는지, 사회적으로 감당이 되는 일인지 등은 모두 부차적이다. 집요하고 완강하다.

사실 세상에 이런 성격을 가진 사람들은 꽤 있다. 지율 스님을 그들과 구별 짓게 만드는 것은 자신이 관여하고 있는 일에 대한 무섭도록 철저한 '진지함'이다. 한때 신문 사회면의 단골 기삿거리였던 '100일 단식'의 바탕에는 이렇듯 도저한 진지함이 깔려 있었다. '진지함'이 단지 비타협으로 끝나면 상종하기 힘든 외골수가 되고 말지만 스님의 진지함은 구도행으로 이어진다. 감히 그 앞에서 다른 생각을 할 수가 없다.

천성산에서 세상을 등지고 산감 노릇을 하다가 어느 날 들이닥친 고속철도 건설자들의 터널 뚫는 소리에 놀라 세칭 '환경운동'에 뛰어들었다는 스님. 사실 스님에게 환경운동이라는 말은 어울리지 않는다. 자연이 느끼는 고통을 당신의 고통으로 알고 그것을 온 몸으로 표현했을 뿐이다. 같은 인간으로서 자연에 가한 인간들의 업보를 피할 수가 없어 그 일을 하고 있는 것이다.

강연에 무소유에 대한 내용은 많이 나오지 않지만 삶 자체가 소유 · 무소유를 떠나 있어 이해하는 데 별 무리가 없다. 비유하자면 가난한 어부가 평생 바닷가에서 고기를 잡으며 살고 있는데 어느 날 방송국에서 찾아와 무소유의 삶을 어떻게 생각하느냐고 마이크를 들이대면 무어라고 답하겠는가.

©산위의마을

박기호 신부

한국 가톨릭의 대표적인 현실 참여적 신부이면서 고요한 수도자의 풍모를 지닌 영성가로 꼽힌다. 천주교정의구현사제단 대표를 지냈으며 1998년 동료 사제들과 함께 예수살이공동체를 창설해 현실에서 예수처럼 살아가는 운동을 펼치며 젊은이들을 훈련시켜왔다. 무소유로 살며 노동과 기도, 나눔을 실천하는 공동체 건설을 추진해오다 2004년 단양 소백산 '산위의마을' 공동체를 건설해 20여 명과 함께 농사를 지으며 살아가고 있다.

이제 호화 여객선에서
뛰어내려야 할 때

인간은 가장 불완전한 틈새 생활자

? 신부님은 사제로서 영성 지도를 많이 하시는데, 영성생활과 무소유적 삶은 어떤 관계가 있나요? 무소유는 종교적인 교리입니까, 아니면 개인적인 실천입니까?

우리 사회를 나누는 데는 여러 기준이 있습니다. 그 중 하나는 주류사회와 비주류사회로 나누는 것입니다. 주류사회는 대한민국의 상위 10%, 그 안에서 다시 2%로 보면 됩니다. 주류사회 사람들은 재산, 권력, 명예 등의 측면에서 부족한 것이 없으니 행복하다고 할 수 있겠지요. 아쉬운 것이 없고 늘 바쁘고 존재감이 있기에 행복하지요. 반면 비주류로 분류되는 사람들 역시 행복합니다. 가진 것이 없어서 행복한 사람들이지요. 가진 자나 갖지 못한 자나 모두 행복하다는 말은 모순되어 보이지만 비주류 사람들은 소유로 인한 걸림돌이 없기에 자유롭고 행복한 것입니다.

무소유는 비주류사회의 상징이라고 할 수 있습니다. 무소유에 대한 이야기를 나누는 목적은 비주류사회를 추구하는 사람들에 대해 새로운 정의를 내리는 것이 아닐까 생각합니다. 무소유의 삶이 궁극적으로 우리 모두에게 참된 자유의 길을 안겨주기 때문입니다.

무소유라는 것을 영성적인 측면과 생태적인 측면, 사회적 측면에서 생각해볼 수 있습니다. 우선 생태적 측면에서 생각해볼까요. 종교의 틀에서 설명하자면 이 세상은 빛, 하늘과 땅, 물, 식물, 동물의 순

서로 창조되었습니다. 그리고 가장 마지막으로 사람이 창조되었습니다. 마지막으로 창조된 것일수록 불완전합니다. 그런 관점에서 인간은 이미 창조된 것들 안에서 틈새 생활을 하는 존재입니다. 즉 자연 안에서 살아가는 존재이지요. 인간이 자연을 자기 마음대로 재단하고, 바꾸는 것이 아니라 틈새에서 사는 미약한 존재입니다. 우리는 그 틈새 생활을 하는 존재로서 무소유를 실천해야 합니다.

그렇다면 사회적 측면에선 무소유를 어떻게 바라보아야 할까요? 오늘날은 대량 생산, 대량 소비, 대량 폐기가 이루어지는 산업사회입니다. 그 틀 안에서 전체 세계를 개조하고, 삶의 차원을 바꾸는 대안으로 작은 삶을 모색해야 합니다. 그런 관점에서는 작은 삶이 곧 무소유입니다.

이제 영적인 측면을 생각해볼까요. 우리 인간은 근본적으로 영적인 존재입니다. 그런 까닭에 모든 성향이 영적 세계를 향해 있지요. 영적 세계와 소유 욕구는 상극입니다. 누구든지 영성생활이 가능하지만 소유욕에 지배당하면 영성수행은 불가능하지요. 영적인 삶이 물질에 굴복하면 종교의 타락으로 나타납니다. 그런 이유에서 특히 종교집단을 비롯해 영적 삶을 추구하는 곳에서는 무소유가 중요한 가치인 것입니다.

? 무소유에 대한 본질적인 질문을 던지겠습니다. 과연 무소유는 옳고, 소유는 그른가 하는 질문입니다. 무소유가 옳다면 소유는 잘못된

것입니까? 소유가 바람직하지 않은 것이라면 우리는 오직 무소유만 추구해야 하나요?

무소유와 소유는 선악의 문제가 아닙니다. 옳고 그름의 문제 역시 아닙니다. 가치관의 차이 혹은 삶의 방식의 차이일 뿐입니다. 왜 무소유가 이 시대에 화두가 되었을까요? 《무소유》라는 책이 사람들에게 문제의식을 던져주었기 때문만은 아닙니다. 작금의 상황을 보면 그 이유를 알 수 있습니다. 이명박 대통령은 압도적인 지지로 당선되었습니다. 여기에는 여러 가지 이유가 있으나 경제가 큰 역할을 한 것은 부인할 수 없습니다. 그가 지닌 경제적 능력에 후한 점수를 준 거지요.

그것은 요즘 사람들이 정신보다는 물질, 더불어 사는 삶보다는 개인적인 이익과 재테크에 더 큰 관심을 기울이고 있다는 방증이기도 하지요. 그러나 물질적 기반의 삶은 오래 가지 못합니다. 물질이 풍부해졌다고 해서 행복해지지 않습니다. 가난한 것보다는 낫지만 부유함이 행복의 필수조건은 아닙니다. 사람들은 처음에는 물질을 선택하지만 곧 자신의 선택이 잘못이었음을 깨닫고 정신의 충일을 추구하게 됩니다. 물질을 중시하면 필연적으로 정신적 좌절을 느낍니다. 그 좌절감이 너무 크기에 다른 대안을 찾아 나서게 되고 그중 하나가 소유욕에 대한 문제 제기의 차원에서 나타난 무소유 정신입니다.

이는 인간 공동체의 역사에서도 잘 나타납니다. 배가 고프면 본능적으로 빵을 찾습니다. 물질에 몰입하는 것이지요. 그런 삶이 계속되다가 1960년대 중반 이후 반성의 움직임이 일기 시작했습니다. 산업사회의 비인간화, 기계문명에서의 개인의 몰락, 정신의 황폐화를 보면서 이러한 삶은 잘못되었다는 것을 깨닫고 정신적 삶을 추구하는 운동이 미국 사회를 중심으로 일어났습니다. 그즈음 인도의 명상가들이 미국 대륙으로 진출하게 됩니다. 라즈니쉬, 크리슈나무르티 등이 선풍을 일으켰지요. 더불어 인도 명상에 기초한 뉴에이지 계열이 큰 각광을 받았습니다.

산업과 기계가 발달하면서 빵 문제가 해결되어 사람들은 좋아했지만 풍요가 곧 행복은 아니라는 사실을 느끼게 되었지요. 배고픔이 사라질 때 인간도 덩달아 사라져버린 것입니다. 인간이 사라진 삶과 사회를 상상할 수 있나요? 오로지 기계와 숫자, 돈만 있는 세상을 상상해보세요. 꼭두새벽부터 자정까지 돈만 벌기 위해 몸부림치는 사람들로 가득한 세상이 아름다울까요?

하지만 다행히 그런 세상이 오기 전에 우리는 잘못을 깨달았습니다. 영성을 추구해야 하고, 자연과 더불어 살아야 하고, 끝없는 개발이 아니라 생태사회를 만들어야 한다는 사실을 알았습니다. 그 정신을 더욱 확대시켜 사회에 잠재해 있는 모순을 해결해 참된 사회를 만들려는 움직임이 생겨난 것이지요. 새로운 가치, 새로운 지향을 제시해 산업사회가 안겨준 갈등과 아픔을 치유하려는 것입니다.

경제, 개발, 발전, 성장…… 이러한 급류에 의해 너무 소중한 가치들이 파괴되고 수많은 생명들이 위협받는 단계에 이르자 이를 막기 위한 방법들을 모색하기 시작했습니다. 무소유는 그러한 방법 중의 하나라 할 수 있습니다. 그러므로 옳고 그름과는 아무런 관계가 없는, 하나의 방법론이자 가치입니다.

무소유는 산업 발전의 폐해로 인한 인간성의 회복을 주창하는 가치입니다. 그렇다고 소유를 무조건 비난하지는 않습니다. 다만 보편 타당하고 지속 가능한 대안을 추구할 뿐입니다. 무소유와 소유는 결코 선과 악의 대결이 아닙니다.

무소유의 삶은 비주류의 삶

? 신부님은 서울대교구 소속인가요? 현재 공동체를 운영하고 계신데, 공동체생활이 정식으로 허락이 됐다면 그것은 선교의 목적인가요? 아니면 사회봉사 차원의 활동인가요?

그 질문은 마치 제 입지가 좀 비정상적 아니냐는 뜻으로도 들립니다. 그렇지만은 않습니다. 서울을 떠나 사는 것일 뿐이며 공동체 마을을 해보고자 오랜 시간 준비해서 시작한 것입니다. 2004년이 처음 출발이지요. 마을 건설은 제가 처음부터 기초해서 시작했지만 어떤 숭고한 뜻을 이루면서 함께 살고자 했던 것은 아닙니다. 서울대교구 본당 신부로 있으면서 2년 동안 기초적 토대를 세워

나갔으나 계획대로 되지 않았습니다. 결국 주교님께 이 일에 본격적으로 헌신해야겠다고 말씀드렸지요. 아무래도 내가 직접 들어가서 살아야 할 필요를 느꼈기 때문입니다. 주교님은 선뜻 찬성하지는 않으셨어요. 아무래도 공동체란 특별한 소수를 대상으로 한 사목일 수밖에 없다는, 일종의 비교 우위적 시각이 있었겠지요.

그래서 그동안 한 번도 쓰지 않은 안식년을 써야겠다고 말씀드렸습니다. 안식년이라면 허락을 받을 수 있으니까요. 그렇게 3년을 살았습니다. 하지만 3년으로는 어림도 없어서 주교님에게 다시 말씀을 드렸지요. 다행히 교구 사회사목부로 발령을 받았습니다. 지금은 안식년이 아니라 공식적으로 공동체에 몸담고 있습니다.

? 두 가지를 묻고 싶습니다. 첫 번째는 지금 계시는 곳에서 어떻게 생활하는지입니다. 두 번째는 우리나라에는 다양한 성격의 공동체가 있는데, 교류가 거의 없는 것으로 알고 있습니다. 설립 목적은 다를지라도 '공동'이라는 측면에서 교류를 통해 서로 도움을 받을 수 있지 않을까요?

첫 번째 질문에 답하죠. 우리 마을은 가톨릭신앙인 공동체 마을입니다. 《사도행전》을 보면 서로 가진 것을 전부 내놓고 살았다는 기록이 있습니다. 그랬더니 그들 중에 가난한 사람이 아무도 없더라는 기록이 두 군데나 나옵니다. 예수님을 따르는 제자의 삶

"공동체는 하나의 이념 아래 모이는 것입니다.
자기 생각은 버리고, 자기 가치관은 양보하고,
자기 욕심은 깊이 파묻어야 합니다."

을 살면 누구나 위대한 초대교회를 실험하고 완성할 수 있습니다. 그런 실험을 성공적으로 이끌어 이미 하나의 역사를 이룬 공동체들도 많습니다. 저희도 그런 삶에 도전해보자는 뜻에서 시작했지요. 설령 실패한다 해도 정녕 실패는 아닙니다.

그러나 초기에는 어려움이 많았습니다. 많건 적건 자기 것을 내놓고 시작하자 했는데, 처음에 11세대가 들어왔다가 7세대는 돌아갔습니다. 지금 4세대가 남아 공동으로 기도하고, 식사하고, 노동을 합니다. 특별한 구조나 제약은 없습니다. 평신도들로 이루어진 소박한 수도원을 떠올리면 됩니다. 물론 아이들도 공동으로 양육하고 가르치지요.

두 번째 질문에 대한 건데, 말씀하신 대로 공동체 간의 연대나 교류는 별로 없는 편입니다. 저희의 경우 2002년부터 공동체 마을을 준비했는데, 2년 동안은 다른 공동체의 도움을 받기 위해 노력했습니다. 아무래도 경험이 없으니까요. 그때는 저희도 공동체 연대가 있으면 좋겠다고 생각했습니다. 처음 출발하는 사람들에게 큰 도움이 되지요. 그런데 막상 본격적으로 공동체를 개척하기 시작하자 그런 것을 생각할 여유가 없었습니다. 여러 가지 이유가 있으나 공동체마다 설립 목적과 역사, 기능이 다릅니다. 가장 큰 이유는 공동체생활이 '삶' 그 자체이기 때문입니다. 삶을 이론적으로 풀어낼 수는 없으니까요.

누구나 자기 앞의 삶을 살아가는 것을 우선합니다. 다른 사람들, 다른 사회가 어떻게 사는지 속속들이 파악하고 교류하는 일은 쉽지 않습니다. 아주 간단한 차원에서는 이루어지겠지요. 예컨대 한 지역에 있는 공동체나 기독교 공동체끼리는 가능합니다. 그런데 실제 공동체에서 생활하다 보면 우리 자신의 삶을 꾸려나가느라 연대와 교류는 그다지 관심사에 들어오지 않더라고요.

제안은 몇 군데에서 받았습니다. 흩어져 있는 공동체를 합치면 힘을 받지 않겠느냐는 견해도 있었습니다. 제안을 받으면 가장 먼저 떠오르는 것은 제안한 사람이 현재 공동체에서 살고 있는지에 대한 의아함입니다. 그 사람이 구체적인 공동체 안에서 살며 고민하고, 실제 삶을 체험하지 않은 것은 아닌지 하는 의구심이 듭니다. 공동체에서 실제로 사는 사람이라면 그런 제안을 하지 않을 것입니다. 공동체의 삶에 대한 실질적인 고민은 그 테두리 안에서 사는 사람들이 매일 하는 것입니다.

그런 이유들과, 보다 더 근본적으로는, 우리의 갈 길이 바빴기 때문에 연대를 생각할 겨를이 없었습니다. 어쩌면 제가 모르는 사이에 다른 공동체끼리 연대가 이루어진 곳도 있을 것입니다.

? 오래전부터 귀농을 꿈꾸고 있습니다. 산위의마을에서는 농사를 어떻게 짓는지 궁금합니다. 공동체에서는 모든 것을 내놓고 생활해야 한다고 하는데, 물질의 지배를 받는 이 시대에 마음과 뜻이 화합되는지 의문입니다.

저희 공동체는 농업 노동을 중심으로 유지합니다. 공동체에 들어온 가족들은 이제까지 대부분 도시에서 머리로만 살던 사람들입니다. 그런 사람들이 갑자기 몸으로 산다는 것은 매우 어려운 전환입니다. 어떤 사람들은 육체적으로 사는 일이 어렵지 않다고 여길지 모르지만 실제 밭에서 일을 해보면 그렇지 않습니다.

단양, 하면 마늘로 유명하지요. 우리도 마늘 농사를 수백 평 짓습니다만, 그걸로 큰 수입을 올리진 못합니다. 지금 수입 작목은 더덕, 콩, 야콘 3가지입니다. 처음에는 본토인들 따라하면서 배우자고 더덕, 고추, 콩 3가지를 했는데 고추 대신 야콘으로 바꾸었지요. 고추는 유기농으로 하는 게 너무 힘들어 한 번도 돈을 받고 팔아보지 못했습니다. 그래서 고추는 포기하고 우리 먹을 것만 짓습니다. 제초제, 화학비료, 병충해 농약을 쓰지 않을 뿐 방식은 관행농법과 똑같습니다.

우리 공동체에서 가장 오래 산 사람은 5년입니다. 4년 산 사람도 있고, 나머지 가족들은 1~2년차입니다. 귀농하신 분들은 잘 아시겠지만 농업은 파종에서 수확까지 4계절을 거쳐야 하는데 우리는 경험이 축적되지 못하고 있습니다. 농사가 몸에 좀 익을 만하면 떠나고 맙니다. 사람이 바뀌니 경험이 쌓이질 않고 노하우가 전수되지 않지요. 그런 어려움이 처음부터 지금까지 계속되고 있습니다.

공동체에서 구성원 상호간의 '관계'는 가장 큰 난제입니다. 공동체뿐 아니라 인간이 모여 사는 모든 곳에서 반드시 문제가 되지요. 직장생활을 하시는 분들은 잘 알 것입니다. 하루에 8시간 근무하는 것도 마음이 안 맞아 직장을 떠나는 일이 비일비재합니다. 그런데 공동생활은 하루 24시간을 함께해야 합니다. 아침에 눈을 뜨면 시작하는 아침기도부터 저녁기도까지 늘 붙어 있고, 식사도, 일도 함께 해야 합니다. 잘 때만 각자의 집으로 돌아갑니다. 그래서 각자 가진 성격이나 라이프스타일이 긴장과 갈등을 유발합니다. 하루 종일 함께 지내는 공동생활은 모든 사람에게 적용되고 신부, 수녀도 마찬가지입니다. 설사 불편한 마음이 있고 껄끄러운 관계가 있어도 극복해내기 위해 몸부림을 칩니다. 그 자체가 공동체 수행이라고 보겠지요.

? 생태공동체를 꿈꾸는 청년입니다. 방금 말씀하신 관계의 문제인데요, 함께 생활하다 보면 의도하지 않게 상처를 줄 수도 있고 오해가 갈등으로 이어질 수도 있는데 이 문제를 어떻게 해결하는지 궁금합니다. 그리고 공동체생활에서 가장 필요한 덕목은 무엇인지요?

갈등의 문제에 대해 질문하신 것을 보니 갈등을 많이 겪어본 것 같네요. 상호간의 긴장과 분란에 대한 질문은 쉽지만 대답은 무척 어렵습니다. 방법을 알고 있으면 해결이 될 터이지만 방법을 찾기가 어렵지요. 수십 년의 역사를 가진 공동체도 마찬가지입니다. 전통적인 방법을 주장하는 사람도 있으나 전통은 늘 바뀌기 마련이지요. 사람이 바뀌고, 시대가 바뀌기 때문에 전통적인 방식으로 갈등을 해결하기는 어렵습니다.

과거 한국 사회의 관계적 삶을 규정하고 맺어주는 요체는 유교적 질서였습니다. 이른바 장유유서의 덕목이지요. 오늘날 한국의 가정과 직장, 사회에서 이 덕목은 지금도 유지되고 있으며 관계 문제를 어느 정도까지 정리하는 데 기본적 틀이 됩니다. 하지만 장유유서만으론 모든 것이 해결될 수 없는 시대에 우리가 살고 있습니다. 신세대는 자기감정을 숨기지 않고 거침없이 표현합니다. 그것이 나쁘다거나 잘못되었다는 말이 아니라 기성세대가 그것을 잘 수용하지 못하는 데서 문제가 생깁니다.

다행인 점은 공동체에서는 일반 사회에 비해 그러한 갈등을 상대적으로 다스리기가 쉽다는 것입니다. 기본적으로 더불어 살기 위해 공동체에 들어온 사람들이기 때문에 양보나 이해, 배려심이 아무래도 깊다고 생각합니다. 물론 언제나 그런 것은 아닙니다. 이해심과 관대한 마음을 지니기 위해 노력하지만 쌓이고 쌓인 감정이 한순간 터져 나오기도 하지요. 또 기본적으로 세상 사람은 모두 자기만의 스타일이 있습니다. 결국 가치관의 문제인데 가치관이 부딪쳐 갈등을 일으키지요.

제 경험에 의하면 가장 좋은 방법은 대화입니다. 대화를 많이 하는 것 이상으로 좋은 방법은 없습니다. 공동체뿐 아니라 이 사회에서도 가장 좋은 처방약입니다. 자신의 감정을 전부 이야기할 수는 없고, 대화를 한다고 해서 문제가 100% 해결되는 것은 아니죠. 그러나 오해의 부분은 풀립니다. 마주앉아 이야기하기 어려우면, 우리는 리더를 통해 대화를 하고 해결 방법을 찾습니다.

공동체는 선한 마음가짐과 생각을 가지고 함께 모여 사는 곳이라고 여기기 쉬우나 사실은 그렇지 않습니다. 공동체는 하나의 이념 아래 모이는 것입니다. 자기 생각은 버리고, 자기 가치관은 양보하고, 자기 욕심은 깊이 파묻어야 합니다. 그 과정을 끊임없이 되풀이해야 합니다. 인간이 모여 사는 곳은 어디나 마찬가지입니다. 기본적인 문제가 끊임없이 발생합니다. 공동체 사회가 마치 천국과 같다고 생각하면 안 됩니다. 천국을 만들기 위해서는 서로가 상대를 존중하고 배려하는 덕목을 갖추어야 합니다.

배려는 우리 공동체의 네 번째 수행 덕목입니다. 그 앞에는 사랑, 순명, 자비심이 있습니다. 아무리 힘들고 어려워도 겸손과 배려심이 실천되면 갈등을 줄여나갈 수 있지요.

? 산위의마을은 경제적으로 자급자족이 되는지 궁금합니다. 그리고 한 가지 더, 아무 때나 방문해도 됩니까?

기본적으론 자급자족을 목표로 세우고 있는데요. 우리가 심는 작물과 잡곡이 모두 40여 종 되는 것 같습니다. 최대한 자급을 하려고 애를 씁니다. 생산이 풍부한 5월부터 10월 중순까지는 자급률이 높습니다. 쌀농사를 짓지 않기 때문에 1년에 쌀 80kg짜리 40가마를 사야 하고 그 외의 야채는 가을까지는 그런대로 자급을 합니다. 겨울 부식거리는 어쩔 수 없이 시장에 많이 의지하지요. 현재로선 식량의 완전한 자급은 불가능하지만 농사가 몸에 익고 경험이 쌓이면 먹을거리를 풍부하게 생산해낼 수 있습니다. 그렇게 되면 자급자족도 가능해질 테지만, 거기까지 가기 위해 풀어야 할 과제들이 많습니다.

마을 방문의 문제에 대해서는, 공동체는 어디나 똑같은 인식을 가지고 있습니다. 자기들끼리만 잘살려는 공동체 마을은 없습니다. 공동체는 모두 환대의 정신으로 살아갑니다. 4세기에 쓰여진 '베네딕도수도규칙' 이후 지금까지 공동체들은 방문자를 환대하는 전통을 이어오고 있습니다. '나그네를 잘 대접하라'가 가르침 중 하나이지요. 그러므로 모든 방문자를 환영합니다. 단, 공동체마다 특징이 있고, 방문객을 제한해야 하는 특별한 시기가 있으므로 미리 연락을 취해야 하는 절차가 있다면 존중해주시는 것이 필요하겠지요.

"돈도 신발도 지팡이도 가져가지 말라"

? 지구상에는 수많은 생물들이 존재합니다. 그중 인간만이 소유를 합니다. 가톨릭은 소유에 대해 어떤 가치관을 가지고 있습니까?

그 질문에 대답하기 위해서는 예수님과 교회에 대해 먼저 생각해야 합니다. 예수님은 당시 유대교 사회에 등장한 젊은 예언자였습니다. 그는 유대교가 신봉하는 율법 체계에 도전한 것이 아니라 율법의 근본 정신과 실천성의 문제를 제기하신 것입니다. 비판만이 아니라 대안을 제시했습니다. 당연히 유대 종교지도자들에게 배척당할 수밖에 없었고 결국은 제거되었지요. 하지만 예수님의 가르침까지 제거하지는 못했습니다.

예수님의 가르침은 전적으로 옳은 것을 넘어 생명력으로 다가옵니다. 그래서 사람들이 그 가르침의 진실과 생명력을 얻고자 모인 집회가 교회입니다. 또한 가르침을 추종하는 세력들이 늘어나고 조직이 갖춰지면서 그리스도교가 형성되었지요. 가톨릭교회는 기본적으로 유대교를 바탕으로 출발했으므로 유대교 입장에서는 일종의 이단 종교라 할 수 있었겠지요.

종교는 자기 스승의 교지를 따르는 것입니다. 종교인의 삶의 자세는 스승의 말씀을 실천하느냐 하지 않느냐로 구분할 수 있습니다. 예수님의 삶이 무소유의 삶이었음을 알게 된다면 제자로서 소유에 대한 태도가 어떠해야 하는지 알 수 있습니다. 삶의 해답을 예수님의 삶에서 찾는 것이 제자의 삶입니다. 모든 존재를 사랑하고 생명과 평화의 길로 나아가는 것이 진정한 예수 추종의 삶이 아닐까요?

그러나 예수, 즉 종지를 따르는 정신세계와 그것이 조직화되어 교회를 이루는 물상세계는 완전히 같지 않습니다. 조직화는 교회를 만들고 유지시키고 성장시키는, 일종의 종교라는 틀을 관장하는 도구이지요. 사회학에서 말하는 종교의 요소인 교리와 경신례, 윤리계율, 이 3가지를 통일적으로 다루고 지키고 확장하는 조직이 교단, 교회입니다. 그 조직에는 각각의 기능이 있지요. 물질을 멀리하는 불교에서도 기본적인 재물은 필요합니다. 교단과 사찰을 책임지고 운영, 유지해가는 조직을 사판(事判)이라고 합니다. 그들은 물질을 다룹니다. 선과 가르침을 추구하는 것은 이판승(理判僧)의 몫입니다. 그들은 오로지 수행에만 몰두합니다. 종교가 정신적인 수행에만 몰두하면 종교로서의 조직이 만들어질 수 없지요.

종교는 기본적으로 무소유를 추구함으로써 영성과 정신세계를 지켜나갑니다. 물질을 관리하는 것은 그 종교가 유지될 수 있게, 중요한 기능이 사라지지 않도록 하는 보조 역할입니다. 가톨릭교회 역시 무소유의 삶을 추구합니다. 수도원의 발생과 역사가 무소유의 역사입니다. 수도승들은 가장 기초적인 의식주만 해결하고 오직 기도와 관상, 수행에만 전념했습니다. 물론 그때도 교회를 유지하는 조직체계는 있었지요.

수행과 물질 관리는 어느 종교나 분리되어 있습니다. 교회 조직의 역할은 그 종교가 원래의 목적을 추구하도록 지원하는 것입니다. 그 일을 체계적으로 하기 위해 신부가 생기고 주교와 교황이란 직제가 생긴 것입니다. 그러한 체계는 스승의 삶을 따르고자 하는 사람들을 지원해줍니다. 즉 원래의 목적은 믿음을 이끌어주는 것입니다.

하지만 세월이 흐르면서 많이 변했습니다. 예수님의 가르침에서 벗어나는 물질의 추구나 종교의 원래 목적과 어긋나는 현상들이 나타나면서 가톨릭교회가 비난을 받은 일도 많았습니다. 그런 반면 영성을 추구하는 순수한 수행 전통 역시 이어져오고 있습니다. 오늘날까지 도도히 흐르는 수도회 전통이 있고, 물질에 대항하는 새로운 정신운동이 곳곳에서 일어나고 있습니다.

물질과 정신을 분리했을 때 교회의 기능이 어느 쪽으로 강화되느냐에 따라 교회의 사회적 기능이 달라지고 사회적 평가 또한 달라집니다. 물질로 흐르면 정신은 뒤처지고, 심해지면 타락하지요. 사람들의 시각에 따라 다르겠지만 현대의 가톨릭교회는 영성을 추구하는 방향으로 나가고 있습니다. 소유를 추구하거나 중요시하는 태도는 종교의 목적에 맞지 않고 스승의 가르침에도 어긋나기 때문에 무소유의 길을 걷고자 하는 것입니다. 소유는 일시적인 욕망에 불과합니다. 사람은 소유만으로 결코 행복해질 수 없으며 인간 본연의 가치를 발휘하지도 못합니다. 그런 의미에서 무소유는 가톨릭이 추구하는 기본 정신 중 하나입니다.

? 예수님은 구체적으로 어떤 무소유의 삶을 사셨나요?

객지의 마구간에서 탄생해 십자가에서 돌아가신 생애 자체가 무소유한 삶의 드라마입니다. 어느 누구보다 철저하게 무소유의 모습으로 육화하셨습니다. 사람은 하늘이 점지한 이상 태어나게 되어 있고 살아가게 되어 있고 죽게 되어 있습니다. 《누가복음》에 예수님 스스로 규정하시기를 “여우도 굴이 있고 하늘의 새들도 둥지가 있지만 나는 머리 둘 곳조차 없습니다”라고 하셨습니다. 제자들을 파견하실 때도 “돈도 신발도 지팡이도 가져가지 말라”라고

명하시면서 무소유의 방식으로 일할 것을 주문하셨습니다. 예수님은 죽어서까지도 남의 무덤에 묻혔지요. 아무리 비천하고 가난하게 산 사람도 자기 무덤은 있습니다. 그러나 예수님은 무덤조차 없었습니다.

무소유의 삶은 누구라도 실천 가능합니다. 나는 사는 동안 살게 되어 있고, 죽을 때 죽는다는 인명재천의 섭리에 의탁하면 됩니다. 더 가지려 애쓰지 않아도 되고 다른 사람의 것을 빼앗아 자기 소유로 만들 필요도 없습니다. 예수님은 완전한 무소유의 삶을 사셨으나 인류의 스승이 되었습니다. 스승의 방식을 따르는 것이 제자로서 옳은 삶입니다.

? 원래 종교인은 마음수행이 첫째이고, 포교는 두 번째로 알고 있습니다. 교리에 따라 다르겠지만 사람들의 삶의 방식에 직접적으로 개입하지는 않는 것으로 알고 있습니다. 그럼에도 신부님이 공동체 운동에 힘을 쏟게 된 연유는 무엇입니까?

제가 살고 있는 소백산 산위의마을은 그야말로 공동체생활 마을이고, 서울에는 예수살이공동체가 있습니다. 예수살이공동체는 도시의 삶에 대한 일종의 안티 소비문화 운동을 실천하는 공동체입니다. 예수살이 운동이 현대 기술 문명을 완전히 거부하는 것은 아니고요, 그런 것들을 오히려 주체적으로 이용하자, 마케팅이 중심이 아니라 인간 의식이 중심이 되는 소비생활이 되게 하자는 문화운동입니다. 동시에 정의 평화 운동에도 가담합니다. 공동체 운동이란 세상과 분리된 유유상종의 삶이 아니라 세상의 평화에 대한 투신의 삶이기도 합니다. 사실상 가장 래디컬한 사람들이라고 할 수 있습니다.

우리 공동체의 가장 기본적인 목표는 인간적 성장입니다. 사랑의 실천과 나눔의 정신, 신앙의 덕성 가운데 사랑의 방향이 올바른 곳으로 갈 수 있도록 안내하는 것이 바로 신앙입니다. 종교적으로 훌륭하게 성장하지 않으면 신앙공동체의 의미가 없게 됩니다. 지금 아무리 잘산다 해도 삶이 엉뚱한 곳으로 흘러가버리면 무슨 의미가 있겠습니까.

화려한 호화 여객선에 타고 있다고 가정해봅시다. 그 배는 가고자 하는 목적지가 있습니다. 배에 탄 사람들은 전부 그곳을 향해 갑니다. 가고 싶은 곳이 다양할지라도 그 여객선에 탄 이상 어쩔 수 없습니다. 항해에서 가장 중요한 것은 목적지입니다. 배의 크기나 시설, 서비스, 선장의 능력 등은 부차적이지요. 도착할 세계가 어떤 곳이냐가 중요하다는 말입니다. 만약 그 배가 자신이 원하는 곳이 아닌 다른 곳으로 가고 있다는 사실을 뒤늦게 알았다면 어떻게 해야 합니까?

우리 인생도 마찬가지입니다. 열심히 살고 있는데 잘못된 방향으로 가고 있다면 생의 의미가 없게 됩니다. 잘못된 방향에 대한 책임이 자신에게 있음을 인정하지 않는다면 도둑이 열심히 도둑질을 하면서 "나는 가족을 위해 열심히 노력했으므로 올바른 삶을 살고 있다"고 위안하는 것과 같습니다. 신앙생활 차원에서 이야기하자면, 열심히 교회에 다녔고 가난한 이에 대한 나눔도 열심히 실천했다고 한다면 훌륭하게 신앙생활을 한 것이 틀림없습니다.

그러나 내가 결합되어 살아가는 세계가 대량 생산과 대량 소비, 대량 폐기의 구조인데 자발적인 소비문화의 노예로서 생태계를 파손하며 살아갔다면 그 종말의 결산은 어떻게 될까요? 열심히 산 것은 인정하지만 엉뚱한 목적지에 도착한 여객선이라는 말이지요. 스승이 가르쳐준 참된 삶이 무엇인가를 깨닫고 살아야 합니다.

인간의 정신을 포박하여 주체성을 마비시키고 의식을 지배하는 마케팅은 악령입니다. 악령의 사슬에서 벗어나야 합니다. 그것이 안티 소비문화 운동이고 예수살이 운동입니다. 내가 타고 있는 호화 여객선이 죽음의 목적지로 가고 있음을 아는 순간 그 배에서 지금 당장 뛰어내릴 궁리와 실행이 요구됩니다. 옆에 붙어 있는 작은 구조선에 옮겨 타고 벗어나야 올바른 목적지를 기약할 수 있습니다.

공동체생활은 호화 여객선에서 내려 작은 구조선에 옮겨 타는 실천입니다. 이런 공동체의 생태적인 삶은 많은 지성들이 이미 오래전부터 구상하고 있었습니다. 여객선에서 탈출하는 것이 해답임을 많은 사람들이 알고 있었다는 뜻이죠. 그것을 아는 데 그치지 않고 실행으로 옮긴 것이 공동체입니다. 그 옛날 예수님이 설파하시고 보여주셨던 삶의 정신과 자세를 오늘에 되살려, 생명을 살리고 자연과 더불어 무소유의 삶을 사는 것입니다.

강은 거꾸로 흐르지 않는다

? 정치적 측면과 사회적 측면, 종교적 측면이 동시에 담긴 질문을 하겠습니다. 현재 이슈화되고 있는 4대강 사업이 우리 사회를 양분시키고 있습니다. 일부에서는 국가발전의 동력이라고 주장하는가 하면 일부에서는 4대강 죽이기라고 합니다. 4대강 사업이 우리 사회와 국가에 어떤 의미가 있다고 생각하십니까?

4대강 사업에 종교적 측면을 연관시키는 것은 아무래도 무소유를 염두에 둔 질문 같습니다. 앞서 말씀드린 대로 무소유의 삶 자체가 기본적으로 자연의 생태적 구조를 존중하는 것입니다. 자연에 대한 무소유가 우리 삶의 기초가 됩니다. 그런 점에서 4대강 개발 문제는 우리 사회에 갈등을 일으키는 차원을 넘어 자연에 대한 학대가 분명합니다. 이는 무소유가 자연의 이치를 존중하는 것에 대조됩니다.

유유상종이라는 말이 있듯이 사람들은 대체로 같은 인식을 가진 사람들끼리 모입니다. 비슷한 생각을 가진 사람들이 친구가 되는 것이지요. 제가 아는 대다수 사람들과 신부들은 4대강 개발에 반대하고 있습니다.

반대의 목소리는 그다지 크지 않습니다. 일부에서 목청을 높이고 일부 언론 역시 지속적으로 강하게 반대하고 있지만 전 국민적 공감이나 행동을 불러일으키지는 못합니다. 그 이유는 무엇일까요? 4대강 개발이 우리 삶의 터전을 위태롭게 할 수 있다는 것을 잘 알면서도 왜 대다수가 침묵을 지킬까요?

여러 가지 이유가 있으나 가장 큰 이유는 역시 소유 문제 때문입니다. 사람들은 더 많은 소유를 통해 자신의 지위를 확보하고 생을 보장받으려 합니다. 지배적 위치, 소유를 더 중요하게 여기고 심지어는 인생의 목표로 삼습니다. 자연히 생명이나 공존의 가치들은 무기력하다고 여깁니다.

소유의 구체적인 형태는 권력과 학벌, 재산으로 나타나며 사람들은 이 3가지를 손에 쥐려 합니다. 그런데 학벌과 권력은 추구하는 시기가 따로 있습니다. 평생의 대상이 아닙니다. 반면 재산 증식은 평생을 두고 할 수 있습니다. 그래서 생애를 통해 올인하게 됩니다. 이런 현상은 1990년 이후 더 심해져서 재테크가 가장 중요한 화두가 되었습니다. 오직 경제만이 중요한 가치가 된 것이지요. 민주주의가 어느 정도 성취된 후에 국민의 시선은 경제에 쏠리게 되었고 정치권은 득표를 위해 경제살리기, 뉴타운 등의 구호에 환장을 했던 겁니다. 호화 여객선 티켓을 얻으려고요.

대통령 선거나 국회의원 선거, 자자체 선거를 보아도 우리가 얼마나 소유에 목말라하고 정치인들이 그 욕망을 잘 이용하는지 알 수 있습니다. 정치인들의 정책, 공약이란 게 전부 '개발'입니다. 신도시 개발, 도로 건설, 공항 건설, 공장 유치, 관광지 개발, 외자 도입, 뉴타운 건설…… 건설과 개발뿐입니다. 생명 수호와 자연보존을 주장하는 공약은 1%나 될지 모르겠습니다. 모든 정당과 후보들이 한결같이 개발을 내겁니다. 우리나라에 아직도 건설과 개발이 부족합니까?

그것은 정치인들만의 잘못은 아닙니다. 그러한 개발을 요구하는 국민들에게도 책임이 있습니다. 자연보호 운동을 하는 사람이나 생태운동을 하는 사람들은 일반적으로 "지구를 살리자" 혹은 "생태를 살리자"라고 말합니다. 그 표현은 잘못된 것입니다. 지구나 생태는 죽지 않습니다. 그 안에 사는 인간이 죽는 것이고 위험한 것입니다. 현재 4대강 개발을 물리적으로 막기는 불가능합니다. 공사는 강행되고 퇴임 전에 어떻게든 준공 팡파르를 울릴 것입니다. 텔레비전 뉴스와 신문을 도배하고, 유람선을 띠울 것입니다. "보라! 반대했지만 이루어놓으니 얼마나 좋으냐?" 하면서 푸닥거리를 통해 표를 얻겠지요. 그 다음에는 운하로 연결할 계획을 세울 것입니다. 그러나 그쯤에서 멈추게 됩니다. 스스로 멈추는 게 아니라 국민들이 더 이상 용납하지 않기 때문입니다. 욕망의 개발 삽질은 멈추게 되어 있습니다. 망가진 자연 앞에서 사람들은 곧 자신을 되돌아보게 됩니다. 우리가 너무 멀리 왔다고 깨닫게 될 것이기 때문입니다.

'경제가 최우선이다'라는 프레임을 가진 세력들은 물러가고 도덕적이고 올바른 정신세계를 추구하는 사람들이 나서게 됩니다. 그때가 되면 자연은 원래대로 되돌아갈 것입니다. 우리는 인간에 대한 신뢰를 가져야 하는 것처럼 자연에 대해서도 신뢰를 가져야 합니다. 강이 거꾸로 흐르는 땅은 이 세상 어느 곳에도 없습니다. 인간이 교만한 힘으로 강물을 되돌리려 하면 잠시 거꾸로 흐를 수도 있지만 얼마 후 자기 질서를 찾아갑니다. 강을 개발하는 것은 자연의 순리도 질서

©산안마을

"하느님께서 노아를 통하여 방주를 준비하게 하셨듯이
우리 시대 선인들을 통하여 방주를 만들게 하시고
새로운 창조를 시작하십니다. 그것을 우리 신앙인의
입장에서는 이 시대의 부르심으로 해석하고
공동체생활로 응답하는 것입니다."

도 아닙니다.

현재 4대강 사업에는 엄청나게 많은 비용이 퍼부어지고 있습니다. 자연이 파괴되는 것은 말할 것도 없고 공사 도중 사고로 사람들이 죽기도 합니다. 국민들의 피를 요구하는 무모한 개발, 국민들의 아까운 세금을 무한정 잡아먹는 개발은 오래가지 못합니다.

? 보통사람들이 많이 축적하려는 행위는 미래에 대한 불안 때문인 것 같습니다. 이에 대해 어떻게 생각하시는지요?

신부로 사는 것은 여러 가지로 좋은 점이 많습니다. 그중 하나는 가지지 않아도 풍요롭고, 부족한 것이 없다는 점입니다. 물질뿐 아니라 사람들과의 만남에서도 마찬가지입니다. 언제나 사람들이 많아 고마움을 느낍니다. 좋은 사람들을 많이 만나 행복하고 그들에게서 배우는 것이 많아 더 풍요로워집니다.

공동체를 운영하면서 우리 구성원들은 물질을 추구하지 않지만 공동체 자체는 오히려 무소유의 삶으로 들어가는 것이 아니라 소유의 삶을 삽니다. 가난하게 살기 위해 돈이 있어야 한다고 생각하는 것입니다. 이게 무슨 말일까요? 국가나 사회를 보면 조직은 돈이 많은데 구성원은 가난한 경우가 있고, 반대로 구성원은 부자인데 조직은 가난한 경우가 있습니다. 예컨대 수도회라든가 국가, 정부는 부자이지만 국민이 가난한 경우가 있고, 국민은 부자이지만 정부가 가난한 경우도 있습니다. 어떤 형태가 더 좋을까요?

공동체가 부자이고 개인은 가난한 형태가 더 낫습니다. 개인은 무소유로 살면서 공동의 번영을 위해 노력하고 헌신하는 것이지요. 공적으로 부유해야 결국 개인이 편안하고 행복하게 살 수 있습니다. 각 개인은 엄청나게 부자이지만 나라가 가난해 사회의 기본 시설이나 도로, 치안, 학교 등이 부실하면 개인은 불편하기 짝이 없고 행복한 삶을 누리기 어렵습니다. 인간으로서 기본적인 생활이 불가능하기 때문입니다.

사람들은 소유하지 않으면 늘 불안합니다. 국가나 공동체가 그 두려움을 불식시키는 시스템을 만들 수 있습니다. 예컨대 몸이 아플 때 국가가 무료로 치료해주고 공동체가 보살펴주면 개인은 질병에 대비한 돈을 모을 필요가 없습니다. 개인 혼자서는 큰 병을 치료할 돈을 마련할 수 없으나 공동체가 부담하면 그만큼 소유의 필요성이 줄어들게 되지요.

저는 공동체가 무소유의 삶, 욕심 없는 삶을 보장해주는 시스템을 만들 수 있다고 믿습니다. 완벽할 수는 없지요. 저는 가끔 공동체에 돈이 다 떨어지면 어떡하나 하는 근심을 합니다. 함께 살아가야 할 입은 많은데 어느 날 돈이 똑 떨어지면 큰일이지요. 예전에는 돈에 대한 개념이 없었고 현재 통장에 얼마나 남아 있는지 주의를 기울일 필요조차 없었으나 지금은 늘 주의 깊게 살펴봅니다. 현재 얼마가 있고, 이번 달 수입은 얼마고, 지출은 어디에 얼마를 해야 하는지 늘 생각합니다. 그럴 때 통장의 숫자가 줄어들면 그만큼 불안감이 커집니다. 소유에 사로잡힌 것이지요.

그것이 잘못되었다는 것을 잘 알면서도 현실로 다가오니 어쩔 수 없습니다. 공동체의 책임을 맡고 있는 이상 소유에 관심을 쏟지 않을 수 없는 것이지요. 그러나 구성원들은 그런 스트레스가 없습니다. 공동체에서 해결해주기 때문에 내 통장의 잔고를 불안스레 살펴볼 필요가 없습니다. 불안이 커지면 소유 욕심이 더 많아지고, 돈을 챙기고 수입을 챙기고 계산에 밝아집니다.

무소유의 삶은 무엇을 먹고 마실지, 어떤 옷을 입을지 걱정하지 않는 삶입니다. 꼭 필요한 것은 소유하되 그 이상의 것에 욕심을 내지 않는 삶이지요. 사람은 누구나 자기 먹을 것은 가지고 태어났다는 믿음으로 사는 것입니다. 자연이 준 내 몫이 있으니 더 먹으려고 욕심을 부릴 필요도 없으며 남의 것을 빼앗으려 악착같이 덤비지 않아도 됩니다. 내 몫이 많든 적든 어딘가에 반드시 있으니 굳이 욕심을 내지 않습니다.

그럼에도 공동체 운영의 책임자로 선발된 사람은 구성원들의 몫을 보호해야 할 책임이 있습니다. 제가 공동체를 책임지기 전에는 물질 추구나 통장의 숫자에 관심을 기울이는 행위를 그다지 좋지 않게 보았습니다. 공동체가 정신적인 삶을 추구하는 것인데 왜 현실에 급급해 하느냐는 인식이었죠. 그런데 막상 책임을 맡고 보니 공동체를 부유하게 만들어 구성원들이 무소유의 삶을 추구할 수 있도록 해야 한다는 사실을 깨달았습니다. 이는 제가 아니더라도 누군가는 해야 하는 역할이지요. 공동체가 부유하면 각 개인들은 굳이 소유의 삶을 바라지 않습니다. 그래서 저는 공동체를 풍요롭게 하기 위해 늘 고민합니다.

? 개인적인 질문을 던지겠습니다. 현재 신부님이 소유하고 있는 가장 비싼 물건은 무엇입니까? 물욕이나 소유욕 때문에 괴로웠던 적은 없으셨나요?

제가 가지고 있는 물건 중에 가장 비싼 물건은 딱히 떠오르지 않습니다. 굳이 가격을 매기자면 몇 십만 원은 되겠네요. 그러나 그다지 의미가 없습니다. 수도생활을 하는 사람에게 물질은 아무런 필요가 없지요. 가져야 할 이유가 없기 때문이며 욕심을 부려야 할 과제도 없지요.

그렇다면 욕심은 무엇일까요? 욕심은 모든 인간이 지닌 기본적 본성입니다. 욕심(욕구)은 크게 3가지로 나눌 수 있습니다. 식욕, 성욕, 수면욕이지요. 이 3가지를 채우지 못하면 인간은 존립하기 어렵습니다. 생존하기 위해 본성적이고도 선험적으로, 또 태생적으로 지니고 있는 것입니다. 욕구는 본능이라고도 할 수 있지요. 본능이기 때문에 누구에게 배우지 않아도 스스로 실행을 합니다. 엄마 젖을 빨 줄 알고, 배우지 않아도 잠을 잘 줄 알며, 가르치지 않아도 성행위를 합니다. 욕구란 생존에 필수적으로 주어진 조건입니다.

문제는 그 욕구가 사회적 관계로 나아가면 긴장한다는 겁니다. 식욕이 탐욕스러워지고 성욕이 무분별해지는 것이지요. 수면욕으로 인해 게을러지게 됩니다. 인간이 자연에서 살 때는 음식을 과도하게 저장해둘 필요가 없었습니다. 그러나 사회가 만들어지고 인구가 늘어나면서 욕심이 커졌습니다. 소유욕이 지배욕으로 이어지는 것이죠.

나 혼자라면 충분히 먹고도 남지만 다른 사람이 내 것을 빼앗아가지 않을까 하는 불안감에 더 많은 물질을 쌓기 시작합니다. 소유욕은 갈수록 커져 그것이 권력을 상징하게 됩니다. 그리하여 인간은 무의식적으로 내가 살아 있다는 것을 나타내기 위해 더 많은 물질을 쌓아둡니다.

그러한 욕심이 우리에게 필요할까요? 우리는 얼마나 더 쌓아두어야 만족할까요? 욕심이 팽배해진 데는 잘못된 교육도 한몫을 차지했습니다. 오늘날 우리나라의 교육은 겉으로는 전인교육, 참교육을 주장하지만 속은 그렇지 않다는 것을 우리 모두 알고 있습니다.

경쟁교육과 진학교육만이 평가받습니다. 교육에서 경쟁을 강조하는 것은 가장 나쁜 폐악입니다. 승자와 패자를 나누고 우수한 자와 미련한 자로 간단히 양분해버립니다. 교육의 참 목적이 경쟁인가요? 그렇지 않음을 우리는 잘 알고 있습니다. 그러나 현재 교육은 1등만이 살아남는다, 경쟁에서 이겨야 한다고 몰아붙입니다. 그러한 인식과 주입식 교육이 사회적으로 나타나 소유욕, 명예욕, 지배욕을 더 부추깁니다.

그 욕심들을 버려야 모두가 더불어 행복할 수 있습니다. 욕심을 버린다는 것은 너와 나의 관계, 나와 사회의 관계, 나와 자연의 관계에서 함께 사는 길을 찾는 출발점입니다. 이는 어렵지 않습니다. 추상적인 주장도 아닙니다. 1등만이 승자가 아니라 함께 승리하는 방식으로 교육을 바꾸면 됩니다. 선한 마음으로 돌아보면 내 것을 내주어 풍요로운 공동체 사회를 만들 수 있습니다. 나의 것 전부를 주라는 의미가 아닙니다. 더 갖기 위해 욕심을 부리지 말라는 것입니다.

물질 때문에 괴로운 적이 있었느냐고 물으셨는데, 없었습니다. 공동체 운영의 책임자로서 고민을 하다 보면 종종 불안감이 들 때도 있긴 합니다. 그러나 공동체를 하기 전이나 지금이나 성직자로서의 기본으로 살아갑니다. 부족한 것에서도 의미 있는 생활을 추구해야지요. 물질은 목적이 아니라 수단이기 때문에 다른 수단을 찾으면 되는 거구요. 부족하면 조금 적게 쓰거나 계획을 축소하면 안달할 일은 없게 되니까요.

기계로 인해 퇴화하는 인간들

? 담배는 끊는 게 아니라 참는 것이라고 하더군요. 소유 역시 담배와 같은 게 아닌가 생각합니다. 인간의 유전자에 소유 본능이 너무 깊게 새겨져 있는 것 같습니다. 무엇이든 갖고 싶은 본능이 강하지요. 물질 외에 권력이나 명예도 그렇고요. 사람과의 관계, 사랑, 친구도 소유욕의 하나라고 봅니다. 지금 계시는 공동체에도 그런 소유의 본능이 있

을 것이라 생각되는데 그로 인해 비롯되는 갈등을 어떻게 다스리는지 알고 싶습니다.

우리가 가지고 있는 것 중에는 아예 없는 편이 명백히 좋은 물질도 분명 있습니다. 그런 물질이 의외로 많습니다. 그런 것들을 하나씩 지워나가면 소유가 최소한으로 줄어들게 됩니다. 그리고 꼭 가져야 할 것도 최소한의 유익한 부분만 취합니다. 가령 어떤 영농 기계를 구입하자는 의견이 있으면 이것이 정말 필요한가 아닌가 검토하게 되는데 판단하기 어려울 때는 일단 구입하지 않습니다. 어쩌다 한 번 필요한 것은 필수품이라고 할 수 없기에 소유하지 않습니다.

우리는 무용, 절용, 활용을 추구합니다. 필요한 범위를 최대한 줄이고, 하나의 기구를 다용도로 활용하며, 가진 물건을 최대한 아껴서 생활합니다. 물질은 인성을 만드는 기능을 가지고 있습니다. 사람이 물질을 만들지만 물질도 사람을 만드는 것입니다. 그러다가 현대인은 물질에 조정받는 삶을 살게 되었습니다. 예컨대 승용차가 있느냐 없느냐에 따라 생활이 달라집니다. 승용차를 이용함으로써 우리 삶이 풍족해지는 게 아니라 승용차에 우리가 끌려 다니는 것입니다.

저희 공동체는 평일에는 새벽 6시에 미사를 드리고 주일에는 8시에 하지요. 이게 딱 정해져 있지는 않습니다. 가족들이 원하는 대로 변경합니다. 본래는 주일미사를 오전 10시에 했습니다. 일요일에 등산 가고, 놀러도 가기 위해 일찍 하자고 해서 8시로 바꾼 거지요. 바꾸고 나서도 실제로는 외출을 나가는 일이 거의 없습니다. 왜 나가지 않을까요? 차가 없기 때문입니다.

제가 공동체에 처음 들어갈 때 차를 가지고 갔습니다. 9년 동안 무사고로 탄 차인데 공동체에 들어간 후 9개월 동안 사고가 두 건이나 나서 폐차했습니다. 지금 공동체에 차가 아예 없는 것은 아닙니다. 화물차 2대와 7인승 겔로퍼 1대가 있습니다. 화물차는 농사 등 공용으로 사용하고 겔로퍼는 마을에서 살다가 퇴촌한 가족이 놓고 갔는데 35만km나 타서 폐차 직전이지요.

이 자동차가 생긴 후로 문제가 연이어 생겼습니다. 사람들은 차가 있으니까 자꾸 사용하려고 합니다. 낡은 차라서 고장이 자주 나고 돈이 들어가지요. 또 중요한 일이 아닌데도 읍내에 나가려고 합니다. 당연히 운행비가 들어가지요. 그래서 종종 자제하자고 합의하지요.

차량과 생활의 편의도구들이 나타나면서 인간의 삶은 퇴화하고 있습니다. 기계에 의존하지 않고는 하루도 살 수 없습니다. 차가 있음으로써 걸어 다니는 거리가 엄청 줄었습니다. 엘리베이터가 생기고 에스컬레이터가 생기면서 우리는 걷는 사람이 아니라 앉아 있고, 서 있는 동물로 변했습니다. 심지어 하루에 1000걸음도 걷지 않는 사람들도 있을 것입니다. 헬스클럽에 가서 돈을 내고 일부러 걷기 운동을 해야 합니다. 시간이 더 지나면 걷는 방법마저도 잊어버릴지 모르겠어요.

기계가 없던 시대에는 사람의 손이 도구였습니다. 손으로 일일이 만리장성을 쌓았고 피라미드를 쌓았습니다. 불가사의가 아닙니다.

반면 지금은 모든 것을 기계가 합니다. 100층짜리 건물도 기계가 짓습니다. 건축 현장에 가보면 사람들이 없습니다. 옛날엔 작은 집 한 채를 지어도 많은 분야의 사람들이 필요했습니다. 도구가 나타남으로써 인간의 능력은 끊임없이 퇴화되고 있습니다.

걸어 다니는 것도 그와 같은 범주입니다. 제가 중학교 1학년 때는 앞에서 둘째 줄에 설 만큼 키가 작았어요. 그래도 한 시간에 8km를 걸어서 통학했습니다. 나만 그런 게 아니라 모두 그렇게 걸어 다녔어요. 읍내 장날에 시장 가시는 할머니들은 큰 보따리를 이고서 우리 걸음을 추월해가시곤 했지요. 지금의 저는 한 시간에 3~4km밖에 못 갑니다. 나이를 먹어서 그런 것이 아니라 문명의 삶에 길들어져 퇴화된 것입니다. 물질과 도구는 우리 인간을 그렇게 변화시킵니다.

무소유가 관념이나 의미에만 머물러서는 안 됩니다. 좋은 것을 생각했으면 실천해야 합니다. 가급적 갖지 말 것이며, 있는 것은 최대한 절용해야 합니다. 저희 마을에는 선풍기가 2대 있습니다. 경당에 설치되어 있지요. 사람이 많이 모이는 곳이라 가져다놓은 것입니다. 각 가정에는 선풍기가 없습니다. 한여름에도 부채로 납니다. 그 누구도 선풍기를 사거나 얻어올 생각을 하지 않습니다. 공짜로 얻는 것은 쉽지요. 그러나 절대 그렇게 하지 않습니다. 한 집에서 선풍기를 구비하면 너나할 것 없이 선풍기를 가져다놓을 것입니다. 부채로도 충분히 해결할 수 있을 때 부채를 사용하는 것이 무용입니다.

갈등에 대해서는 앞에서도 잠깐 이야기했으나 풀기가 쉽지 않은 대상입니다. 왕도가 없습니다. 대신 갈등을 통해 수행을 합니다. 공동체는 인간의 마음과 모습이 숨김없이 드러나는 장이기도 합니다. 함께 사는 사람들끼리의 긴장과 갈등을 통해서 내가 이런 사람이었구나, 내 자녀의 모습이 이렇구나, 내가 자식 농사를 잘못 짓고 있었구나, 내 남편과 아내에게 이런 면이 있구나, 그 부분을 보게 합니다.

그래서 공동체는 십자가의 삶입니다. 자기를 매달아놓고 자신도 바라보는 곳이니까요. 그런 자기관조와 성찰을 통해 서로의 진실과 마음에로 나아가면서 함께 눈물을 흘리며 성장해갑니다. 그 외의 비결은 배우지도 발견하지도 못했습니다.

세 걸음 앞선 삶

? 신부님의 글 가운데 '세 걸음 앞선 삶'이라는 문구가 오래도록 기억에 남습니다. 공동체적 삶도 세 걸음 앞선 삶이라고 볼 수 있나요? 세 걸음은 구체적으로 무엇을 의미하나요?

어느 글에서 그러한 말을 했는지 저도 잘 기억나지 않네요. 세 걸음 앞서자는 말은 아마도 공동체 운동의 시대적 기능 차원에서 한 말이 아닐까 생각합니다. 일반 시민의식의 차원에서 바라볼 때 의식과 사상, 삶이 모두 같은 것은 아니겠지요. 뒤처질 수도 있고 앞설 수도 있을 텐데, 한 걸음 앞선 삶도 있을 것이고 두 걸음 앞선 삶도 있겠지요. 어떤 사회운동이 있다고 할 때, 가령 대중들의 사유 수준과 함께 가는 것은 동질감은 있지만 방향성을 향도하는 기능이 없게 될 것이고, 너무 앞서 가면 거리감이 있어 대중성이 없을 테지요. 세 걸음 앞선다면 비록 대중성은 확보할 수 없어도 방향성에서 확실한 등대의 기능을 할 것이고 바로 공동체의 삶이라고 표현하는 것이겠습니다.

우리나라의 공동체 운동은 1970년대 후반부터 1980년대까지의 치열했던 민주화 운동에 진화론적 뿌리가 있는 듯 느껴집니다. 당시 한국 사회는 민주화와 통일운동이 생동감 있게 살아 움직였고 온 국민의 도덕적 지지를 받았습니다. 그 후 일단의 민주주의를 얻어낸 후 민주화를 주도하던 운동권은 해체되었습니다. 그들은 세 부류로 갈라졌습니다. 먼저 본격적인 정치 무대에 뛰어들어 지방자치단체를 포함해 직업 정치인이 된 그룹이 있고, 두 번째 그룹은 생업 현장으로 돌아가 대기업과 벤처, 정보산업 또는 자영업에 종사합니다. 평범한 직장인이 된 사람도 있고, 학원 강사가 되어 이름을 날린 사람도 있습니다. 마지막으로 귀농을 해서 농민운동을 조용히 벌이는 사람, 종교계로 들어가 영성 세계를 추구하는 사람, 학교에서 교육개혁을 실천하는 사람, 저처럼 공동체를 운영하는 사람, 청소년을 위한 대안학교를 운영하는 사람, 생태 교육을 하는 사람 등입니다. 이들은 각자 다른 길을 걷고 있지만 같은 방향성을 가지고 있다고 봅니다. 물질적 욕망의 삶에서 벗어나 정신세계를 추구하며 아름다운 발전을 희망합니다.

여기서 중요한 것은 진정한 목표입니다. 저는 그 목표를 잘 세우기 위해서는 3가지가 반드시 필요하다고 보았고 그런 뜻에서 세 걸음 앞선 삶을 말했던 것으로 기억합니다. 운동이든, 기업 경영이든, 교육이든, 정치든 올바른 목적성이 있어야 합니다. 좌표가 부정확하면 우리를 잘못된 길로 인도합니다. 호화 유람선에 올라탔다고 기뻐만 해서는 안 될 일입니다. 그 배가 올바른 목적지로 가고 있는지 확인해야 합니다. 자연과 더불어 사는 것을 목적으로 하는 생태공동체라면 정말로 생태를 지키면서 사는지 되돌아보아야 합니다. 그저 공동체만 내세워서는 안됩니다. 생태적 삶은 자연의 틈새에서 사는 삶인데 자연을 파헤쳐놓는다면 이는 목표와 과정의 불일치 현상입니다. 가령 평양 시내가 온갖 부동산, 단란주점, 유흥업소 간판이 불야성을 이룬 그런 모습으로 가는 통일이라면, 통일이 아니라 파괴가 되겠지요.

우리는 살면서 목적에 대한 통찰을 늘 해야 합니다. 그동안 산업개발과 경제 발전에만 얽매여 진정한 삶에 대한 통찰은 미뤄왔습니다. 혹은 애써 외면했는지도 모르지요. 그러므로 현실과 전체, 미래를 아우르는 목표를 정하고 그것이 올바르다고 판단되면 실천해나가면 됩니다.

목표는 반드시 '현실'을 바탕으로 해야 합니다. 허황된 공상이나 꿈만으로는 목표를 세울 수 없습니다. 또한 '전체'를 염두에 두어야 합니다. 그렇지 않으면 나만 고집하는 개인주의에 빠져 그릇된 목표가 세워질 수 있습니다. 나아가 이 목표가 궁극적으로 무엇을 이루고자 하는지 그 '미래'를 냉철하게 보아야 합니다. 미래를 목표로 하지 않으면 단기간의 짧은 꿈으로 끝날 수 있습니다.

이런 뜻에서 '세 걸음 앞선 삶'을 말했는지도 모릅니다. 어쩌면 다른 뜻에서 말한 것일 수도 있으나 정확히 기억은 나지 않습니다.

? 그 글은 저도 읽었습니다. 신부님 말씀처럼 그런 뜻을 가지고 하신 말씀은 아니었습니다. 첫 번째 걸음은 '정책적 대안을 마련하는 것'이고, 두 번째 걸음은 '생태 환경운동을 펼쳐야 한다'는 것이고, 세 번째 걸음은 '앞선 삶을 살자'는 것입니다.

하하, 그랬나요? 그렇게 썼다면, 아마 그랬을 것입니다. 그래도 넓은 범위에서 보자면 정책적 대안은 현실이 될 수 있고, 생태 환경운동은 전체가 될 수 있고, 앞선 삶은 미래가 될 수 있으니 크게 어긋나지는 않았네요.

? 가족에 대한 질문을 하겠습니다. 큰아들은 신부이고 작은아들은 시인(박노해)이고, 여동생 한 분은 수녀이신데…… 집안에 돈벌이하는 분이 없다는 뜻이네요. 어머님을 어느 분이 부양하시는지요?

가족에 대한 질문이라기보다는 저의 아픈 곳을 찌르는 말씀이네요. 저희는 5남매입니다. 그중 세 명이 돈벌이와 무관한 일을 하고 있죠. 어머니는 지금 서울 시흥동에 살고 계신데, 참 희한하게도 제가 서울에서 생활할 때는 어머니에게 자주 가지 못했습니다. 그런데 단양으로 이사한 후에는 더 자주 갑니다. 아마 이런 경험 있는 분들이 많을 거예요. 가까이 있는 사람은 자주 만나지 못하고 오히려 먼 곳에 있는 사람을 더 많이 보는 경우를.

어머니는 연립주택에 혼자 사시는데 그 옆에 누이 동생이 살고 있어서 의지가 됩니다. 옛날에는 어른들이 연로하시면 당연히 자식들과 함께 살았지만 지금은 다 독립해서 살지요. 좋은 것이라고는 할 수 없으나 시대 흐름이 그런가 봅니다. 저희 어머니도 혼자 사시는 것을 고집하십니다.

일제강점기에 태어나 모진 고생을 다 겪으시고 38살에 혼자 되셨지요. 자식은 다섯이나 되는데 집안은 가난했고요. 어머니가 얼마나 많은 고생을 하셨는지는 이 자리에서 구구절절 말로 다 못합니다. 어머니를 생각하면 늘 그저 고맙고 눈물이 나올 뿐이지요.

그런 환경에서 자식 다섯을 키우려면 보통 성격으로는 힘듭니다. 강단이 있지 않고서는 한 가정을 꾸려나가기 힘들어요. 남자보다 더 큰 의지로 세상을 헤쳐오셨지요. 이제 자식들이 다 컸으니 걱정은 없으시지만 혼자 사는 것을 고집하십니다. 한 달에 40~50만 원이면 당신 혼자 생활은 충분하다 하십니다. 제가 찾아가면 오히려 10만 원씩 용돈을 주십니다. 옛 말에 '과부 3년이면 쌀이 서 말이고, 홀아비 3년이면 이가 서 말이다' 하는데 틀리지 않아요. 어머니는 지금도 푼돈을 모았다가 동네에 일이 있으면 목돈을 내놓습니다.

내 삶의 주인 되는 첫 번째 조건

❓ 신부님의 말씀을 듣고 보니 예수살이공동체와 산위의마을의 기본 정신을 무소유라고 볼 수 있을 듯한데 맞습니까?

예수살이공동체는 '소유로부터의 자유'를 첫 번째 정신으로 삼고 있습니다. 가장 경계하고 주의를 기울이는 것은 소비문화 현상입니다. 오늘날 우리의 삶, 즉 의식주 전반에 걸쳐 편리하고 호사로운 기술 제품들이 무한 등장하고 있습니다. 소비문화는 소유욕이라는 욕망을 분출시키고 소유 자체를 행복의 척도로 삼게 만드는 위력적 존재입니다. 그래서 돈이 없으면 의미 없는 삶으로 규정하고 불행으로 전락시켜버립니다. 돈의 위력이 그만큼 커졌다는 뜻이지요.

중세시대의 유럽은 종교, 즉 교회가 사람들의 삶을 지배했고, 근대기에는 국가사회적 시스템이 시민의 삶을 지배했지요. 지금은 무엇이 우리를 지배하고 있나요? 국가가 물러간 자리를 기업이 차지하고 있습니다. 기업이 토해내는 소비문화가 우리를 지배하고 있죠. 물질과 마케팅이 개인의 의식과 정신, 자유와 행복을 지배하고 있습니다. 이는 자본주의의 타락한 현상입니다. 소비문화의 그물에서 벗어나야 합니다.

'소유욕으로부터의 자유'는 내 의식과 삶의 주인이 되는 첫 번째 조건입니다. 예수살이 운동을 안티 소비문화 운동으로 보는 것도 그런 이유입니다. 예수살이 운동은 사물을 신앙의 눈으로 보게 합니다. '모든 존재는 하느님의 것이다! 나의 생명과 재능, 나의 가정, 재산도 모두 하느님의 선물이다!' 내 것이 아니라는 의미입니다. 내 것이라고 생각하는 순간 우리는 소유욕에 사로잡힙니다. 그러나 하느님의 것이라고 여기면 어리석은 욕심에서 벗어날 수 있습니다. 하느님은 땅에 소유의 금을 그어놓지 않았습니다. 그러므로 내 것이 아니라 하느님의 것, 우리 모두가 갖는 공유(公有)이자 공유(共有)가 됩니다.

산위의마을에 들어와 가족이 되려면 무소유를 실천해야 합니다. 입촌할 때 자기 것을 모두 내놓습니다. 공동의 생활이니만큼 자기 것을 주장해서는 안 됩니다. 그리고 필요한 비용만큼 가져다 씁니다. 가족이 많으면 많이 가져가고 적으면 적게 가져갑니다. 누구든지 꼭 필요한 만큼만 가져갑니다. 그러므로 누구도 물질 때문에 고민하지 않고 여유롭게 삽니다. 더 가지려고 애쓰지 않기 때문에 스트레스 받을 이유가 없고 골머리를 썩일 일도 없습니다. 소유로부터의 자유가 풍요를 가져다줍니다. 자기 소유가 없으면 눈을 부릅뜨고 그것을 지킬 필요가 없지요.

? 현대 사회에 산적해 있는 많은 문제들 가운데 유독 소비문화의 폐해에 주목하게 된 이유가 무엇인가요?

소비문화는 상품주의 가치관을 강요합니다. 아버지

©산안마을

"소유로부터의 자유가 풍요를 가져다줍니다.
자기 소유가 없으면 눈을 부릅뜨고
그것을 지킬 필요가 없겠지요."

를 필두로 자녀의 아르바이트에 이르기까지 온 가족이 죽자 살자 돈벌이에 나섭니다. 그렇게 벌어서 수익의 거의 20%를 일단 정보통신비에 바칩니다.

상품의 소비와 휴대폰 요금이 삶의 기준이 되어버린 시대에 우리는 살고 있습니다. 기계문명 자체가 행복의 척도가 되어버린 거지요. 가족의 행복을 지키기 위해서 돈은 필요합니다. 그러나 돈이 목표가 되어버린 삶은 잘못된 것입니다. 돈에 의해 움직이는 사회에선 물질과 상품이 신앙입니다. 불과 수십 년 전만 해도 물질문명이 우리의 우상이 되리라고는 예상하지 못했습니다. 그런데 지금 물질이 우리의 삶을 덮어버렸어요. 그렇다면 건강하고 행복하기라도 해야 하는데 현실은 그렇지 않습니다. 젊은이들의 불임이 늘어나고 비정규직이 갈수록 증가하고 있습니다. 상품주의는 영혼을 병들게 합니다. 연봉과 능력으로 인격에 가격표를 붙이는 상품주의 가치관 앞에서 현대인은 한없이 무기력합니다.

오늘날의 사회 문제들은 거대한 시스템에 연동되어 있습니다. 누군가의 수익을 보장해주기 위한 금융 투자 - 기술 개발 - 대량 생산 - 대량 교역 - 대량 소비 - 대량 폐기 - 대량 파괴라는 시스템이지요. 서방 국가의 최고 권력과 금융자본들이 맨해튼에서 아프리카의 빈민국까지 전 세계 모든 자원과 삶, 문화를 규정합니다. 그 안에 빈곤, 군비, 인플레, 기술, 핵, 우주, FTA, 구제역 등 모든 문제가 담겨 있죠. 이것을 멈추게 할 수 있을까요?

톨스토이는 "세상에서 가장 악한 것은 전쟁입니다. 전쟁을 멈추게 하는 길은 최전선의 병사가 총을 내려놓는 것입니다"라고 설파했습니다. 가장 쉬운 해답이지만 실천은 어렵고 한편으로는 두렵습니다. 내가 총을 내려놓으면 누군가 나를 쏠지도 모른다는 두려움이지요. 무한 질주하는 타락한 문명을 멈추게 할 유일한 길은 과학도 인문학도 아닙니다. 한 사람의 의지입니다. '나는 필요 없다'고 거부하는 삶이지요. 춘향이가 변 사또에게 절개를 굽히지 않은 무기가 뭡니까? '난 부귀영화 필요 없다'는 거절이었습니다.

그 거절의 정신을 우리가 실천해야 합니다. 소비문화의 정의를 세우지 않으면 개인의 행복도 사회의 건강도 인류의 미래도 없습니다. 수년 전만 해도 아이들에게 절약과 저축, 절제에 대해 가르쳤지만 지금은 가르치지 않습니다. 구태의연한 개념이 되어버렸지요. 그것을 되살려야 합니다.

? 신앙은 누군가에게는 존재 자체가 될 수 있습니다. 이를테면 삶 전체를 거는 것이지요. 그런데 가만히 보면 요즘은 신앙을 소비한다는 느낌이 들어요. 그 이유는 교회나 사찰에 신자가 많아지면서 물질적으로 풍부해지고 그 결과 순수한 믿음보다는 소비의 한 차원으로서 종교를 믿게 된 것이지요. 이 점에 대해 어떻게 생각하십니까?

옳은 지적입니다. 신앙이 소비적인 형태로 나타나면 종교의 하향평준화라고 표현할 수 있지요. 살아 있는 생명체의 특징은 움직인다는 것입니다. 즉 쉬지 않고 운동을 합니다. 육체적 운동, 정신적 운동을 함께 하지요. 또 다른 사람을 변화시키는 운동도 합니다. 그런 사회운동은 시대의 흐름에 따라 변해야 합니다. 목적도 변하고 실천의 방법도 변하지요. 운동의 주체 세력도 변합니다. 운동을 이끌어가는 핵심 세력도 물러나야 할 때가 있습니다. 집단 전체를 해체시켜야 새로 태어날 수 있는 경우도 있지요. 그래야만 사회운동, 변혁운동이 생명력을 유지합니다.

한국 사회는 결속을 굉장히 중요하게 여깁니다. 결속하지 않으면 뜻을 이룰 수 없는 것은 분명합니다. 그러나 결속과 함께 해체도 고려해야 하는 시대에 우리는 와 있습니다. 해체하지 않으면 과거에 안주해 변화하기 어렵기 때문입니다. 무조건 변화하자는 게 아니라 잘못된 집단 의식을 해체하고 새로운 삶의 방법을 찾자는 것입니다. 예수살이공동체는 과거의 방식을 해체한 새로운 삶의 모습입니다. 소비문화도 해체시켜야 할 대상이지요.

현재 우리가 소비하는 것 중에 가장 대표적인 것이 무엇이라고 생각하십니까? 저는 통신비라고 봅니다. 2009년의 통계를 보면 4인 가정 기준으로 연 소득 2400만 원 이하인 가족이 2300만 명입니다. 앞의 숫자는 너무 적어서 놀랍고 뒤의 숫자는 너무 많아서 놀랐을 겁니다. 4인 가족이 한 달에 200만 원의 수입으로 살아가는 가정이 우리나라 인구의 거의 절반이라는 뜻입니다. 우리나라가 선진국이라고 주장하는 사람들은 이 수치가 무엇을 의미하는지 잘 생각해보아야 합니다.

그런데 그러한 가정들도 대부분 집에 인터넷이 연결되어 있고 식구마다 휴대폰을 가지고 있습니다. 우리나라는 이제 전 인구보다 더 많은 휴대폰이 보급되어 있습니다. 중학생은 당연하고 초등학교에만 들어가도 휴대폰이 있습니다. 그 가정에서 다달이 나가는 통신비를 생각해보십시오. 월 200만 원의 수입 가운데 20%가 통신비로 사라집니다. 이제 엥겔계수라는 단어는 교과서에서만 존재할 뿐 실제로는 쓰이지 않습니다. 대신 통신비계수라는 단어가 우리를 지배하고 있습니다. 그만큼 우리 사회가 변했다는 증거이지요.

안티 소비운동은 이를 바꾸자는 운동입니다. 단순히 '쓰지 말자'거나 '무조건 절약하자'고 주장하지 않습니다. 덜 쓰는 차원이 아니라 올바로 쓰자는 것입니다. 굳이 필요가 없으면 쓰지 말자는 운동입니다. 걸어가도 충분한 거리이면 걸어가자는 것입니다. 꼭 자동차를 타고 가야 할 필요가 있나요? 운동화가 다 떨어져서 더 이상 신을 수 없으면 새 신발을 사야 하지만 아직 멀쩡한데 또 하나를 사지는 말자는 것입니다.

대량 생산, 대량 소비, 금융자본, 기업의 마케팅, 세계화의 노예가 되지 말자는 주장입니다. 신앙도 이 범주에서 벗어나지 않습니다. 과시의 신앙, 사회적 명예로서의 신앙, 사업의 방편이나 권력을 위해 교회를 다니는 행위, 금전적 이익을 위한 신앙은 소비 신앙이지요. 이러한 잘못된 믿음에서 벗어나 참된 신앙을 갖자는 것이 예수살이 공동체 운동입니다.

시대의 피난처이자 쉼터

? 공동체를 직접 꾸려야겠다고 결심하게 되신 계기가 있었나요?

가톨릭교회에는 수도회 전통이 있습니다. 수도회의 발생 배경을 한마디로 말한다면 성찰입니다. 현재도 그렇지만 중세 시대에도 사람들이 사는 사회는 타락했고 교회의 우상화가 극심했습니다. 진정한 삶과 신앙이 왜곡된 것이지요. 그에 대한 성찰과 대안의 삶으로서 나타난 것이 수도회였습니다.

예수의 제자라는 증거가 순교에서 정결과 애긍으로, 광야의 청빈으로, 산업사회의 이탈자 껴안기와 복지, 참교육, 의료봉사 등으로 발전해 나타났지요. 1600여 년에 걸친 수도회 전통이 공동체운동의 효시이자 정신적 모델인 셈입니다.

그런데 가톨릭에서는 수도회가 수행공동체의 삶을 대신해왔기 때문에 개신교에 비해 평신도 공동생활이 많지 않습니다. 그런 면에서는 불교도 같은 처지라 생각되네요. '한국 가톨릭교회에 평신도 공동체가 하나 정도는 있어야 하는 것 아닌가?'라는 소명에 사제로서 응답한 셈인지요. 사실 벅차기는 합니다. 교구 사제가 할 일은 아닌 것 같아요. 수도회가 그동안 쌓아온 노하우를 발휘해 여러 곳에서 했으면 좋겠습니다. 그렇게 하면 서로 큰 힘이 되지요.

? 공동체가 우리 사회에 어떤 역할을 할까요? 우리가 당면한 사회 현실을 돌아볼 때 궁극적으로 산위의마을 같은 공동체가 세상살이의 기본 단위가 되어야 한다고 생각하시나요?

공동체에 대해서는 개념이 다양하고 종류도 다양합니다. 가장 작은 단위의 공동체는 가정입니다. 다음이 마을이지요. 예전에는 두세 개의 마을이면 요람에서 무덤까지 생로병사의 모든 문제들이 자체 해결되었습니다. 환란긍휼, 상부상조의 정신으로 나눔과 의술, 교육까지 전부 해결했습니다. 그런데 산업사회가 마을의 기능을 해체시켜버렸죠. 그래서 산업사회에서 '독립된 자치 마을 복구하기'는 새로운 대안적 작업이 될 수 있습니다. 인간이 원래적으로 살아야 할 삶의 형태로 돌아가는 것이고 노아의 방주처럼 새로운 세상을 창조할 수 있는 방식입니다.

산위의마을은 여기에서 한 걸음 더 나아갑니다. 전통적 취락의 마을 구조에서 벗어나 공유의 정신, 무소유의 정신을 실천하는 것입니다. 공동 생산하되 분배 없이 공유로 살자는 것이니까요. 분배를 하게 되면 다시 물질의 세계로 들어가는 것입니다. 그래서 분배를 하지 않고 필요한 것만 가져가는 겁니다.

공동체 마을은 종종 문학작품이나 스크린에 등장합니다. 작품 안에서는 허구로 보일지라도 실제에서 이상향이 존재 가능하다는 것을 보여주고 있습니다. 그러나 우리 마을이 오늘날의 사회에서 모두가 이루어야 할 필수불가결한 대안의 삶이라고 주장하지는 않습니다. 모두가 무소유로 살 수는 없잖아요.

성경에 '너희는 세상의 빛이다'라는 문구가 나오는데 공동체가 빛인 것은 맞지만 그 쓰임새는 다릅니다. 도시를 비추는 가로등이 아니라 바다의 등대라 할 수 있지요. 어둠을 비추는 조명이 아니라 항구의 위치를 밝히는 기능을 합니다. '여기가 피난처다, 여기가 항구이다, 여기에 암초가 있다'라고 알려줍니다. 즉 삶의 방향을 제시하는 빛이지요. 그래서 모든 사람들이 삶의 소중한 가치를 잃지 않고 방향키를 잡고 살아가게 합니다. 교회의 십자가를 떠올리면 됩니다. 십자가는 모두가 예수님처럼 십자가에 못 박혀 죽으라는 교훈을 주는 게 아닙니다. 하느님의 사랑을 실천하라는 가르침이지요.

우리 시대는 지금 기술문명의 만취 상태에 있습니다. 우리 시대의 가장 큰 문제는 무엇일까요? 돈이 부족해서 문제가 아니라 너무 많아서 문제이고, 기술과 과학이 부족해서가 아니라 지나쳐서 문제입니다. 가난했던 시절에는 함께 고생하면서 인간적인 삶을 살아왔지만 그때보다 부자가 된 지금은 온갖 스트레스를 받으며 살아갑니다. 한두 잔의 술이면 행복할 수 있고 건강에도 좋았을 텐데 만취 상태가 되었지요. 개발을 부르짖는 대통령부터 로또를 긁고 있는 서민들까지 환각 상태에서 음주운전으로 질주하는 중이에요.

글로벌 시대라고 외치면서도 아프리카 아이들의 굶주림과 고통은 외면하고 전쟁으로 삶의 터전에서 쫓겨나는 난민들의 아픔도 느끼지 못하는 불감증이 너무 심합니다. 또한 자신의 행복과 자기 국가의 부를 위해 타인의 목숨과 자원을 철저하게 파괴하고 갈취하고 있습니다. 전 세계적으로 부도덕이 너무 심하지요. 일순간의 부도덕한 행동이 아니라 타락의 길로 들어선 것입니다. 정치도 경제도 교육도 예술도 종교까지도 모두 타락의 길을 걷고 있습니다.

성서의 첫째 권이 《창세기》이고 존재의 의미를 가르치는 책인데 하느님께서는 첫 번째 창조에 실패하셨어요. 인간의 타락에 크게 후회하신 후에 두 번째 창조를 도모하셨는데 첫 번째 창조가 무에서 유를 창조한 방법인 반면 두 번째 창조는 이미 있는 종자를 가지고 재창조했습니다. 그게 바로 노아의 방주입니다. 타락한 인류의 대안으로 하느님께선 순종하는 사람 노아를 통해 방주를 만들게 합니다. 그 방주가 대안의 삶을 상징합니다. 공동체는 새로운 시대를 준비하는 해답을 가지고 있지요. 시대의 피난처이자 쉼터입니다.

우리에게는 문명의 패러다임을 바꾸는 새로운 삶이 필요합니다. 그러나 현재의 시스템으로는 할 수 없습니다. 하느님께서 노아를 통하여 방주를 준비하게 하셨듯이 우리 시대 선인들을 통하여 방주를 만들게 하시고 새로운 창조를 시작하십니다. 그것을 우리 신앙인의 입장에서는 이 시대의 부르심으로 해석하고 공동체생활로 응답하는 것입니다.

? 현재 산위의마을은 실험 중이라고 여겨지는데 전망을 어떻게 보십니까?

공동체의 시대적 과제와 비전은 커져가고 있습니다. 그러나 그 위상에 대한 전망은 그다지 밝지 못하지요. 공동체는 영성, 구성원, 물적 토대라는 3가지 요소로 이루어져 있습니다. 어떻게 살겠다는 정신이 중요하고, 그에 공감하는 구성원이 있어야 하고, 삶을 영위하는 기초적인 재물이 있어야 합니다. 세 번째인 물적 토대는 무소유의 정신을 실천하기 때문에 그다지 어렵지 않습니다. 문제는 두 번째 요소인 구성원입니다. 공동체 삶을 원하는 가족들이 참여하지 않으면 공동체가 이루어질 수 없습니다. 또 잠시 생활하다가 손을 들고 나가면 그들을 붙잡을 수도 없습니다. 그런 측면에서 비전이 별로 밝지 못하다는 것이지요. 참여를 원하는 사람이 많지 않기 때문입니다.

그 이유를 살펴보면, 첫째는 배고픈 시대가 아니라는 사실이 가장 큽니다. 또한 노동의 몸을 이미 상실해버린 시대라는 이유도 큽니다. 이제 우리는 모두 머리로 궁리하면서 기획하고 유통하고 누군가를 가르치는 존재로 살아갑니다. 몸을 움직여서 세상을 살아가는 사람은 갈수록 적어집니다. 귀농한 사람들을 보아도 대부분 머리 쓰는 일은 잘합니다. 그러나 농사를 내 손으로 짓고 모든 일을 내 몸을 움직여 해결하는 일에는 굉장히 약합니다. 길들여진 문명의 혜택을 버려야 하기 때문에 생각보다 쉽지 않습니다.

두 번째는 개인주의로 살아온 습성이 공동생활을 어렵게 합니다. 전통적인 대가족사회 안에는 공동생활의 정신이 있었지만 이미 해체되었지요. 모두 지시하거나 지배받으면서 그 대가를 받는 관계로 살아왔지, 서로 인격적으로 존중하고 협동하고 협의하는 공존의 삶을 살지 못했습니다. 과거에는 누구나 살아냈던 공동생활이라는 것이 이제는 수행자의 삶이 되어버렸다는 뜻입니다. 공동생활은 그만큼 드문 것이고 적응하기가 쉽지 않습니다. 벅차다고 할 수 있죠. 이는 대부분의 공동체가 마찬가지이고 종교의 이름으로 행해지는 가톨릭교회의 수도회도 그 길을 따라가고 있습니다. 수도자 지망생이 급격히 감소하고 있는 것이지요.

만약 산위의마을이 1960년대에 시작되었다면 벌써 한 번의 꽃을 피운 다음 노령화되어가고 있었을 것입니다. 1970~1980년대에 시작되었다면 도피라고 운동권으로부터 비판받았을진 모르지만 운동의 영성을 담보하는 한 축이 될 수 있었을 것입니다. 그런데 민주화도 되었고 돈도 흔해졌고 편리와 문화의 달콤한 맛을 경험해버린 시대라서 대안의 삶으로서 공동체 세계를 추구하는 사람은 갈수록 줄어들고 있습니다. 그래도 환란과 재난의 시대가 분명하고, 공동체가 노아의 방주임이 확실하기에 영속성의 비전은 있습니다. 그렇지 않다면 이상주의적 과욕으로 보고 겸손하게 물러나야지요.

공동체에서의 행복은 스스로 발견하는 것

? 공동체 실험이 실패해도 손해는 아니라고 하셨는데, 구체적으로 어

떤 의미인가요?

가다가 보니 잘못 간 길이라면 걸어간 만큼 되돌아 와야 합니다. 잘못된 길을 계속 갈 수는 없으니까요. 그러나 공동체는 다릅니다. 우리가 추구하는 공동체의 길이 평탄치도 않고 좁은 길임에는 분명합니다. 그러나 결코 잘못된 길은 아닙니다. 그러므로 되돌아와야 할 필요가 없습니다. 대한민국 청년들은 모두 의무적으로 군대를 가는데 합법적으로 면제받은 청년들은 그 시간에 유학을 갈 수도 있고 고시에 합격해 사회적으로 앞서 갈 수도 있지요. 그런 차원에서 본다면 군복무는 엄청난 손해지요. 엄밀히 따지면 2~3년을 낭비하는 것이지요. 그렇지만 그것을 손해라고 생각하는 사람은 많지 않아요. 전쟁에 참여한다는 도덕적 부정성은 우선 별개로 하고요, 긍정적 가치도 분명 있지요. 군대 다녀온 이들은 잘 압니다. 어쩔 수 없이 군대에 가서 후회된다고 말하는 사람은 극히 적습니다.

귀농이나 공동생활, 대안의 삶을 찾아 몸으로 부딪쳐 살았던 사람들은 다시 현실세계로 돌아갔다 해도 그 시간이 손해라고 느끼지 않습니다. 후회하는 사람이 혹 있을지도 모르겠네요. 그동안 돈을 못 벌어서? 자식을 명문대에 보내지 못해서? 아닙니다. 귀농이나 공동체 삶을 1년 혹은 10년 동안 살다가 그만둘지라도 결코 후회하지 않습니다. 허송세월이 아니었다는 것을 스스로 잘 알기 때문입니다.

지난 7년 동안 우리 마을에서 살다가 퇴촌한 가정이 모두 8세대입니다. 그중에 옛날 직업으로 회귀한 분들이 3세대가 있고, 5세대는 모두 재 귀농을 했습니다. 공동체가 귀농 인큐베이터 역할을 한 것이지요. 원래의 직업으로 돌아간 사람들도 예전보다 더 행복하게 삽니다. 비록 예전보다 더 많은 돈은 벌지 못할지라도 그것이 인생의 목표가 아니라는 것을 확인했기 때문이지요.

우리 마을은 화전민들이 살다가 1960년대에 철거된 땅입니다. 누군가 처음 걸어간 곳은 길이 되고 누군가 살며 마시던 우물은 흙으로 덮였다 해도 조금만 파도 물이 나오게 되어 있지요. 몇 년을 살다가 돌아갔다고 해도 그만큼 개척해둔 것입니다. 미래 세대를 위해 길을 만들어놓은 것이지요. 그게 왜 무가치하겠어요.

? 공동체생활이 신부님께, 그리고 공동체 구성원들에게 어떤 행복을 가져다주나요?

행복이란 자신에게 일어난 기쁜 소식, 희망, 보람, 만족, 가치 등을 재해석할 때 내적으로 일어나는 충만감입니다. 공동체에서 느끼는 행복은 물질이나 권력, 명예와는 아무런 관계가 없습니다. 깨우침에 대한 발견과 자기 성장에 대한 경외심이 가장 큰 행복입니다.

우리 구성원들은 대부분 도시에서 생활하다가 들어온 가정입니다. 공동생활 그 자체가 특별한 즐거움이나 행복감을 직접적으로 주지는 않습니다. 새로운 사람들과 관계를 맺고 몸으로 노동하는 생활에서 새로운 의미를 발견하는 것이 행복입니다. 우리 마을은 소백산 속에 자리 잡고 있어 대자연 안에서 생활합니다. 늘 어머니의 품을 느끼고, 작물을 파종하고 수확하면서 만물의 생성, 변화, 소멸의 원리를 묵상합니다. 경탄할 대상들이 아주 많은 환경이지요. 자연은 솔직하고 꾸밈이 없고 무조건 승복하게 하기 때문에 그가 주는 행복감은 경이롭습니다. 몸이 마음에 들어오는 순간이지요. 그 순간에 느끼는 행복감은 그 무엇보다 큽니다.

그러나 자연과 달리 사람에게서는 행복을 얻는 것이 아니라 발견하는 것이라고 할 수 있습니다. 공동생활은 끊임없는 깨달음의 삶입니다. 가령 내가 나 자신을 바라볼 수 있는 일이 일어납니다. 사람들과 더불어 살고 부딪치면서 '나는 누구인가?'를 발견하게 되는 것이지요. 사람들은 대부분 '나에 대해서는 내가 가장 잘 안다'고 생각하지요. 내 남편, 내 아내, 자녀에 대해서도 그렇구요. 그런데 공동생활을 하다 보면 나의 참모습을 발견하는 일이 종종 일어납니다.

의식적이건 무의식적이건 분명 나에게서 나오는 나의 판단과 행위이지만 깜짝 놀랄 때가 있지요. 여태 본 적 없는 나를 처음 발견하기 때문입니다. 그것은 내게 숨겨져 잠자고 있던 본심과 본성적 욕구, 무의식이 공동체라는 피리 소리에 의해 뱀처럼 슬슬 기어 나오는 것입니다. 그 본성을 알게 되면 그동안 자신에게 잠재되어 있던 문제가 무엇인지 알게 됩니다. 관계를 어렵게 만들고 갈등을 일으키는 요인이 자신에게 있었다는 것을 깨닫습니다.

이때 두 가지 태도로 갈립니다. 하나는 "공동체라는 생활이 정말 놀랍다. 공동생활이 아니었다면 나는 영원히 나를 모르고 살았을 것이다"라고 대오각성을 하는 사람입니다. 그는 자신을 바로잡기 위해 그 문제점을 수행의 대상으로 삼습니다. 그 결과 인격적으로 성장하지요. 두 번째는 반발과 부정의 태도입니다. "나는 그런 사람이 아니다", "참을 만큼 참았다", "나도 잘할 수 있는 역할이 있다"고 말합니다. 자아의 뱀을 대면하기 싫은 것입니다. 인정하지 않으니까 인격적으로나 영성적으로 성장할 수 없으며 행복할 수 없습니다. 머지않아 공동체에서 물러나게 되지요. 공동체의 행복은 공동체에서 주는 게 아니라 스스로 발견하는 것입니다.

? 산위의마을이 따르는 공동체의 모델이 있나요?

국내에는 종교공동체가 다수 있고 일본에서 파생된 야마기시즘을 실현하는 곳도 있습니다. 공동체의 구성원 숫자는 다양합니다. 20여 명에서 2000여 명에 이릅니다. 외국에도 공동체는 많습니다. 공동체의 역사 자체가 산업사회의 대안으로 등장했기 때문에 아무래도 미국, 캐나다, 유럽, 일본 등 선진 공업화사회를 일찍 겪었던 국가들에 공동체가 더 많습니다. 일본의 경우 톨스토이의 영향을 받아 출범한 공동체들이 아직도 존속되고 있습니다. 일본인들은 자신의 신념에 대한 충실성이 신앙처럼 강한 국민성 때문에 종교공동체보다는 이념 공동체가 많습니다.

각 공동체의 설립 목적과 운영 방식은 다르지만 정신은 똑같다고 볼 수 있습니다. 생산과 분배, 재산 소유, 가족생활, 자녀교육의 형태나 표방하는 정신은 공동체마다 특색이 있지요. 그러나 모두 무소유와 공동의 이념을 구현하고 있습니다. 산위의마을 공동체가 딱히 모델로 삼는 곳은 없습니다. 좋은 시스템이 있으면 선별하여 따르는 정도입니다.

? 공동체생활을 영위하지 않고도 도시에서 무소유의 삶을 실천할 수 있을까요? 물질의 지배를 받는 복잡한 현대사회에서 올바른 가치관을 지키기란 쉽지 않습니다. 자신을 잃지 않고 살아가는 방법은 무엇일까요?

다시 한 번 톨스토이의 말을 떠올려보죠. 그는 잘 살기 위해서는 "환락의 도시를 떠나 시골로 가야 한다. 육체노동을 해야 한다. 곡물과 채소만 먹어야 한다. 술과 담배는 끊어야 한다. 어렵고 복잡한 예술은 다 버려야 한다"고 강조했습니다. 전적으로 옳은 말이지만 모두가 귀농을 해야 한다고 저는 주장하지 않습니다. 무소유의 삶은 도시에서도 얼마든지 가능합니다. 공동생활의 방식과 구조를 도시로 그대로 옮기면 됩니다.

가정과 직장의 이동거리를 대폭 줄이고, 가급적 걸어 다니거나 자전거를 타고, 육류 섭취를 줄이고, 술과 담배를 끊는 일은 얼마든지

©산안마을

"무한 질주하는 타락한 문명을 멈추게 할
유일한 길은 과학도 인문학도 아닙니다.
한 사람의 의지입니다. '나는 필요 없다'고
거부하는 삶이지요."

가능합니다. 1년 동안 옷을 사지 않는 것도 얼마든지 실천할 수 있습니다. 어쩌면 평생 사지 않아도 됩니다. 꼭 필요한 생필품만 사되 그것도 아껴서 써야 합니다. TV를 시청하지 않고, 꽃을 기르고, 자녀와의 대화시간을 늘리고, 가족들이 함께 걸어서 소풍을 가는 일도 가능합니다. 1시간 이내의 거리를 걷는 일은 절대 어렵지 않습니다. 가급적 생활을 단순화하는 것입니다.

이를 실천하기 위해서는 용기가 필요하지요. 그저 실천되는 게 아닙니다. 우선은 자기 혁명을 위한 테스트를 한번 해보아야 합니다. 가령 맨발로 거리를 걸어본다든지, 음식점에 가서 일정 시간 일해주고 남은 밥을 얻어먹는다든지, 농촌에 가서 하루 농민으로 일을 한다든지, 노숙인들과 밤을 새워본다든지, 파출부로 나가 일을 한다든지…… 의식적으로 이런 체험을 해볼 필요가 있습니다. 그러면 자기 삶에 대한 반성의 계기가 마련됩니다. 이러한 행동은 자기 갱신을 위한 투자가 되고 무소유에 대한 첫걸음이 됩니다. 내가 나의 주인됨을 회복하는 것이 목표지요. '내가 나다워지는 것'이 내 삶의 무게중심입니다.

공동체운동의 키워드는 무소유와 육체노동

? 마지막으로 공동체의 삶을 꿈꾸는 사람들에게 도움이 되는 한 말씀

부탁드립니다.

무소유의 삶은 자기 시대에서 비주류의 삶입니다. 주류에 속한 사람들은 할 일이 너무 많은 상태가 행복하고, 비주류 사람들은 매이지 않고 자유로운 것이 행복합니다. 행복하지 않다는 뜻은 아직 주류에도 비주류에도 속하지 못했다는 것을 의미합니다. 주류에 속하지 못해서 몸부림치는 것도 불행이요, 툭툭 털고 비주류가 되지 못하는 것도 불행입니다. 어느 길을 선택하든 확실한 노력이 필요합니다. 어설픈 노력이나 요행을 바라는 정신, 어떻게 되겠지 하는 마음으로는 주류도 비주류도 될 수 없습니다.

귀농이나 공동체 입촌을 생각한다면 최우선적으로 분쟁의 도시에서 커밍아웃을 선언하고 자연의 품으로 귀의하는 용기가 필요합니다. 그 결단을 내리기 전에 귀농, 생태, 공동체 등에 대해 면밀히 공부하고 현지 조사를 철저히 해야 합니다. 모임에도 참석하고 사람들을 만나 이야기도 들어야 합니다.

몇 년 전에 일본의 '와꾸와꾸 공동체'라는 지역 공동체를 방문했지요. 50여 세대가 모여 사는데, 지식인과 예술인들이 귀농해서 생활하는 폭넓은 공동체입니다. 예술가들이 많으니 당연히 연극, 음악회 같은 공연을 열고, 지역화폐도 일부 운영하고, 무경운 생태농법으로 농사를 짓지요.

와꾸와꾸에는 반농반엑스(半農半X)라는 개념이 있었습니다. '반귀농, 반도시수입'이란 뜻이지요. 반대한다는 의미가 아니라 반절씩 실천한다는 뜻입니다. 귀농해서 몸은 농촌에서 살지만 생활비는 도시에서 얻는 것입니다. 주말부부로 살거나 재택근무를 하는 경우도 있습니다. 이러한 방식이 예비 귀농이나 공동체 입촌의 준비가 될 수 있는데, 우리 농촌에서는 잘 받아들이지 않습니다. 농사꾼으로 인정해주지 않기에 원주민들의 시선이 곱지 않습니다.

원주민들의 눈치를 보지 않고 살 수 있는 귀농 구조를 만들면 좋을 것 같습니다. 뜻을 같이 하는 사람들이 공동으로 움직이는 것이지요. 저희도 준비 모임을 2년에 걸쳐 했습니다. 1차 귀농을 완전한 시골이 아닌 면소재지 정도로 가는 방법도 있습니다. 그곳 사람들은 직접 농사를 짓지는 않지만 대부분 농민 출신들이고 농촌 사정을 잘 알기에 귀농에 큰 도움이 됩니다. 그런 곳은 월세를 얻기도 좋고 이사 가기도 편리합니다. 지역 농업의 특성을 공부하거나 토지구입 등의 귀농 정보를 얻기에는 시골보다 더 좋지요.

귀농에서 제일 피해야 하는 것은 경치 좋은 곳을 찾는 행동입니다. 돈 많은 사람의 전원생활은 될지언정 귀농은 절대 아닙니다. 경치 좋은 곳에 앉아 삼겹살 구워먹자고 시골로 내려가는 것은 귀농이 아니라 신선놀음입니다.

귀농이나 공동체생활에서 가장 중요한 것은 육체노동입니다. 직접 땅을 파서 내 손으로 농사를 지어야 합니다. 노동 일이 두렵지 않아야 하지요. 또 그만큼 육체적으로 강해야 합니다. 농사뿐 아니라 가정생활에서부터 몸으로 실천해야 합니다. 매일 아침 집 앞을 쓸어야 하고, 동네일을 거들어야 하고, 눈이 오면 눈을 치워야 합니다. 그런 일은 거의 1년 내내 생깁니다. 돈을 절약하는 것은 일러 말할 필요가 없습니다. 무조건 절약해야 합니다. 농촌은 물가가 싸고 생활비가 아주 적게 듭니다. 그러나 도시생활의 습관을 버리지 못하면 돈은 금방 사라집니다. 무엇이든 사지 않고, 직접 고치고 만들어서 써야 합니다. 재활용하고 절약하는 생활을 익히지 않으면 안 됩니다. 귀농이나 공동체생활은 결국 무소유와 절약, 육체노동으로 집약됩니다.

무소유는 소유하지 않는 것이지만 버리는 것만으로는 부족합니다. 새로운 것으로 계속 채워나가야 합니다. 그것은 새로운 물질이 아니라 새로운 정신과 생활입니다. 과거의 습성을 버리고 새로운 마음을 채워야 한다는 말입니다. 그렇지 않고서는 소유로부터 자유롭지 못합니다.

말씀대로 사는 신앙인

두 번째 강연자인 가톨릭교회의 박기호 신부. 사람들은 유명한 노동자 시인 박노해는 알지만 박기호 신부가 그의 형이란 사실은 잘 모른다. 하지만 교회 쪽이나 공동체 운동을 하는 사람들 사이에선 박 신부가 훨씬 유명하다. 나는 공동체 운동을 하면서 자연스럽게 신부님을 알게 되어 두어 번 신부님이 꾸리고 있는 공동체에 가서 강연을 한 적이 있다. 신부님에 대한 나의 첫인상은 자애로움과 준엄함이 균형을 잘 이루고 있는 분으로 기억된다. 준엄함과 자애로움은 신부의 직책상 어쩔 수 없이 따라다니는 이질적인 특성이지만 이 둘을 조화롭게 잘 간직하기란 쉬운 일이 아니다. 거기에 한때 정의구현사제단의 대표를 맡을 정도로 남다른 사회정의 의식을 가지고 있어 가히 삼박자를 두루 갖춘 신부님이라 할 수 있다. 이러한 균형감각이 있었기에 그 어려운 공동체를 특별히 교회의 권위에 의지하지 않고서도 20

년 넘게 유지할 수 있지 않았나 싶다.

무소유에 대한 신부님의 생각은 지극히 간명하다. 예수님께서 설파한 사랑의 공동체를 잘 살아내면 그것이 곧 무소유의 삶인 것이다. 그래서 신부님은 따로 무소유를 주제로 설교를 하는 대신 자신이 가진 것을 다 내어놓고 서로 돕고 사는 공동체를 만드는 것이 무엇보다 중요하다고 본다. 그것이 곧 이 땅에 세워진 하늘나라이고 말씀대로 사는 신앙인이라는 것이다. 신부님은 무수하게 많은 작은 공동체로 이루어진 교회를 꿈꾸며 끊임없이 교육하고 노동하는 실험을 지금도 계속하고 있다.

©이남곡

이남곡

1945년 전남 함평의 시골에서 태어났다. 서울대 법대 1학년 때 사법시험을 보기 위한 사전 자격시험을 통과했지만 그 후 어두운 시대 상황에 눈을 뜨면서 인생행로가 바뀌었다. 1970년대 중학교 교사로 자원해 8년 동안 초창기 교사운동을 했으며, 1979년 남조선민족해방전선준비위원회(남민전) 사건에 연루되어 부인 서혜란 씨와 함께 4년간 옥고를 치렀다. 1980년대 법륜스님의 정토회가 설립한 불교사회연구소 소장으로 초빙돼 '새로운 인간과 사회와 새 문명'을 준비했고, 1990년대에 무아집 · 무소유를 모토로 살아가는 경기도 화성 '야마기시실현지'에 입촌해 8년 동안 살면서 끊임없이 인간답게 사는 길을 모색했다. 2004년 전북 장수의 산골로 이주해 농사를 짓고 있으며, 그곳에 뜻을 함께하는 이들이 모여 '장수 좋은마을'을 일구었다.

21세기 말, 무소유 사회가 도래할 것이다

무소유의 연습이 필요하다

? 때 묻은 사회에서 변함없이 어려운 길을 걸어가는 선생님의 삶에 존경을 표합니다. 무척 부러운 생각도 들고요. 불교에서는 공수래공수거를 말하지요. 그 말에 비추어보면 우리가 가진 것을 다 버리고 떠나는 것이 무소유인가요?

사람은 누구나 자신은 외롭다고 생각합니다. 반면 다른 사람들은 잘산다고 생각하지요. 실은 그렇지 않습니다. 누구나 외롭게 살아갑니다. 그런 의미에서 공수래공수거를 마음속에 둘 수 있습니다. 종교적 관점에서 공수래공수거에는 우주적 진리가 있습니다. 사람을 떠난 우주의 자연계 안에는 소유라는 것이 없습니다. 불교뿐 아니라 기독교에서도 무소유를 중요시 여깁니다. 그러나 무소유를 꼭 종교적 관점에서 볼 필요는 없지요. 종교적 테두리를 넘어서는 무소유가 우리에겐 필요합니다. 저는 금세기 말이 되면 우리가 무소유 사회를 이룰 것으로 확신합니다. 사회를 운영하는 원리와 시스템이 무소유에 바탕에 두는 사회로 변할 것으로 전망합니다.

지금은 가족 단위 이상으로 무소유를 실천하기에는 어려움이 있습니다. 제가 8년 동안 야마기시 마을에서 생활했는데 대단히 귀중하고 값진 경험이었습니다. 그 경험에 비추어볼 때 개인과 가족은 무소유의 삶을 살 수 있지만 현재로서는 그 이상의 단위는 무리입니다. 지금 상태에서, 그러니까 소유와 물질이 기준이 되는 사회 안에서 자본주의 이후의 사회를 그리는 것은 어렵습니다. 무소유 사회가 어떻게 어떤 형태로 나타날지 상상도를 그리기가 어렵다는 의미입니다. 그러나 저는 8년 동안 생활하면서 자본주의 이후에 나타날 사회의 모습을 예측했습니다. 무소유 사회의 모습이 충분히 가능하게 그려지는 것이지요. 물론 사회 전반에 걸쳐 무소유를 시스템적으로 운영하기엔 아직 무리가 있습니다.

기본적으로 무소유 사회에서는 자기가 하고 싶은 일을 능력껏 하고 자기가 필요한 만큼 자유롭게 쓸 수 있어야 합니다. 이 체제와 방식이 모든 성인(聖人)들의 희망이었습니다. 마르크스조차도 이 로망을 가지고 살았습니다. 이 방식이 당장 실현될 수 있는 범위는 가족입니다. 그런데 불행히도 요즘은 가족 안에서도 잘 안 되는 경우가 있습니다. 왜냐하면 무소유는 마음먹은 즉시 실천할 수 있는 게 아니기 때문입니다. 무척 어려운 일이기에 연습 기간이 필요합니다.

그럼에도 금세기 안에는 도래할 것으로 믿습니다. 단순한 제 희망사항이 아니라 객관적인 조건들이 갖춰져 있습니다. 우리는 지난 세월 힘겹게 민주화를 이루었지요. 민주화라는 시스템에 의해 노골적인 독재와 억압, 착취는 어느 정도 사라졌고 지금도 꾸준히 개선되고 있습니다. 새로운 사회로 나아가기 위한 여건이 갖추어져 있으며 충분히 나눠 쓸 만큼의 물질도 있습니다. 심한 양극화와 생태계의 파괴 문제에 가려져 있었지만, 세상은 이미 1970년대 후반에 총수요를 초과하는 총공급이 가능해졌습니다. 이것은 무소유 사회를 가능하게 하는 물적 조건입니다. 그런데 물질은 풍부해졌으나 과거에 가졌던 인습은 변하지 않았습니다. 좋은 조건들이 이기심으로 무장해 무소유의 미래를 가리고 있습니다. 그럼에도 결국 우리가 가진 지적 능력에 의해 무소유 사회로 나아갈 것입니다. 지금까지의 문명과 역사를 살펴 오로지 그늘진 구석이나 모순의 피해에만 눈을 돌리지 말고 새로운 미래를 보자는 것입니다. 과거 운동을 실패로 규정하지 말고, 명칭이 뭐가 됐든 무소유를 인류에 실현할 수 있는 방법이 우리에게는 있습니다. 그러기 위해서는 무소유의 연습이 필요합니다.

무소유 사회로 나아가기 위해 구체적으로 무엇을 연습해야 할까요?

첫째는, 자기가 하고 싶은 일이 마음속에 있다면 그것을 해야 합니다. 물론 다른 사람에게 피해를 주지 않아야지요. 하고 싶은데 다른 사람에게 피해를 주는 경우도 많습니다. 그때는 현명하게 대처하면서 의식을 성숙시켜야 합니다. 이는 공자가 70세에 도달한 세계입니다. 마음먹은 대로 해도 법도에 어긋나지 않습니다. 즉 내 마음대로 행해도 다른 사람을 침범하지 않는 경지입니다.

둘째는, 능력만큼 일하는 것이 중요합니다. 요즘은 너나할 것 없이 자신의 능력을 최대한 발휘하려 안달입니다. 그것이 무엇입니까? 바로 경쟁입니다. 사람들은 능력을 최대한 발휘해 더 많이 소유하려 합니다. 이것이 자본주의의 모습입니다.

무소유 사회는 이에 반대합니다. 능력을 극도로 표출하는 것을 자제합니다. 이 역시 연습이 필요합니다. 인간은 경쟁에 의해서만 자기 능력을 극대화할 수 있는 게 아닙니다. 경쟁이 아닌 상태에서도 얼마든지 능력을 보여줄 수 있고 가치 있게 활용할 수 있습니다. 효과적이고 가치 있는 능력의 발현은 여러 형태로 나타날 수 있지만《논어》에서 보면 '충(忠)'입니다. 경쟁이 아닌 상태에서 나타나는 것이지요. 경쟁에서 나오는 능력이나 결실은 억지로 쥐어짜야 하기 때문에 우리에게 행복을 안겨주지 않습니다. 다른 사람을 누르고 승리했다고 해도 자유롭지 않고 늘 불안합니다. 누구나 그런 경험을 하셨을 것입니다. 그러나 자기 내면에 몰두해서 발현되는 것은 행복입니다. 몰아의 경지로 몰두할 수 있습니다.

셋째는, 필요한 만큼만 사용하는 것입니다. 과거의 낡은 소비 방식에서 벗어나 단순소박한 삶을 꾸려나가면 충분히 가능합니다. 새로운 문명을 꿈꾸는 사람들은 이러한 인식과 태도를 연습해야 합니다. 그러면 욕구의 질이 달라집니다. 물질의 추구에서 벗어나 영적인 것, 예술적인 욕구로 가게 됩니다.

또 연습해야 할 것이 하나 더 있습니다. 이것은 가정에서는 비교적 잘 되나 그 범위를 넘어서 연습하기는 어렵지만 마음으로라도 우선 다스려야 합니다. 무소유 사회에서는 능력만큼 일하고 필요한 만큼 가져갑니다. 그런데 적게 일하고 많이 가져가는 사람이 있습니다. 고의적이든 불가항력이든 일은 적게 하고 쓰는 것이 많다면 그 사람은 곱게 보이지 않습니다. 게으름을 피우는 사람이나 몸이 아파 일을 많이 할 수 없는 사람, 혹은 가족이 많다는 이유로 나보다 더 가져가면 불만이 생깁니다. 불공평하다고 생각합니다. 그게 인간의 본능이라 해도 그 본능을 다스리는 연습이 필요합니다. 나보다 더 가져가는 사람을 보면서 너그러움과 행복을 느껴야 합니다. 아니, 아무것도 느끼지 않는 게 더 좋습니다. 그것이 무소유의 마음입니다.

우리는 상대의 잘못된 행동도 있는 그대로 받아들여야 합니다. 공자는 '서(恕)'라고 표현을 했습니다. 서는 용서한다는 의미이지요. 용서라는 말은 '나는 옳고 상대는 틀렸지만 그래도 받아들인다'는 뜻이 담겨 있습니다. 그러나 공자의 서는 그 뜻이 아닙니다. 있는 그대로 받아들이는 것입니다. 상대의 처지, 입장, 처한 상황을 그대로 받아들이는 것입니다. 그러면 용서할 일이 없어집니다. 이는 진실한 마음과 공정한 마음, 애정과 사랑이 없으면 실천하기 어렵습니다. 그렇다고 불가능한 것도 아닙니다. 연습을 하면 충분히 가능합니다.

부모는 자식을 키울 때 한 자녀가 다른 자녀보다 더 많이 먹거나 가진다고 해서 그 자식을 미워하지 않습니다. 그것이 진정한 사랑입니다. 그 사랑의 마음이 가족의 울타리를 넘어 밖으로 확장되어야 합니다. 무소유 사회에서 나보다 더 가져가는 사람이 있어도 그것을 있는 그대로 받아들이면 마음은 평화로워집니다. 물론 많은 수양이 필요하지요.

현재 상태에서 완전한 무소유 사회나 시스템을 만드는 것은 쉽지 않습니다. 그러나 절대 불가능하지는 않습니다. 모두가 충분히 연습하면 가능합니다. 지금 이 시간에도 여러 곳에서 그러한 연습을 하는 사람들이 많습니다.

? 경쟁이 아닌 상태에서 자기 능력이 최대한 발현되는 모습을 《논어》의 '충(忠)'에 비유하셨는데, 부연설명 부탁드립니다.

현대는 경쟁의 시대입니다. 장점도 있지만 폐해도 적지 않지요. 경쟁이 결코 행복이 아니라는 것을 잘 알면서도 경쟁에 의해 이루어지는 생산력, 일시적 성취감 등이 우리 사회를 움직이는 동력이 되었습니다. 이 경쟁을 넘어서고, 그러면서도 자기 생명력을 극대화할 수 있는, 그래서 생산력도 경쟁이 아닌 선의에 의해 나타나는 새로운 세상을 만드는 것이 우리의 과제이지요. 《논어》에서 말하는 충은 바로 그러한 마음의 상태를 이릅니다. '고도로 집중되어 마음이 편안한 상태', '자기를 잊을 정도로 대상과 하나 되는 충일감', '그 일을 생각하면 행복해지는 상태'입니다. 장난감 조립에 열중하는 아이의 마음 같은 것이지요.

나라를 그만큼 사랑한 사람은 진정한 애국자라 부르고, 국민을 그만큼 사랑한 사람은 진정한 혁명가라 부를 수 있지요. 나라니 혁명이니 하면 거창한 것 같아도 일상의 삶에서 이러한 충일감, 집중, 즐거움을 느끼고 그것을 넓혀가는 것이 새로운 진보의 본질적인 내용이 되어야 합니다. 나는 된장을 담거나 풀을 매면서도 이런 상태를 경험할 때가 있습니다. 된장을 병에 소분하는 작업을 오랫동안 했는데 초보자는 쉽지 않지요. 중간에 기포가 생기지 않도록 손으로 하는 작업이라 속도를 낸다고 해서 되는 일이 아닙니다. 옆 사람 속도를 따라가려다가는 낭패 보기 십상이지요. 그런데 우리는 내 옆에서 누군가

©이남곤

"우리 마을에 공동체라는 이름을 붙이지 않는 이유는
큰 범위에서 보편성을 추구하기 때문입니다.
공동체 정신에 찬성하는 사람들이 모여서 하는 것도
중요하지만 일반적으로는 넓은 사회에서
실현하는 게 더 중요합니다."

가 나와 똑같은 일을 하면 무의식적으로 경쟁의식이 생겨 그를 이기려 합니다. 그를 이기면 행복해질까요? 아닙니다. 일도 전혀 즐겁지 않고 단지 고된 노동이 되어버립니다.

그런데 경쟁을 의식하지 않고 마음을 비운 상태에서 하면 일이 저절로 됩니다. 내가 된장인지, 된장이 난지 모르는 몰입의 상태가 오는 것이지요. 자신이 좋아하는 일을 하다 보면 이 경지에 오를 수 있으나 처음에는 무척 어렵습니다. 저도 처음에는 된장 담는 일이 싫었어요. 내가 하지 않으면 안 될 일이었으니까요. 그러다가 문득 '이 일이 내 일'이라는 생각이 들더군요. 그 후로 일에 대한 태도가 바뀌고, 마음의 평안을 느끼고 속도도 빨라졌지요. 그 결과 한때는 '된장 담기의 달인'이라는 말도 들었지요.

이 마음의 상태가 충이라고 할 수 있습니다. 나에게 주어진 일, 내가 해야 할 일을 경쟁이 아니라 진정한 나의 일로 받아들이는 것입니다. 일뿐 아니라 사람도 같은 시각으로 볼 수 있지요. 나의 경쟁 상대가 아니라 나의 친구, 나를 이롭게 해주는 사람으로 바라보는 것입니다. 그러한 마음을 충이라고 할 수 있습니다. 따라서 충은 서(恕)와 짝을 이룰 때 진실한 것이 됩니다.

진보를 연찬하라

❓《진보를 연찬하다》라는 책을 2009년에 내셨습니다. 연찬(硏鑽)은 의미 파악이 쉽지 않은 단어입니다. 도대체 연찬이 무슨 뜻인지요? 덧붙여 선생님이 생각하시는 진보의 의미도 알고 싶습니다.

제 책 제목도 쉬운 것은 아니지만 질문도 무척 어렵습니다. 저는 청년시절부터 일관되게 삶을 살아왔습니다. 일관성을 유지하면서 산다는 것은 대단히 어려운 일입니다. 그런 만큼 우여곡절도 많았고, 개인적으로 어려운 일도 많았지요. 다행인 것은 청년시절에 세운 로망이랄까, 그것을 지금까지 잃지 않고 살아왔다는 점입니다. 제가 보기에도 대견하다 할 수 있지요.

한때 진보라는 말이 큰 화두가 된 적이 있으나 요즘은 이 말을 쓰기가 겁납니다. 또 왜곡해서 사용하는 사람들도 많지요. 그러나 진보는 우리 사회에서 꼭 필요한 가치입니다. 연찬이라는 말도 그런 의미에서 쓰고 있습니다.

우리는 때로 과거의 전통적인 상황에서 벗어날 필요가 있습니다. 시대가 많이 달라진 상황에서 과거의 진보를 그대로 쓰는 게 맞는지 진지하게 고민해야 합니다. 더구나 아직도 진보와 보수, 좌와 우가 남아 있기에 고민은 꼭 필요합니다. 고정관념이나 과거의 인습, 행동양식에서 벗어나 함께 생각해보면 어떻겠는가 하는 게 제 바람입니다. 연찬은 지금까지 가졌던 일체의 고정관념에서 벗어나는 것입니다. 공자는 이 단어를 텅 빈 곳에서부터 출발해서 '가장 옳은 것', '가장 잘 들어맞는 것'을 찾겠다는 의미로 사용했습니다. 그동안의 고정관념에서 벗어나 아무런 제약 없이 찾아보자는 태도지요.

언젠가는 인류 최고의 로망이 무소유 사회라고 생각합니다. 종교에서뿐만 아니라 사회 자체가 그렇게 변하리라고 저는 봅니다. 21세기 말에는 무소유 사회가 구체화될 것입니다. 막연히 그러리라 여기는 것이 아니라 명확한 근거를 가지고 있습니다.

지금까지는 전통적인 진보가 대세를 이루어왔습니다. 자본주의의 모순과 폐단에 투쟁하는 것을 전통적인 진보라 한다면 자본주의를 넘어선 사회를 추구하는 것이 새로운 진보입니다. 그것이 눈에 보입니까? 보이지 않을 것입니다. 예전엔 사회주의와 공산주의가 있었으나 지금은 사라졌지요. 실패했기에 우리 눈에 보이지 않습니다. 그런 의미에서 본다면 새로운 진보 역시 우리 눈에 보이지 않습니다. 낡은 사회 안에서 새로운 사회의 모습을 그리면 잘 보이지 않는 경우가 있습니다. 반대나 투쟁만 가지고는 공허하게 들립니다. 참된 모습을 보여주어야 비전이 보이는 것입니다.

저는 전통적인 진보도 대단히 중요하게 여깁니다. 새로운 진보를 추구한다고 해서 전통적인 진보를 무시하지는 않습니다. 그러나 새로워져야 한다고 주장합니다. 새로운 진보는 무소유 사회입니다. 제가 청년시절부터 꿈꿔왔던 무소유 사회는 자기가 하고 싶은 것을 능력껏 하는 사회, 필요한 만큼 쓸 수 있는 사회입니다. 이러한 새로운 사회를 창조하고 기획하는 것이 새로운 진보입니다. 전통적 진보와 새로운 진보가 서로 상호 교류하는 정신과 실천이 필요합니다. 연찬이라는 단어를 붙인 이유는 서로 만나고 교류하고 삼투하고 소통해서 새로운 비전을 만들기를 바랐기 때문입니다.

? '좋은마을' 공동체에 계시다고 들었습니다. 공동체 안에서 자급자족이 가능한지요? 또 야마기시에서 8년을 생활하다가 나오시게 된 구체적 동기는 무엇인지요?

'좋은마을'은 전북 장수에 있는 마을입니다. 그러나 공동체라는 단어는 붙이지 않습니다. 그냥 좋은마을입니다. 물론 추구하는 이념이나 방식은 공동체입니다. 전에 제가 살았던 야마기시도 공동체라는 말을 사용하지 않습니다. 야마기시실현지라고 부르지요. 그들 역시 무소유 사회를 꿈꾸는 사람들입니다. 야마기시 미요조(山岸巳代藏, 1901~1961)가 처음 구상해서 실천에 옮겼고 그 뜻에 동조하는 사람들이 모여 마을을 이루었습니다.

공동체라고 표현해도 무리는 없겠으나 원래의 의도를 존중하는 것이 좋지요. 그래서 야마기시는 '실현지'가 정확한 표현이고 우리는 '좋은마을'이 정확한 표현입니다. 그 외에 공동체라는 단어를 사용하는 곳은 공동체라고 불러야겠지요. 이름이 무엇이든 최고의 이상은 무소유를 추구하는 것입니다. 글자 그대로 소유가 없습니다. 능력만큼 일하고, 필요한 만큼 씁니다. 공동체라고 하면 언뜻 분배를 떠올리겠지만 최고로 이상적인 상태는 분배가 없는 상태입니다. 분배는 필연적으로 소유를 불러오기 때문입니다. 당연히 급료도 없습니다. 이러한 시스템을 고도의 공동체라고 불러도 되겠지요.

공동체의 운영과 참여 방식도 각기 다릅니다. 안에서 발전시키기 위해 노력하는 사람도 있고 다른 곳에 공동체를 세우기 위해 외부에서 활동하는 사람도 있습니다. 공동체의 발전이란, 더 잘살자는 게 아니라 진정한 공동체로의 발전을 의미합니다. 또 공동체를 변형시켜 일반인들이 쉽게 받아들이고 참여할 수 있도록 보편적 형태로 만드는 사람도 있습니다. 최초의 원형 공동체는 무분배, 무급료, 무소유가 원칙이지만 현실에 맞게 고쳐나가기도 합니다. 상황에 따라 얼마든지 다르니까요.

자급자족은 100% 불가능합니다. 어느 정도는 외부에서 조달해야 합니다. 예컨대 석유가 필요하면 당연히 외부에서 사야지요. 그러나 그처럼 불요불급한 경우를 제외하면 최대한 자급자족하려 합니다.

야마기시에서 나온 이유라…… 대답하기 쉬운 질문이 아니네요. 자칫 저의 대답이 현재 야마기시에서 생활하는 분들에게 폐가 될 수 있기 때문입니다. 그곳을 나온 것은 어디까지나 제 자신의 판단이었습니다. 저는 청년시절부터 보편성에 대한 욕구가 컸습니다. 보편성은 보통의 사람들이 보통의 삶에서 일반적으로 실천할 수 있는 가치와 방식을 말합니다. 그 보편성을 바탕으로 이 세상 어디에서나 실현할 수 있는 운동을 하고 싶었습니다. 야마기시에 들어간 것도 그 취지에 공감했기 때문이고 그곳에서 8년 동안 생활한 것도 보편성에 공감했기 때문입니다.

지금 좋은마을은 작은 범위이지만 언젠가는 전체적으로 퍼져나갈 것이라고 믿지요. 보편적인 삶의 모습으로 정착하리라 생각합니다. 그런데 야마기시에서 8년 동안 지내다 보니 제 안에서 갈등이 일어났습니다. 과연 보편적 욕구를 만족시킬 수 있을까 하는 갈등이었죠. 구체적으로는 자녀 교육이 그 시기에 맞물렸습니다. 둘째 아들이 대학을 앞에 두고 있었고, 큰아들은 야마기시 안에서 자체적으로 운영하는 대안대학에 다녔습니다. 야마기시학원 대학부 3년을 마쳤지요. 아이의 전공은 오이였습니다. 오이를 전공하면서 연찬을 합니다. 그런데 책을 그다지 읽지는 않습디다. 공동체에서는 물질을 추구하지 않기 때문에 책을 많이 읽어 정신을 수양해야 하는데 그게 안 되는 것입니다. 그곳에서 아이들의 교육은 보편성을 벗어난 극단적인 면이 있었습니다. 처음 그곳에 들어갈 때 다른 부분은 수긍이 되었으나 이 부분에서는 '극단적이다'라는 생각이 강하게 들더군요. 대학생이 오이를 전공한다는 사실은 혁명적인 교육의 길인데 그만큼 극단적이기도 합니다. 저는 극단을 싫어합니다. 극단은 반드시 보편성과 충돌해 문제를 일으킵니다. 물론 저도 한때는 극단을 추구했습니다. 그 덕분에 극단은 인간에게 부정적 영향을 끼친다는 사실을 깨달았지요. 저는 늘 중용과 중도를 목표로 정진했지만 실제로는 극단적인 선택을 많이 해왔습니다. 그래서 그 폐단을 잘 압니다.

큰아이가 대학부를 마치고 나니 욕구가 생겼습니다. 학문에 대한 욕구이지요. 정신을 추구하는 것이기 때문에 제가 막을 이유가 없지요. 정규 대학에 가서 정식으로 학문을 하라고 했습니다. 당시 야마기시에서는 대학을 보내지 않았습니다. 요즘은 보내는 걸로 알고 있습니다. 그것은 좋은 방향, 즉 보편성으로의 진화입니다.

그곳을 나온 이유는 결국 자녀교육 때문이었다고 할 수 있습니다. 보편성을 추구하는 제 신념이 극단과 부딪치면서 그곳을 나오게 됐습니다. 공동체 사회에서는 무소유도 중요하지만 무아집도 중요합니다. 아집이 있는 상태에서는 연찬이 잘 안 됩니다. 내가 옳다는 인식을 버리지 않으면 연찬이 될 수 없습니다. 그 아집을 버려야 진정한 무소유의 길에 이를 수 있습니다. 그러나 저 자신을 포함해 지금의 사람들은 다 아집이 있습니다. 이 아집의 실태를 무시하고 이상을 추구하다 보면 마음속에 부자유와 허위의식이 생길 수 있습니다. 그러면 보편적일 수 없게 됩니다. 결국 저 자신의 아집을 포함하여 이런 이유 때문에 그곳을 나왔다고 볼 수 있습니다.

? 원래 야마기시즘에서는 어떤 것에 대해 단정하거나 고정하지 않고 이론, 실행, 사상 등을 끝까지 함께 추구한다는 의미로 연찬을 사용하는 것 같습니다. 길을 추구하고 서로 소통하는 것, 그런 과정을 연찬이라고 하는 것 같습니다. 이 생각이 맞는 건가요?

야마기시는 연찬에 특수한 의미를 부여해서 사용했습니다. 그러나 알고 보면 그것은 야마기시가 창안한 것은 아닙니다. 한자 문화권에서는 공자의 가르침이 중요시되지요. 공자의 가르침을 집대성한《논어》를 보면 이것이 연찬이구나, 느낄 수 있는 문장이 많이 나옵니다. 공자 스스로도 자신은 군자 되기 힘들다고 토로할 정도였으니 군자가 얼마나 큰 인물인지 짐작할 수 있습니다. 여하튼 "군자는 천하의 모든 일을 논함에 있어 무적(無適), 무막(無莫)해야 한다"고 쓰여 있습니다. 군자는 어떤 것이 꼭 옳다고 주장하지도 않고 꼭 틀렸다고 반대하지도 않습니다.

이 말을 떠올릴 때마다 그 의미가 내 정신과 삶에 중요하게 다가왔습니다. 이러한 가르침이 예부터 전해 내려온 인류의 지혜입니다. 우리는 옳은 것이라고 주장할 때, 이것은 맞다, 저것은 틀리다고 단정짓습니다. 그래서 자신의 행동을 합리화하고 옳은 일을 위해 투쟁한다고 말합니다. 과연 그것이 옳을까요? 우리는 공자의 말을 기억하고 명심해야 합니다. 틀림없다고 할 일도 없고, 맞다고 할 일도 없고, 틀렸다고 할 일도 없는 것입니다. 완벽한 주장은 완벽하게 잘못될 수 있습니다. 공자의 말을 정확히 파악하면 숨은 뜻을 이해할 수 있습니다. 옳음은 고정되어 있지 않고, 다름이나 틀림도 고정되어 있지 않습니다. 사회적 상황에 따라 변하는 것이므로 언제나 충분히 검토하고 연구해야 합니다. 불가지(不可知)론이 아니라 어떤 단정도 내리지 않고 지혜를 구해야 합니다. 이것이 연찬입니다.

누가 무언가를 물으면 대답을 하기 전에 '내가 아는 것이 있는가' 먼저 생각합니다. 곰곰이 생각하면 나는 아는 것이 없습니다. 내가 단정해서 옳다고 말할 수 있는 게 없다는 사실을 알게 되지요. 그렇다고 무조건 모른다고 대답하지는 않습니다. 누군가 나에게 질문을 던지면 이 끝에서 저 끝까지 샅샅이 두들겨서 찾아보려고 합니다. 그리고 그 시점에서 가장 올바름에 가까운 답을 찾아냅니다. 이것이 바로 공자가 행한 연찬입니다. 어느 경우에도 단정해서 이것이 진리라고 말하지는 않습니다. 그러나 누가 물으면 불가지론으로 빠지지 않고, 인류의 지혜를 최대한 동원해서 끝까지 찾아가는 것입니다. 연찬은 20세기에 야마기시 선생이 발견한 것이 아니라 인류의 오래된 지혜 탐구와 소통의 방식입니다.

? '이 끝에서 저 끝까지 두들겨서 답을 찾는 방식'이 무엇이든 신속한 결정을 내려야 하는 현대사회의 정서상 공감하기 쉽지 않을 것 같습니다. 이 점에 대해 어떻게 생각하시는지요?

유연함과 확고함을 오해하기 때문에 나타나는 현상입니다. 두들겨서 찾는 방식은 딱딱함이 아닙니다. '단정적으로 안다고 말할 것이 없다'는 인식에서 나오는 유연함입니다. 대부분의 사람들은 틀림없다고 믿고 불퇴전의 의지로 밀고 나갈 때 추진력이 있다고 생각합니다. 소위 '불도저' 식이지요. 이 방식은 당연히 딱딱합니다. 유연성이 전혀 없기에 상황이 변해도 부드럽게 대처하지 못합니다. 파탄으로 끝날 일도 그대로 진행되는 경우마저 있습니다.

양 끝을 두드려 끝까지 찾아본다는 것은 '실행과 연찬의 반복'을 통해 전 과정을 추진하는 것입니다. 단정하거나 고정하지 않지만 망설이지도 않고 주저하지도 않습니다. 급하게 시행해야 할 일이 닥쳤을 때는 최선의 방법으로 신속하게 실행에 옮깁니다. '이 길이 최선이다'라는 확고한 신념(사실은 아집)으로 밀어붙이는 것보다 훨씬 더 유연하게 움직일 수 있습니다. '지금으로서는 일단 이렇게 해보자'는 생각에서 출발해 최선을 다하지만 사정이 바뀌거나 잘못된 판단이 발견되거나 사람들의 의견이 바뀌면 유연하게 변경할 수 있습니다. 일관성이 떨어진다고 생각할 수 있으나 진정한 일관성은 '실행과 연찬의 연속'을 통해 가장 옳은 것을 향해 나아가는 것입니다.

저희 부부는 장수로 내려오면서 세상 모든 일과 사람을 대할 때 확고함과 딱딱함을 버리고 유연함으로 대하자고 결심했지요. 물론 항상 마음먹은 대로 되지는 않습니다. 우리 관념이 얼마나 딱딱해지기 쉬운가를 실감할 때가 많아요. 그래서 일상에서 늘 연습하면서 더 유연한 마음으로 세상을 대하려 노력합니다.

? 공자의 '의(義)'와 연찬의 의미를 연관시켜 생각할 수 있나요? 공동체생활의 경험을 예로 들어 설명해주시다면요?

제가 《논어》를 연찬, 강독하면서 가장 인상 깊었던 문구가 바로 의에 관한 다음의 문장이었습니다.

공자께서 말씀하셨다. "군자는 세상 모든 일에 옳다고 하는 것이 따로 없고 옳지 않다고 하는 것이 따로 없이, 오직 의를 따를 뿐이다."(子曰, 君子之於天下也 無適也 無莫也 義之與比)

이 문구를 읽으면서 야마기시에서 하려고 하는 연찬의 원류를 발견했습니다. 단정하거나 고정함이 없이 끝까지 '무엇이 옳은가?'를 함께 추구하는 연찬의 핵심을 지적하고 있는 것이지요. 실제로 공자는 어떤 것에 대해서도 단정하거나 고정하지 않고 그 사람, 그 일, 그 시대의 의가 무엇인가를 탐구했습니다. 《논어》 전편이 그러한 정신으로 되어 있지요. 알기 쉬운 예로 다음과 같은 문장이 있습니다.

자로(子路)가 여쭈었다. "좋은 일을 들으면 곧 행해야 합니까?" 공자께서 대답하셨다. "부형이 살아 계시는데 어찌 들은 것을 그대로 행하겠는가." 염유(冉有)가 여쭈었다. "좋은 일을 들으면 곧 행해야 합니까?" 공자께서 대답하셨다. "듣거든 곧 행해야 한다." 이에 공서화(公西華)가 여쭈었다. "유(由)가 '들으면 곧 행해야 합니까?' 하고 여쭈었을 때는 '부형이 살아 계시니' 하시고, 구(求)가 '들으면 곧 행해야 합니까?' 하고 여쭈었을 때는 '들으면 곧 행해야 한다'고 하시니, 저는 어리둥절하여 감히 여쭈고자 합니다."

공자께서 말씀하셨다. "구(求)는 매사가 물러서는 편이므로 앞으로 나아가게 한 것이고, 유(由)는 너무 나아가기 때문에 물러서게 한 것이다."

제가 아내와 함께 장수의 한 골짜기에 와서 처음으로 농약과 화학비료를 사용하지 않고 고추 농사를 지으려 했지요. 이웃 사람이 와서 이렇게 알려주더군요. "고추 농사는 농약을 치지 않으면 안 됩니다." 그 동네에는 유기농으로 고추 농사를 짓는 사람이 아무도 없고, 예전에 실패한 경험이 있기에 우리를 생각해서 하는 충고였습니다.

내가 만일 농약과 화학비료를 쓰는 것이 옳지 않다고 말했다면 그 이웃과는 소통이 막혔을 것이고 지금처럼 좋은 이웃이 되지 않았을 것입니다. 저는 그때 "우리도 잘 압니다만, 소비자들이 원해서 한번 해보아야겠어요"라고 한번 봐달라는 식으로 말했지요. 실제로 나나 아내나 '관행농은 옳지 않다'는 단정적인 생각은 없었어요.

한때는 녹색혁명으로 알려진 화학비료와 농약에 의한 비약적 생산력 증대가 식량문제를 해결하는 일등공신이었잖아요. 지금 농민들의 생활을 보장하고 있는 것도 관행농 덕분이었고요. 그런데 농약과 화학비료가 땅을 황폐화시키고, 사람에게 해를 끼치니 이제 유기농으로 전환할 때가 온 것이라 생각하는 거지요. 어찌 보면 농약과 화학비료에 의한 생산력 증대가 유기농으로의 전환을 이끈 바탕이 된 면도 있습니다. 유기농으로 전환한다 해도 과거의 농법으로 돌아가는 것은 아니지요. 좋은 약품이나 퇴비 생산, 기계의 사용 등에 대해서는 열려 있으니까요. 우리가 그렇게 골짜기에서 유기농을 시작하고, 이 마을에 이주한 사람 모두가 유기농을 하게 되니까 원래의 마을 사람들도 자연스럽게 우리의 방식을 존중해주고 일부는 유기농법으로 전환해 농사를 짓습니다.

야마기시에 있을 때도 농약과 화학비료 사용을 전면적으로 부정하지 않았으며 퇴비 중에는 특히 계분(鷄糞)을 많이 썼습니다. 극단적 사고나 단정적 사고를 하지 않는 연찬의 태도를 지킨 것이지요. 그런데 과도하게 계분을 사용하다 보니 오히려 땅을 망쳐 그것을 복구하는 데 상당히 힘이 들었다는 이야기를 나중에 들었습니다. 사실 이런 것이 연찬이라는 이름으로 진행은 되지만 잘못된 연찬의 실례가 아닌가 하는 생각이 들어 씁쓸했습니다. 실패했다고 해서 하는 말은 아닙니다. 누구든 실패할 수 있지요. 실천하고, 연찬하고, 실패하고, 다시 실천하는 과정이 옳은 것을 찾아가는 길이니까요.

그런데 실패했다는 것이 어느새 '우리가 이렇게 하는 것이 최고야'라는 확정 관념이 들면서 연찬의 길에서 벗어나고 있습니다. 이런 현상이 집단적으로 작용하면 종교처럼 되어 연찬의 길에서 한참 멀어져버립니다. 이러한 우월감은 폐쇄적으로 변하기 쉬워 나도 모르는 사이에 단정하고 고정하게 됩니다. 아직 준비되지 않은 시스템의 한계라고 생각됩니다. 야마기시의 과격한 학육(學育) 프로그램도 비슷한 예가 될 것입니다. 이런 것들이 야마기시를 쇠퇴의 길로 가게 했지요. 요즘 야마기시 안팎에서 그에 대한 반성적 성찰이 있는 것은 다행이라 생각합니다.

개별 주체성이 살아 있는 '좋은마을'

? 한국 사람들은 일본 사람들보다 더 창의적이고 독립적이며 규칙을 따르기 싫어하는 성향이 있다고 봅니다. 그런 만큼 리더로 나서려는 성향이 강한데, 이게 장점이 될 수도 있지만 공동체에서는 단점이 되지 않나요? 이러한 문제는 어떻게 해결하나요?

그런 점은 장점이나 단점으로 취급해서는 안 됩니다. 특성으로 봐야지요. 우리나라 사람들이 개별 주체성이 강한 것은 사실입니다. 독립성이나 강한 주체성은 성격의 일부이기 때문에 인정되고 존중되어야 합니다. 우리 마을에 공동체라는 이름을 붙이지 않는 이유는 큰 범위에서 보편성을 추구하기 때문입니다. 공동체 정신에 찬성하는 사람들이 모여서 하는 것도 중요하지만 일반적으로는 넓은 사회에서 실현하는 게 더 중요합니다. 저는 소공동체는 권장하지 않습니다. 상처를 받기가 쉽기 때문입니다. 그곳에서 만나지 않았다면 사이좋게 살 사람들이 작은 공동체에서 만나 상처를 입습니다. 동업도 친한 사람들이 더 나빠지는 모습은 아주 흔하지요.

특히 한국인들은 개별적인 주체성이 강하므로 그 특성에 맞게 일하면 됩니다. 우리 마을에 대표라는 직책은 없으며 집은 5채가 있습니다. 제가 처음 들어갔을 때는 논과 과수원밖에 없었지요. 누구나 쉽게 접근할 수 있는 마을을 만들면 어떨까 싶은 생각으로 시작했습니다. 현재 4가구가 살지만 주민등록상으로는 다섯 집이 삽니다.

개별 주체성이 집 모양에서 뚜렷하게 나타납니다. 재료도 각자 다르지요. 우리집만 벽돌집이고 나머지는 흙집입니다. 흙집이라도 집 모양, 공법 등이 다 다릅니다. 그렇게 각자가 하고 싶은 대로 서로를 인정하고 존중하면서 살아갑니다. 물론 처음에는 어려운 점도 많았지요.

저희 집사람과는 그런 의미에서 동지이고 도반입니다. 안타깝게도 얼마 전 세상을 떠났습니다. 그래서 제가 약간 어려운 시기를 보내고 있습니다. 저희 집사람은 '선물의 사회'를 원했습니다. 서로에게 무언가를 주는 것이죠. 그러기 위해서는 내가 먼저 주어야 합니다. 그러나 받으려는 마음으로 해서는 안 됩니다. 저 사람이 나에게 선물을 갚아야 한다는 의식을 가져서는 안 됩니다. 아내가 살았더라면 이 선물에 대한 마인드를 더 널리 정착시켰을 것입니다.

우리 마을에서는 자유노동을 하나의 덕목으로 생각합니다. 다른 사람을 위해 말 그대로 자유롭게 노동하는 것입니다. 의무적으로 규정되어 있지는 않습니다. 누구든지 자발적으로 자유의지에 따라 남을 위해 노동을 하는 것입니다. 그리고 대가가 없습니다. 보통의 마을에는 우리 전통인 품앗이가 있습니다. 품앗이는 사실은 노동의 교환이지요. 내가 그 사람의 일을 해주면 그 사람도 내가 필요할 때 함께 해주는 일종의 공동 노동이며 교환의 한 형태입니다. 불문적이긴 하지만 이 룰을 깨면 불편한 관계로 변합니다. 자유노동은 그것을 넘어서는 것입니다. 일방적인 것입니다. 일방적이지만 언젠가는 돌아오는 이치가 있습니다. 이것이 자연의 이치라고 생각합니다.

또 우리 마을에서는 공동의 지갑 만들기도 하려고 하고 있습니다. 자유의지에 따라 어떤 기대도 없이 이 지갑에 돈을 넣습니다. 불교에서 말하는 무주상보시입니다. 누가 지갑에 돈을 넣었다는 것을 모르는 상태로 내가 가진 것을 내놓습니다. 이 자유노동과 무주상보시로 마을의 공동 사업을 진척시킬 날을 기대하고 있습니다. 중요한 것은 그것을 실천하는 과정에서 사람들이 공동의 마음을 갖게 되고 마을이 한 단계 더 진화한다는 점입니다. 이러한 방식은 농촌이든 어촌이든 얼마든지 할 수 있습니다. 도시에서도 작은 단위로 할 수 있습니다. 자본주의 시장에서 무소유로 나아가는 단계입니다.

한국인들은 확실히 개별 주체성이 강하지요. 그것이 문제될 것은 전혀 없습니다. 그 특성에 맞게 할 수 있는 일들이 많습니다. 역사와 문명을 긍정한다는 것은 한국의 진보 진영이나 생태운동을 하는 집단 모두에게 필요합니다. 역사의 대긍정이란 현재 일어나는 문제와 모순을 외면하지 않고 갈등, 모순까지 포함해서 대긍정하는 것입니다. 현재를 정확히 인식하고 그에 따른 문제점을 파악하는 것이지요. 그러면 무소유 사회로 나아가는 길이 보입니다. 직접민주주의를 더 발전시키려면 연찬과 소통이 발전해야 합니다.

거버넌스는 어느 사회에서나 필요한 시스템입니다. 거버넌스는 '다스린다'는 의미가 아니라 우리가 함께 살아가는 방식으로 보아야 합니다. 이를 위해서는 일방이 권력을 쥐어서는 안 되며 민관이 함께 하는 거버넌스여야 합니다. 이 거버넌스에 진보적 인사들과 집단이 직접적으로 참여하면 더 아름다운 결실을 맺을 수 있습니다. 우리나라는 한때 민과 관이 대립해 치열하게 투쟁한 적이 있습니다. 지금도 일부에서는 대립이 계속되고 있지요. 그 대립이 완전히 없어지기는 불가능하지만 마음을 열고 함께 참여하면 민관의 거버넌스가 가능합니다.

아울러 시장의 인간화도 우리에게 중요한 화두입니다. 지금은 진보와 보수가 섞여 있고 분배에 대해 정부가 일정 부분 개입하고 있습니다. 그것이 진보라고 생각하는 것은 잘못입니다. 정부가 개입해 부와 소득을 재분배하는 것이 진보이긴 하지만 그 방식이 진보의 본질은 아닙니다. 양적인 차이의 조정에 불과합니다.

시장의 인간화는 자본과 노동이 대립하지 않고 서로 진화하는 것입니다. 미래 세계에 함께 주역이 되는 방향으로 활동해야 합니다. 이런 과정에서 새로운 세상을 기획하고 운영하는 힘을 길러야 하는 것이지요. 중요한 것은 시민운동이나 진보적인 사회운동에 자기가 가진 것을 나누는 운동이 전진적으로 포함되어야 하고 시장 전체가 인간화되는 운동을 펼쳐야 하는 것입니다. 정부의 개입은 이러한 본질적인 진보에 기여하는 방향에서 이루어져야 합니다.

기업들도 세금을 내는 행위가 나의 돈을 빼앗기는 게 아니라 사회 환원으로 인식해야 합니다. 내가 번 돈을 우리 사회에 환원함으로써 더 밝은 미래를 만든다고 생각해야 합니다. 그것이 바로 시장의 인간화입니다. 인간화된 시장이 조성되어야 생산성이 떨어지지 않고 더 상승됩니다. 저는 정치적으로는 직접민주주의를, 경제적으로는 시장의 인간화를 주장하고 사회적으로는 문화의 혁명을 주창합니다.

이를 위해서는 자기중심성을 넘어서는 새로운 가치를 확산시키는 의식운동을 펼쳐야 합니다. 그 실천 방법의 일환으로 전북 익산에서 매월 한 번씩 《논어》를 텍스트 삼아 연찬을 합니다. 이러한 운동이 새로운 문화운동이고 새로운 르네상스가 아닐까 생각합니다. 공동체가 되었건 문화운동이 되었건 민족적 특성에 맞게 행하면 됩니다. 우리 민족의 특성에 맞게 운동을 전개해나가면 꽃을 피울 수 있습니다.

? 사람은 이기적이어서 개미와 베짱이가 공존하는 데는 많은 갈등이 있으리라 봅니다. 그것을 어떻게 극복해나가는지 궁금합니다. 혹시 큰아드님의 대학 문제는 어떻게 되었는지 여쭤보아도 될까요?

어느 곳이든 사람들의 삶에서 갈등은 본질적인 문제의 하나입니다. 인간은 자기중심성을 속성으로 갖는 동물계로부터 출현한 존재이기 때문이지요. 완전한 성인군자가 아닌 이상 이기심을 극복하기란 쉽지 않습니다. 그러나 저는 이기심을 고정불변한 인간의 속성이라고 보지 않습니다. 인간은 이기적이라고 단정 짓는 사고를 넘어서야 합니다. 이기심을 넘어서는 것이 가능할까 의심해서는 안 됩니다.

개인주의는 오늘날 그 어느 시대보다 만연하고 있습니다. 개인을 억압하는 요소들로부터 벗어나려는 것이 시대의 흐름이 되었지요. 과거의 권위주의 시절에는 권력, 인습, 관념 등이 개인의 창의성과 개성을 막았습니다. 자유로운 사고와 행동을 정치적인 이유로 억압했지요. 그 억압이 완전히 사라진 것은 아닙니다. 지금도 개인의 해방운동이 진행되고 있습니다. 해방은 여러 의미로 해석이 가능한데 긍정적 영향뿐 아니라 부정적 영향도 적잖이 끼칩니다. 바로 극단의 이기심이 나타나는 것이지요. 그러나 이기심을 극복할 수 없는 인간의 본성이라고 여기는 인식은 고정관념에 불과합니다.

인간화는 매우 중요한 의미가 있습니다. 인간은 원래 동물의 일종이었죠. 진화론과 창조론을 떠나 인간이 애초에 동물의 한 종류였음은 분명합니다. 그런데 그 동물이 서서히 인간으로 변화했습니다. 엄청난 비약입니다. 그러나 동물적 본성을 완전히 떨쳐내지 못해 여전히 태어나는 그 순간부터 자기중심성을 갖습니다. 자신의 생명을 보존하고 이어지게 하려는 유전적 본능이 있지요. 이는 동물들의 가장 큰 삶의 목적입니다. 그래서 자기중심적으로 움직입니다. 우리는 동물들의 자기중심성을 비난하지 않습니다.

인간의 경우에도 그대로 말할 수 있습니다. 자기중심적으로 생각하고 행동하는 것을 비난해서는 안 됩니다. 문제는 인간의 자기중심성이 다른 존재에게 피해를 준다는 사실입니다. 물론 동물도 피해를 주지요. 큰 동물이 작은 동물을 잡아먹으니까요. 그러나 이는 자연의 섭리라고 할 수 있습니다. 그러나 인간의 엄청난 행위능력은 동물적 자기중심성에 머물러 있는 한 인간을 포함한 다른 존재에게 엄청난 피해를 주게 됩니다. 물리학자 장회익 선생은 이런 인간의 특성을 암세포에 비유합니다. 인간이 이기적 존재로 있는 한 지금의 능력으로

©이남곤

"제가 청년시절부터 꿈꿔왔던 무소유 사회는
자기가 하고 싶은 것을 능력껏 하는 사회,
자기가 필요한 만큼 쓸 수 있는 사회입니다."

비춰볼 때 암세포가 되고 말 것이라는 주장입니다. 결국 자신도 죽게 되는 것입니다.

저는 인간이 동물계에서 진화하는 존재라고 생각합니다. 진화는 아직도 계속되고 있습니다. 그러나 생래적으로 가지고 태어난 자기중심성은 여전히 도사리고 있지요. 그럼에도 자기중심성을 넘어서야 하는 게 인간입니다. 인간은 동물에서 출발했으나 지성을 가지고 있습니다. 그 지성의 힘으로 이기심을 충분히 극복할 수 있지요. 자기중심성을 넘어서는 것, 아집을 넘어서는 것이 최고의 자유라는 사실을 그 지적능력으로 찾아가게 되는 것이지요.

저희 마을의 경우에도 갈등이나 의견의 다름이 존재합니다. 우리는 어디까지나 인간이기 때문입니다. 그러나 큰 무리 없이 헤쳐왔습니다. 윤리나 도덕 규정만으로 갈등과 이기심을 극복할 수는 없습니다. 자각에 바탕을 두지 않으면 안 됩니다. 나를 넘어서 상대를 위한 배려심을 발휘해야지요. 그러면 갈등은 충분히 해결됩니다. 저는 이를 사회적으로 확산시키면 어느 조직에서나 가능하다고 생각합니다.

큰아들은 대학을 나왔습니다. 전공은 살리지 못했습니다. 어머니가 돌아가신 후 그 사업을 물려받아서 하고 있습니다. 저와 아내는 그동안 아들에게 농촌의 삶에 대해 여러 가지로 긍정적 이야기를 하고 우리와 함께 생활하자는 뜻을 비쳤으나 아들은 그다지 마음이 없었습니다. 아이는 시골에 로망이 없다고 하더군요. 그때 로망이라는 말을 처음으로 들었습니다. 로망이 그런 뜻으로 사용된다는 것을 알았지요. 부모로서 아들이 새로운 삶에 적응하는 과정에서 로망을 발견하고 그것을 이루어가기를 바랍니다.

대학은 장학금을 주는 학교에 갔습니다. 기숙사도 무료인데다 장학금이 한 달에 30만 원씩 나왔어요. 학과는 본인의 특성 등을 고려하여 법학과를 택했습니다. 지금 돌아보면 그때 좀 잘못 생각한 것 같습니다. 원예과를 갔으면 로망이 달라졌을 텐데 하는 아쉬움도 있습니다. (웃음)

개인주의를 넘어선 공인주의 세상

? '무소유' 하면 종교적인 차원이나 자본주의의 대안 사회를 많이들 떠올립니다. 저는 가족 내에서 무소유의 삶에 관심이 많습니다. 부부, 자식, 부모가 일상에서 무소유적 삶을 실천하려 합니다. 과연 가능할까요?

아내와 야마기시에서 살 때도 그렇고 그 후에도 필요한 것을 우리 부부가 직접 생산해서 소비하는 삶이었습니다. 꼭 필요한 만큼만 갖기 때문에 따로 쌓아놓을 필요는 없었지요. 아이들은 학생이어서 당연히 가진 게 없었고요. 말 그대로 우리 부부는 무소유였습니다. 그때 하나의 통장으로 살았습니다. 아무런 불편함이 없었고 더 갖고자 하는 욕심도 없었습니다. 예나 지금이나 제가 많이 소비하는 편이 아니어서 돈 쓸 일은 그리 많지 않은데 어쩌다 한번 필요하면 아내에게 받아서 편하게 썼지요. 부자유함이 없었는데, 요즘은 아들이 관리하다 보니 다른 느낌이 있긴 합니다. 선뜻 말하기가 어려워진 게 사실이에요. 그럼에도 가정이야말로 무소유와 무아집을 실현할 수 있는 가장 좋은 곳입니다.

가정은 핏줄을 통해 이해와 사랑으로 연결된 최소 집단입니다. 가족 성원끼리는 소유에 대한 욕심을 버릴 수 있습니다. 당장 버리기가 어렵다면 연습을 하기에도 좋은 장소입니다. 물건을 소유하는 것보다 더 중요한 것은 무아집입니다. 이 무아집을 연습하기 가장 좋은 장(場)이 가정입니다. 가족 안에서 하나의 지갑을 쓰자는 주장은 요즘 세상에 먹혀들지 않을 수도 있습니다. 그러나 하나의 가족이라는 인식으로 고집과 아집을 버리면 무소유한 가정을 이루는 일은 어렵지 않습니다. 무소유와 무아집은 다른 것이 아닙니다. 똑같은 것이기 때문에 동시에 연습할 수 있습니다. 자본주의는 우리 시대의 보편적인 제도가 되었으며 전 세계적으로 깊게 뿌리를 내리고 있습니다. 우리 삶과 인식의 굳은 바탕이 되었다는 뜻입니다.

한때 저는 존재가 의식을 결정한다는 사고방식으로 살았습니다. 사회제도와 사회체제가 의식을 결정한다는 것입니다. 자본주의 사회에서는 자본주의 의식으로 살아가고 공산주의에서는 공산주의에 맞게 살아갑니다. 왕정의 시대에 살고 있다면 거기에 순응하며 살아가겠지요. 그러나 절대화하는 것은 옳지 않습니다. 마르크스나 사회주의 철학은 관념론에 대해 극단적으로 저항했습니다. 그 극단적 저항이 마르크시즘을 몰락하게 만든 원인 중 하나입니다. 극단은 진실에서 멀어지게 되고 결국 실패하게 됩니다.

물론 독재와 억압, 착취가 지배적인 나라에서는 어느 정도의 극단적 처방이 효용가치가 있습니다. 오늘날은 몇몇 나라만 제외하고는 세계적으로 자본주의가 보편화되었습니다. 강대국의 정치제도가 자본주의여서 마지못해 따르는 것이 아니라 세계인의 의식이 자본주의와 잘 맞아떨어지기 때문입니다. 개성이 꽃을 피우는 개인주의는 자본주의와 잘 어울리는 궁합입니다.

개성과 진보의 개화를 위해 우리는 끊임없이 연습을 해야 합니다. 참다운 진보와 새로운 세상을 꿈꾼다면 가정과 마을을 연습의 장으로 활용해 무소유와 무아집을 실천해야 합니다. 그러한 비전이 생기면 미래 세상에 대한 신념이 보입니다. 무소유를 실천하면서 새로운 사회를 준비하는 사람들이 자라납니다. 지금은 사람들이 개인주의를 원하고 그런 경향이 한 시대를 풍미할 것입니다.

그렇다면 앞으로 나타날 자본주의 이후의 시대는 어떻게 될까요? 개인주의의 폐단이 많이 나타나 다시 집단주의로 회귀할까요? 그럴 전망은 보이지 않습니다. 자본주의는 개인주의를 확산시키기 때문에 집단주의나 전제주의로는 돌아가지 않습니다. 자본주의 이후에는 공인주의(公人主義)가 등장할 여지가 많습니다. 이는 집단주의도 개인주의도 아닙니다. 그 두 가지 모두를 넘어서는 공인주의가 될 것입니다.

보통은 공적인 업무에 종사하는 자를 공인이라고 합니다. 제가 말하는 공인은 그러한 공인이 아니라, 나라는 존재가 인간을 포함해 우주자연계에서 나누거나 분리할 수 없는 하나라는 것을 자각한 개인을 뜻합니다. 불교적으로 말하면 연기적 세계관을 자각한 사람, 기독교의 관점에서는 신이 창조한 하나의 세계를 자각한 사람, 또 과학적으로는 우주가 하나의 생명단위라는 것을 자각한 사람을 가리키는 것입니다. 사람과 사람, 사람과 사물 그리고 모든 자연과 이어져 있는 나를 자각하는 것입니다. 바로 그 사람이 새롭고 아름다운 세상을 만들어갑니다.

고전에도 공인의 모습이 많이 나와 있습니다. 공자가 그리는 군자의 모습이 제가 바라는 공인의 모습과 흡사합니다. 어떤 의미에서는 우리가 보통 말하는 성인이 공인입니다. 앞으로의 미래 사회는 많은 사람들이 공인화될 것이라고 봅니다. 보통사람들이 성인화되는 것이지요. 이를 위해서는 제도적, 물질적, 정신적으로 준비가 돼 있어야 합니다. 자본주의 이후를 그릴 때 우리는 구체적인 사회상을 준비해야 합니다. 우리에게 주어진 과제가 무엇인지 진지하게 고민하고 연찬해야 합니다. 이것은 실패했고, 저것은 성공했다고 단정을 지어서는 안 됩니다. 탐구하는 자세로 찾아나서야 합니다.

? 어제 열린 민중대회에 참석하고 왔습니다. 대긍정과 연찬의 의미는 이해가 되지만 현실에서도 가능할지는 의아합니다. 민중대회에는 남미의 노동자, 스리랑카의 노동자, 우리나라의 노동자들이 참여해 아픈

현실을 나누었습니다. 어려운 현실에서 노동자들이 어떻게 대긍정으로 나갈 수 있는지 그 방법이 궁금합니다.

저 역시 절실하게 고민하고 있는 문제입니다. 대긍정은 우리나라뿐 아니라 세계로 눈을 돌려 자본주의적으로 핍박받고 소외받는 사람들을 포용합니다. 대긍정은 현실적으로 힘든 삶을 이어가는 노동자들의 문제를 무시하고 경시하지 않습니다. 잘못됨을 바로잡는 운동입니다. 아무리 노력해도 자본주의에서 벗어날 수 없다면 본질적으로 희망이 있는 비전을 얘기할 수 없지 않겠습니까. 자본주의에 새로운 대안을 삼투하고 진화시켜야 합니다. 지금 미래의 비전을 이야기하면 현실에서 눈을 돌리는 것으로 보일 수 있습니다. 그러나 그렇지 않습니다. 현실을 바탕으로 미래를 만들어가기 때문입니다.

노동자들의 투쟁 속에서 새로운 모습이 자라나기를 바랍니다. 사람은 누구나 스스로 원하지 않는데도 일정 부분 대단한 역할을 수행합니다. 자본주의는 2가지 역할을 수행합니다. 하나는 물질적인 생산력입니다. 이 능력은 매우 뛰어나서 1970년대 말에 이미 인류의 총수요를 능가하는 생산이 가능해졌습니다. 그렇게 많이 생산했음에도 우리는 풍요롭지 못했지요. 부와 가난의 양극화로 인해 부자는 더욱 부자가 되었으나 가난한 사람들은 생존의 기로로 내몰렸습니다. 더 중요한 사실은 생태계의 파괴로 이 물질적 생산력의 의미가 가려져 보이지 않았다는 점입니다. 그러나 자본주의가 새로운 사회를 위한 물적 기반을 마련하는 데 중요한 역할을 한 것은 사실입니다. 빈부의 격차가 해소되지는 않았지만 인류의 예지를 모아 노력한다면 우리가 그리는 이상 사회를 실현할 수 있는 물적 기반을 갖출 수 있습니다. 이는 자본주의의 긍정적 결과라 할 수 있습니다. 우리는 이 역할을 선의의 목적으로 계속 활용해야 합니다.

자본주의의 두 번째 기능은 국경을 넘어 세계로 퍼진다는 것입니다. 국경 없는 지구촌은 우리에게 커다란 축복으로 다가옵니다. 국경이 없으면 전쟁이 없어지고 공간의 제약을 받지 않으면서 삶의 무대를 넓힐 수 있습니다. 제가 간절히 바라는 것 중 하나가 국경 없는 세상을 만드는 것입니다. 뜻밖에도 자본주의가 이 역할을 할 수 있습니다. 선의의 목적에서 출발한 것은 아니지만 결과적으로는 그러한 역할을 수행하고 있는 것이지요.

자본주의는 좋은 역할도 하고 나쁜 역할도 합니다. 그 현실을 인정하고 우리의 무한한 자유욕구와 높은 지적능력을 결합할 때 무소유의 삶은 현실적인 목표로 다가옵니다. 낙관적 비전을 가지고 실천하면 대긍정과 연찬을 생활화할 수 있습니다.

물질과 의식, 제도 사이에는 상관관계가 있습니다. 어떤 나라가 GNP는 낮아도 국민들의 행복지수는 월등히 높은 경우가 있습니다. 그러나 보편적인 것으로 말하기는 힘듭니다. 가난하고 소외된 사람들에게 진정으로 자유롭고 행복한 삶에 대한 비전은 그 나라와 민족의 특성에 맞게 추구되어야 합니다.

야만과 진보, 기로에 선 인류

? 인류 최고의 로망은 무소유라고 말씀하셨는데, 신선하면서도 이상적이라는 생각이 듭니다. 두 번째로, 개인은 무소유가 가능하고 나눔을 실천할 수 있지만 국가는 어렵다는 생각이 듭니다. 이에 대한 선생님의 의견을 듣고 싶습니다.

인간은 고유의 특성을 지니고 있습니다. 다른 생물체와 비교해 월등히 뛰어난 능력을 가지고 있지요. 여기서 그 능력을 구체적으로 나열할 필요는 없으나 동물과 구분되는 가장 확실한 점은 인간에게는 고도의 지적능력이 있다는 사실입니다. 그리고 그 능력 덕분에 과학기술이 나날이 발전하고 있습니다.

제가 휴대폰을 처음 쥐어본 것이 1996년 야마기시에 있을 때였습니다. 누가 제게 통화를 해보라고 휴대폰을 주더군요. 전화를 받는다는 게 배터리를 빼버렸습니다. 어떻게 받아야 하는지도 몰랐지요. 그런데 불과 몇 년 사이에 휴대폰은 눈부시게 발전했습니다. 그뿐 아니라 우리가 잘 모르는 분야에서 과학은 엄청나게 발전하고 있습니다. 그것이 우리 삶에 긍정적으로 작용할지, 부정적으로 작용할지는 더 지켜보아야 합니다.

우리는 20대80이라는 말을 자주 사용합니다. 사회의 모든 구조와 현상에 이 말이 적용되지요. 사회뿐 아니라 정치, 문화, 과학에도 적용이 됩니다. 노동의 관점에서 보자면 20%는 노동을 하고 80%

는 노동을 하지 않는 시대입니다. 20%가 나머지 80%를 먹여살리지요. 또 다른 의미로는 20%가 80%를 지배합니다. 이 숫자는 앞으로 어떻게 변할까요? 10대90, 나아가서는 5대95로 변할 것입니다. 즉 5%가 나머지 95%를 지배하는 시대가 올 수 있습니다. '올 수 있다'고 말한 이유는 현재의 제도라는 조건이 붙어 있을 때입니다. 지금의 소유제도, 소유의식이 지속된다면 5대95 시대가 필연적으로 옵니다. 우리가 손쓸 수 없는 단계로 진입하는 것이지요.

그렇게 되면 인류는 기로에 서게 됩니다. 야만으로 돌아가느냐, 진보로 나아가느냐의 갈림길에 서는 것입니다. 5%의 지배는 중세시대의 왕정으로 회귀하는 것입니다. 아니, 문명이 파괴되는 야만의 상태로 돌아가는 것입니다. 어떤 사람은 종말, 말세라는 표현을 사용하기도 합니다. 저는 그 표현에 반박하지는 않습니다. 저 역시 인류가 끝날 수 있고, 망할 수 있다고 봅니다.

그러나 비관론은 아무런 의미가 없습니다. 비관론은 상황을 더 악화시키고 사람들을 냉소적으로 만들고 무기력하게 만듭니다. 미래에 대한 예측이 틀릴지라도 낙관론이 훨씬 더 좋습니다. 새로운 세계에 대한 비전을 가지고 나아가는 게 더 의미가 있습니다. 저는 인류에 대한 낙관론을 믿습니다. 지난 역사를 보면 비인간적인 집단 행위가 몇 차례에 걸쳐 나타났으나 슬기롭게 극복해냈기 때문입니다. 이는 인간이 근원적으로 자유의지와 고도의 지적능력을 지니고 있기에 가능합니다. 야만의 세계냐, 진정한 진보의 세계냐의 갈림길에서 인류는 진보를 택할 확률이 훨씬 높습니다.

앞에서도 한 이야기지만 우리나라 국민은 개별 주체성이 굉장히 강합니다. 제가 처음에 작은마을을 구상했을 때 협동생산의 계획을 세우고 추진했으나 뜻대로 되지 않았습니다. 아직은 힘들다고 말할 수 있지요. 생활협동조합이나 소비자협동은 많이 있으나 협동생산이 성공적으로 이뤄지는 경우는 많지 않습니다. 소비자협동은 소비의 측면이기 때문에 가능하지만 생산은 차원이 다른 일이라서 힘들지 않나 생각합니다. 《몬드라곤에서 배우자》(W. F. 화이트 지음, 김성오 역)를 읽고 시도해보았으나 실패를 많이 했습니다. 몬드라곤(Mondragon Cooperative)은 스페인에 있는 협동생산체로 1956년에 설립되었지요.

어떤 것이 좋다고 해서 그것을 우리나라에 그대로 적용해 성공을 바라는 것은 맞지 않습니다. 각기 지역 특성에 맞는 방식이 있기 때문입니다. 개별 주체성이 강한 우리나라 사람들에게는 협동기업이나 협동생산보다는 좋은 경영자를 권하는 것이 더 현실적일 수 있습니다. 여기서 좋은 경영자란 단지 이윤에만 목표를 두는 것이 아니라 사원들의 행복에 더 큰 관심을 갖는 사람입니다.

인간은 여전히 아집도 많고, 소유욕이 많습니다. 어쩌면 오랫동안 그럴 수도 있습니다. 그러나 꾸준히 진화하고 있는 것도 사실이기에 낙관적으로 바라봅니다. 저는 청년시절에 한때 공산주의에 심취한 적이 있습니다. 실제로 공산주의 이상을 실현하기 위해 활동도 했습니다. 하다 보니 그것이 허황되다는 것을 깨달았습니다. 공산주의는 실태에 바탕을 둔 이념이 아니었습니다. 사회주의나 공산주의에 대한 준비가 덜 된 사람을 대상으로 공산주의를 실현하기는 불가능합니다. 소유 의식이 남아 있는 한 공산주의는 실현되지 않습니다. 이윤 동기가 있어도 마찬가지입니다. 반면 자본주의는 준비가 덜 된 사람들을 대상으로도 실현이 가능합니다. 공산주의에서는 이윤 동기를 제도적으로 인정하지 않기 때문에 사람들의 본성과 달라서 생산성이 급락합니다. 생산성이 떨어지면 그 어떤 이상도 실현하지 못합니다.

그러면 작은 범위에서는 어떨까요? 이윤의 동기 없이 생산을 할 수 있을까요? 생산이 돈을 위한 것이 아니라 나와 가족, 공동체를 위한 것이라고 인식하면 가능합니다. 그것의 성공 모델이 야마기시입니다. 미래 사회에 대한 이상을 간직하면서 실천해나가면 충분히 이룰 수 있습니다. 실패도 많고 갈등도 많지만 진정 자유로운 세계로 한발 한발 나아갈 수 있습니다.

? 27살 대학생입니다. 종교적인 측면에서 보자면 유교, 불교, 기독교 각각에 이상향이 있고 전 세계 거의 모든 국가의 헌법에는 평등이 명기되어 있지만 지금까지도 실현되지 않고 있습니다. 예수님, 부처님의 설법은 무려 2000년이 넘었는데도 말입니다. 그런 의미에서 선생님의 말씀은 너무 이상적이지 않나 싶습니다. 함께 모여 살고, 함께 일하고, 필요한 만큼 쓰는 시스템이 정말 현실적으로 이뤄질 수 있나요?

우리나라는 다종교 국가입니다. 종교가 많은 나라는 갈등이 많지만 우리는 종교로 인한 과격한 갈등은 겪지 않았다고 볼 수 있습니다. 예수님이나 석가님 모두 무소유를 이야기했고 철저하게 실천하셨지요. 종교인들이 예수님과 부처님의 삶을 따르기만 한다면 우리 사회 전체와 국가를 변화시키는 큰 원동력이 됩니다. 모두가 자신의 스승이 보여준 삶을 따라 배우겠다는 마음으로 살아간다면 무소유는 실천할 수 있습니다.

2000년 동안 이루어지지 못한 객관적인 상황들은 분명 있습니다. 예수, 공자, 석가는 대략 2000~2500년 전에 태어났습니다. 오랜 인류의 탄생과 진화의 역사를 생각하면 2000년은 거의 동시대라고 할 수 있습니다. 이 시기에 동물계로부터 확연히 금을 긋는 인류의 선각자들이 나타난 것이지요. 그러나 인류의 보편적인 삶이 그렇게 되기 위해서는 제도와 물질 등의 발전이 필요합니다. 지난 시기의 진보는 그것을 준비하는 과정이었다고 생각합니다. '2000년으로도 안 됐는데 가능한가?'가 아니라 2000년 동안 준비해온 토대들이 있는 것입니다. 이제 이 토대 위에서 인류는 중요한 선택을 해야 합니다. 자기중심적 가치, 즉 이기심을 넘어서지 못하면 자멸하는 위기 국면이 옵니다. 다행히 인류의 집단지성은 야만이나 자멸을 선택하지 않겠지요. 여러 차례 위기가 있었지만 역사가 이어져온 것도 그렇고, 앞으로도 그러리라 여겨집니다.

과거 2000년 동안 마음의 세계를 대표하는 종교와 정치, 경제, 사회와 같은 현상의 세계는 따로 놀았다고 표현할 수 있지요. 그러나

21세기는 마음과 현실의 세계가 만나는 혁명적 변화의 시기입니다. 2000년 동안 이뤄지지 못한 것이 어떻게 갑자기 이루어질 수 있겠느냐고 반문할 수 있으나 시대적 소명은 그렇지 않습니다. 이제 둘이 만나지 않으면 안 될 시기가 된 것입니다. 보수적이라고 여겨졌던 사람들이 과감하게 거액을 기부하고 있습니다. 예전에는 그렇지 않았습니다. 이는 주목해야 할 현상이고 바람직한 징조입니다. 그와 마찬가지로 노동세력 안에서도 새로운 비전이 싹터야 합니다. 상승작용이 일어나야 하는 것이지요.

어떤 사람들은 대안이 없다고 주장하지만 대안이 왜 없나요? 바로 사람이 대안입니다. 예전에는 인재들이 여러 분야에 분포되었으나 지금은 전부 대기업, 즉 경제계로만 빠집니다. 다행히 일부 좋은 인재들이 사회운동에 뛰어들고 있습니다. 제 욕심인지는 몰라도 더 많은 인재들이 헌신했으면 좋겠습니다. 진취적인 가치관으로 무장하고 새로운 사회를 기획하고 행동으로 실천할 수 있는 청년 인재들이 더 많이 참여하기를 바랍니다.

보는 시각에 따라서는 소유와 아집이 더 깊어졌다고 볼 수도 있으나 열리고 있는 부분이 더 많습니다. 억압된 세상에서 해방되려는 개인주의는 이기심이 지배하는 것처럼 보이기도 합니다. 그것이 깊어질수록 그 다음 세계가 가까워집니다. 밤이 깊으면 반드시 새벽이 옵니다. 그런 전망을 품고 투쟁할 때 투쟁하고, 버릴 때는 버리고, 배울 때는 배워야 합니다. 그러면 투쟁하는 동력도 달라지고 무소유의 실천력도 높아집니다. 진정한 무소유를 실천할 때 우리는 보편적이면서도 아름다운 공동의 세계에 도달할 수 있습니다.

? 21세기 말에는 무소유 사회가 도래할 것이라고 주장하시는 명백한 근거가 있습니까? 미래를 예측하기는 상당히 어려운데…… 어떤 근거를 바탕으로 확신하시는지 궁금합니다.

약간 역설적인 주장으로 들리겠지만 무소유 사회로 진화하지 않으면 인류가 종말을 고하거나 종말까지는 가지 않더라도 야만으로 후퇴하리라는 전망이 너무나 뚜렷하기 때문입니다. 현재 인류가 가지고 있는 소유 관념과 제도로는 가속적으로 발전하는 과학기술과 생산력에 대응할 수 없습니다. 즉 그에 수반되는 대량실업, 양극화, 환경 생태적 재앙이라는 모순을 해결하지 못합니다. 모든 고등종교가 과거에 설파한 이상들이 사회 안에서 구체적으로 실현되지 않으면 미래가 극히 암울하지요. 그것은 사랑이나 자비심 같은 마음뿐 아니라 물질이 '높은 곳에서 낮은 곳으로, 풍부한 곳에서 부족한 곳으로' 물처럼 흐르는 세상을 의미합니다.

인간은 자연계에서 끊임없는 진화 능력을 가진 독특한 생명체이며 자유욕구와 지적능력을 바탕으로 지금까지 자유 영역을 넓혀왔습니다. 산업화와 민주화는 이러한 자유욕구가 동기가 되고 지적능력이 추진력이 되어 이루어진 성과들입니다. 그런데 지금까지 그것을 가능케 한 자유욕구가 과거의 봉건적 · 신권적 · 집단주의적 제도와 인습의 구속에서 벗어나 '개인의 해방'이 위주가 되기 때문에 이기심이 추진력으로 작용했던 것입니다.

이렇게 해서 출현한 것이 근대 민주주의와 자본주의입니다. 어느 정도 인간의 자유를 확대했지만 한계와 부작용이 나타나 지금은 오히려 자유를 위협하기까지 합니다. 즉 지금까지 자유를 추구한 그 동기가 오히려 자유를 위협하고 있는 것입니다.

그것을 인류는 위기를 통해 자각하고 있습니다. 세계가 불균등하게 나아가기 때문에 물질적 풍요나 대중민주주의의 경험들이 이러한 자각을 현실적으로 가능하게 합니다. 자본주의를 적대적으로 바라보면 자본주의를 넘어서기 힘듭니다. 오히려 인간의 자유욕구를 더욱 신장시키는 데 주력해야 합니다. 그것은 인간이라는 종 자체의 가장 근본적인 특징으로, 의식이 갖는 근원적 부자유로부터 자유를 추구하는 것입니다. 모든 고등종교가 추구하는 '에고'로부터의 자유입니다. 보통사람들이 이 에고로부터의 자유를 목표로 할 수 있는 것은 적어도 억압과 궁핍으로부터 자유로울 때입니다. 억압과 궁핍이 지배하는 사회에서 에고로부터의 자유를 이야기하면 결과적으로 불의의 세상을 옹호하고 현실적 모순을 호도하려는 세력과 결탁하기 쉽습니다. 적어도 선진국가와 사회—이제 우리나라도 그 대열에 들어간다고 생각합니다만—에서 에고로부터의 자유를 보편적으로 주장할 때 사회적 진보와 진정으로 결합될 수 있습니다. 자본주의와 민주주의는 물적 · 사회적 토대를 제공하는 것입니다. 에고의 가장 대표적인 현상은 아집과 소유 관념이지요. 이것을 해결하지 않고는 앞으로 나아갈 수 없습니다.

21세기 말에 무소유 사회가 도래할 것이라는 믿음은 지금까지 역사를 만들어온 것처럼 앞으로도 인류의 자유욕구와 지적능력이 작동하리라는 것을 믿기 때문입니다. 과거에는 존재가 의식에 미치는 영향이 더 컸다면, 앞으로는 의식이 존재에 미치는 영향력이 상대적으로 더 클 것입니다. 흔히 패러다임의 변화를 이야기하는데 그 핵심은 무엇일까요? 자연적 제약으로부터 물질적 자유를 확대할 때나 사회적 억압으로부터 사회적 자유를 확대할 때 자유욕구가 동기가 되고 지적능력이 추진력이 된 것처럼, 인간이 에고라는 근원적 부자유로부터 해방되는 데도 자유욕구가 동기가 되고 지적능력이 추진력이 될 것입니다. 아마도 자본주의와 민주주의라는 시스템 안에서 먼저 관념계의 광범한 변혁이 이루어지겠지요.

소유 관념도 변하게 될 것입니다. 오늘날 '참 나'를 찾는 광범위한 노력들이 점차 넓어지고 있고, 인문학이 유행할 징조는 참 좋은 것입니다. 이것이 구체적으로 소유 관념을 변화시키고, 따라서 삶의 방식을 변화시킬 때, 그것이 참다운 것이라는 자각이 필요합니다.

아마 (억압과 착취, 불평등으로부터) 사회적 진보를 이루기 위한 노력과 (에고로부터) 인간의 진보를 위한 노력이 서로 결합, 보완될 때 시너지 효과는 커질 것입니다. 그리하여 언젠가는 자연스럽게 자본주의나 사회주의 시장경제 안에서 전혀 새로운 사회 시스템, 즉 무소유 사회의 출현을 바라보게 될 것입니다. 이것은 인류가 존속하고 진화한다면 반드시 도래할 시나리오입니다.

지금 물질계의 발전 속도를 고려할 때 이러한 진화의 시나리오가 21세기를 넘어서면 비극적 상황에 직면하게 됩니다. 인터넷과 휴대폰의 발전 속도에서 실감하는 변화가 인간의 의식 분야에서도 일어나리라 예상합니다. 저절로 그렇게 되는 것은 아니지요. 선구자들의 노력이 대단히 중요한 역할을 할 것입니다. 다만 과거와 다른 점은 물질적·사회적 토대와 괴리되어 진행되는 것이 아니라는 것과 대중의 보편적 자각에 바탕을 둔다는 것입니다.

능력만큼 일하고, 필요한 만큼 쓸 수 있는 사회

? 야마기시마을이 자본주의 이후에 도래할 무소유 사회의 모델이라고 할 수 있나요? 그렇다면 구체적으로 어떤 모습입니까? 야마기시마을의 일상을 예로 들어 설명해주시면 좋겠습니다.

야마기시 미요조는 1901년에 태어나 1961년에 사망했습니다. 여러 사상적 편력을 거쳐 '전인행복(全人幸福), 친애사회(親愛社會)'를 목표로 지금까지와는 전혀 다른 새로운 사회를 만들 수 있다는 신념으로 사회운동에 뛰어든 실천가입니다. 즉 '무아집, 무소유, 일체(一體)'를 이념으로 한 무소유와 공용의 사회를 자본주의와 종교를 넘어선 사회 모델로 제시했습니다. 일본이 패망한 후 어려운 시기여서 사람들의 공감을 얻기 힘들었으나 특유의 양계법을 창안해 성공함으로써 세상에 알려졌지요.

그 후 그의 사상에 동조하는 사람들이 야마기시회를 만들고, 그가 제안한 사상을 야마기시즘이라고 불렀습니다. 무아집, 무소유, 일체는 대부분의 종교에서 강조하는 것인데 '뭐 특별할 거 없지 않느냐' 고 생각할 수 있지만, 종교가 영성에 대한 것이라면 야마기시즘은 구체적 사회운영의 원리로 나타난 것입니다. 저는 야마기시즘이 영성의 세계와 현상의 세계를 통합하려 한 점에서 20세기에 출현한 선구적 사상의 하나라고 생각합니다.

무아집을 소통과 탐구의 사회 운영원리로 체계화한 것이 연찬입니다. 그 바탕은 앞에서 이야기한 공자의 사상과 같다고 보면 됩니다. 이 핵심 원리를 바탕으로 무소유와 공용의 사회를 조직해 실제로 실천한 것이 야마기시실현지(야마기시마을)입니다. 야마기시 생전에는 실험적 차원에서 해보려고 했던 것인데 그의 사후 야마기시즘 운동의 본류가 되었지요. 저는 마침 이 실현지 운동이 최고조일 때 참여했는데 일본에는 40여 곳이 있었고 한국에는 한 곳이 있었습니다. 그 외에도 몇몇 나라에 야마기시마을이 세워져 연계 시스템으로 운영되고 있었습니다.

일본의 가장 큰 야마기시마을에는 1700명 정도가 모여 삽니다. 명실상부하게 새로운 사회의 모습을 나타내기에 충분했지요. 당시 저는 그 모습에 감동해 이것이 자본주의 이후에 나타날 사회라고 생각했고, 자본주의 이후의 사회 모습을 구체적으로 그려볼 수 있는 행운에 감사했습니다. '능력만큼 일하고, 필요한 만큼 쓸 수 있는 사회'를 현실에서 만들 수 있다니! 그 얼마나 벅찬 감동이었겠습니까. 그곳에서의 삶을 간단히 들려주면 이렇습니다.

아침에 방에서 나와 로비에 들러 간단히 차 한잔을 합니다. 때로는 모두가 참석하는 출발 연찬에 참가합니다. 그리고 일터로 향합니다. 작업복 탈의실에서 옷을 갈아입은 다음 직장인 양계부로 갑니다. 부원들과 함께 그날 할 일에 대해 혹은 새로운 주제를 가지고 연찬을 합니다. 그 후에 작업을 시작합니다. 저는 주로 사료 주기나 알 꺼내는 일을 2~3시간 정도 했습니다. 옷을 갈아입고 샤워를 한 다음 11시 무렵에 일체식당인 애화관(愛和館)에서 식생활부가 준비한 식사를 합니다. 야마기시마을에서는 식사를 하루에 두 번만 했습니다. 아이들과 노인들은 세 번 식사하도록 따로 준비합니다.

식사가 끝난 다음에는 로비에서 차를 마시며 사람들과 담소한 후 자신의 방으로 돌아가 낮잠을 잡니다. 오후 2시경 다시 양계부에 가서 작업을 합니다. 4시가 되면 부원들이 모여 중간 연찬을 합니다. 오후 작업을 마친 다음 의(衣)생활부로 가서 세탁해놓은 옷을 가지고 목욕실로 갑니다. 목욕을 한 후 저녁식사를 합니다. 그 후 자신에게 해당하는 연찬회가 있으면 참가하고 그 외는 자기가 하고 싶은 일을 합니다.

초등학생의 일기처럼 썼지만 이것이 일상의 모습입니다. 특별한 경우도 있지요. 예컨대 가족끼리 외출하고 싶을 때는 미리 조정소에 신청을 합니다. 그러면 조정소에서 작업 일정과 자동차 운행 계획을 파악해 가능 여부를 알려줍니다. 그날 사용할 경비도 미리 신청하면 조정을 거쳐 지급됩니다. 그러므로 급료나 분배가 없는 '한 지갑' 생활이 가능합니다. 요즘은 적은 액수에 대한 조정이 번거로워 소액의 용돈을 일률적으로 지급하고 있습니다.

일본의 도요사토 마을은 숙소와 아이들의 학육사 건물이 아파트 규모이며, 목욕탕도 대단히 아름답게 지어졌고, 식당 또한 규모와 설비가 뛰어납니다. 도요사토 마을에서 한 달에 한 번씩 열리는 이른바 '애화관 사이좋음 연찬'에 몇 번 참석한 적이 있습니다. 이 대회식(大會食) 연찬에는 마을 사람 모두가 참석하지요. 아이들의 공연을 포함해 무소유 사회의 문화를 나누는 감동을 경험할 수 있습니다. 물론 우리나라에서도 한 달에 한 번 모임을 갖습니다.

? 선생님 말씀대로라면 공자가 70세에 도달한 의식의 성숙 단계에 인류 다수가 도달해야 무소유 사회가 가능하다는 것인데…… 그게 과연 가능할까요?

관점에 따라서는 대단히 어려워 보이지만 보편적 인간의 자유욕구는 의식의 성숙 단계로 진화합니다. 특별한 사람은 사회의 성격과 관계없이 공자와 같은 자유로운 상태에 도달할 수 있으나 보통사람들은 일정한 단계를 거치면서 진화하지요. 누구나 종심소욕불유구(從心所慾不踰矩: 내가 하고 싶은 대로 하여도 법도에 어긋나지 않는다)를 원한다 해도 종심소욕의 상태에 이르는 것도 쉽지 않거든요. '원하는 것을 할 수 있는 자유'는 굉장히 어렵습니다. 마음속에서는 하고 싶은 일이라도 체면이나 인습에 묶여 못하는 경우가 많지요.

마음속에 부자유가 있기 때문입니다. 아마 저와 같은 세대의 보통사람들은 거의 비슷하리라 생각해요. 그러나 신세대는 '하고 싶은 대로 하는 자유'라는 점에서는 엄청난 진화를 했습니다. 그것이 가능한 사회적, 물질적 조건이 갖춰진 것이지요. 이것이 보편적인 진화입니다. '하고 싶은 대로 하는 자유'를 누리지 못하고 다음 단계로 나아가는 것은 매우 어렵습니다. 야마기시마을의 경우, 근래의 변화는 부자유를 자각하면서 시작되었다고 볼 수 있습니다. '하고 싶은 대로 하는 자유'를 누리지 못하니까 변화를 추구한 것이지요. 그 결과 '본능대로 살자'며 자유를 만끽하려 하지만 곧 그것이 근원적 자유가 아니라는 것을 깨닫습니다. 세상이 자기 생각대로 움직이지 않으니까요. 즉 근원적 부자유에 봉착하는 것이지요.

그래서 한 단계 더 나아가게 되는데 그것이 '에고로부터의 자유'를 추구할 수밖에 없는 인간의 보편적 자유욕구입니다. 저를 포함해 과거 세대가 그 한계를 느끼고 부자유를 감수하는 것과는 질이 다르지요. 그래서 부작용도 많이 나타나지만 저는 신세대의 자유도를 한 단계 업그레이드된 인류의 보편의식으로 생각합니다. 여기서 한 발 더 나아가는 것이 종심소욕불유구입니다. 에고를 넘어서는 것이지요.

? 품앗이와는 다른 자유노동 혹은 무주상보시로서 마을의 공동사업을 개척할 수 있다고 말씀하셨습니다. 현재 좋은마을에서 그런 형태로 진행 중인 마을사업이 있나요? 마을사업을 진행하면 모두가 자발적으로 참여합니까? 어떤 문제점은 없나요?

자유노동은 하나의 이상입니다. 함께 협동하는 방식에는 여러 가지가 있지만 등가적인 교환에 의하지 않고 '하고 싶어서, 해드리고 싶어서, 대가를 바라지 않고' 하는 협동 노동이 최고의 형태입니다. 여기에는 개인 또는 집단이 전문으로 하는 일들이 바탕이 되어야 합니다. 자유노동만으로는 이루어질 수 없지요. 처음에 우리가 작은 마을을 구상하면서 고려한 경영 방식은 3가지였습니다.

첫째는 '무소유 경영'입니다. 이것은 이미 실험해본 경험이 있기에 당장은 시기상조였습니다. 그래서 한참 고민했던 것이 둘째로 협동경영과 셋째로 개별경영이었습니다. 그런데 협동경영 역시 아직은 무리라는 결론을 내렸습니다. 물론 확정된 결론은 아니지요. 언제라도 준비가 되면 개별경영에서 협동경영으로 바꿀 생각을 하고 있습니다.

우리 마을은 계획적으로 시스템을 짠 후 입주한 것이 아니라 자발적 의사로 한 집 두 집 모여 지금 네 가구가 살고 있습니다. 각자 하고 싶은 것이 달라서 저희 부부는 장류사업을 하고 한 집은 양계, 한 집은 양봉, 한 집은 채소 재배를 합니다. 그렇게 넓지 않은 골짜기라 오순도순 살 수 있는 구도입니다. 2년 동안 《논어》 강독을 함께 하면서 서로의 마음을 나누고 조율하는 연습도 했지요. 아직은 특별한 공동사업을 자유노동으로 할 만큼 물적 · 심적으로 진척된 것은 없습니다.

간단한 형태의 자유노동은 '하고 싶은' 만큼 이루어집니다. 예컨대 자기가 가진 능력을 주는 연습이지요. 모터가 고장 나면 김씨, 보일러나 배관이 막히면 박씨, 감자 파종이나 고구마 심기, 수확 때는 시간 여유가 있는 사람들이 모여 함께 일합니다. 이곳은 눈이 내리면 일이 많아집니다. 눈을 치워야 하니까요. 이때도 자발적으로 합니다. 나오지 않는 사람을 탓하거나 마음에 두지 않습니다. 그때가 바로 자유노동의 좋은 연습 기회입니다.

그 마을 원주민들은 눈이 내리면 굳이 치워야 할 필요가 없었습니다. 저희가 된장 사업을 하면서 택배 차가 꼭대기까지 와야 했기에 눈이 내리면 곧바로 치웠지요. 그렇게 두어 철 겨울이 지나자 이제 눈이 내리면 마을 주민들 대다수가 나와서 눈을 치웁니다. 누구도 강요하지 않았는데 자유노동이 된 것이지요. 이후로 마을 공동의 일이 생기면 주민들 모두 자발적으로 참여합니다. 눈 치우기 연습이 자유노동에 큰 역할을 한 셈이지요.

자본주의 시장의 인간화

? '자본주의 시장의 인간화'는 말은 쉽게 할 수 있으나 정작 실천은 어려운 것 아닌지요? 구체적인 방법을 말씀해주실 수 있나요?

물질을 가지고 서로 다툴 필요가 없을 만큼 풍부해진다면 약육강식이나 적자생존의 동물적 질서가 사라질 것입니다. 대신 진화된 인간계의 질서가 가능하지 않을까요. 수요를 넘어서는 생산에 대한 오래된 꿈은 이미 언급한 대로 1970년대 후반에 이루어졌습니다.

이는 인류가 이룬 대단한 성과입니다. 이기심을 바탕으로 움직이는 자본주의 시장에서 '자기 몫을 더 챙기고 독점하려는' 투쟁과 대립에 종지부를 찍을 수 있는 토대가 마련된 것입니다. 그러나 이러한 인류사적 큰 변화는 주목을 받지 못했으며, 진보의 낙관적 전망이 되지도 못했습니다. 왜냐하면 그 과정에서 나타난 폐단이 너무 크게 부각되었기 때문입니다. 단적으로 말하면 인간 중심의 생산력이 생태계를 파괴하고 지구 환경을 악화시켜 인류의 존속 자체를 위협하는 재앙으로 이어지리라는 것과 극심한 불평등, 국내외적 양극화가 악화되고 있는 현실 때문이지요.

어떻게 하면 이러한 폐단을 극복하고 물질에 대한 인간의 수요를 만족시킬 수 있을까요? 이기심을 동기로 하는 시장 대신 국가나 협동기업이 생산의 주체가 되면 문제를 해결할 수 있을까요? 이 방식은 생산력의 낙후성 때문에 실패했습니다. 그래서 현재 일반적인 방식은 자원배분이나 소득재분배에 정부가 개입함으로써 시장의 결함을 보충하는 것입니다. 보통 정부가 개입하는 것이 진보적인 정책으로 인식되고 있으나 정부 개입의 확대는 근본적인 진보와는 차원이 다릅니다. 현 상황에서는 정부 개입이 불가피한 면이 있기 때문에 적극 활용해야 하지만 근본적으로는 시장 자체가 인간화되는 과정이 진보의 본류가 되어야 합니다.

이익과 경쟁을 통해 생산력이 향상되는데 그 이익과 경쟁이 인간을 행복하게 만들지 못하는 모순, 자본주의의 폐단에 반대하면서도 다른 사회 시스템에서 살려는 사람은 별로 없다는 모순, 자본 중심의 고도성장에는 반대하지만 저생산과 저소비를 보편적 대안으로 제시하는 것은 현실성이 없다는 모순…… 이 모순들을 해결하는 과정이 오늘을 사는 우리에게 진정한 자유와 행복을 안겨줍니다.

절대빈곤에서 벗어나는 것이 근본 과제였던 과거와 달리 우리는 이러한 모순을 해결하기 위한 최소한의 물질적 기초는 마련했습니다. 나는 이러한 새로운 시도를 '시장의 인간화'라 부르며, 오랜 기간에 걸친 진화를 통해 무소유 사회가 이루어지리라 믿습니다.

첫째, 사람의 행복을 중심에 놓는 기업이 점점 많아질 것입니다. 이는 근거 없는 낙관으로 보일 수 있으며 다분히 감상적인 관념이 아닌가라는 생각도 들겠지만 그렇지 않습니다. 사람과 역사에 대한 통찰에서 나오는 신념입니다. 물질이 풍부해져도 이기적 탐욕은 오히려 늘어난다고 생각하는 사람들이 많습니다. 이는 인류가 결핍의 시대를 오랫동안 거쳐오면서 유전자에 각인되었기 때문이 아닐까요. 저는 물질이 풍부해지면 물질에 대한 욕구는 줄어든다고 생각합니다. 그리고 지금까지 인류의 역사를 이끌어온 인간 특유의 '자유욕구(궁극적으로는 불성이나 영성)'와 '지적능력'이 더욱 커질 것이라고 생각합니다. 많은 기업가들이 기업의 목표를 인간 행복 증진으로 설정할 것이며, 실제로 사업도 번창하면서 직원들의 행복도도 높이는 기업들이 늘어가고 있습니다. 그렇게 되면 기업의 의미가 변하며 자연스럽게 '인간화된 기업', '사회적 책임을 즐겁게 감수하는 기업'으로 진화할 것입니다.

둘째, 노동자의 이익을 실현하는 전통적인 사업과 함께 노동자 상호간의 협동과 연대의 새로운 문화를 창조해가는 노동조합으로 발전할 것입니다. 그동안 열악한 노동조건을 개선하기 위해 노동자들이 바친 노력과 희생은 우리 사회를 진보시키는 데 커다란 공헌을 했습니다. 물론 지금도 불가피하게 투쟁해야 하는 상황이 많기는 해도 노동자 상호간에 이익과 경쟁이 아닌 새로운 문화를 뿌리내리는 일이야말로 노동운동과 노동조합의 도덕성, 진보성을 높이게 됩니다. 특히 대기업 노동조합과 중소기업 노동조합, 비정규직 노동조합 등 형식적 차이를 넘어 연대와 협동을 발전시키는 것은 시장의 인간화에 선구적 역할을 할 수 있습니다.

셋째, 협동에 의한 생산력이 경쟁을 위주로 하는 기업의 생산력보다 뒤처지지 않는 새로운 기업 모델이 나올 것입니다. 오늘날 인간적인 세상을 꿈꾸는 사람들 가운데 '느리게 살기'를 실천하는 사람들이 증가하고 있습니다. 빨리빨리로 대변되는 산업사회의 비인간적이고 비주체적인 삶으로부터 주체적인 인간의 삶을 추구하는 것입니다. 다만 안타까운 점은 이 '느리게'가 '게으르게'와 혼동되는 경우가 있다는 것입니다. 사람들의 수요를 떨어뜨려 행복을 증진시키는 것은 보편적 방안이 될 수 없습니다. 그렇기 때문에 생산력 향상을 꾀하고, 그것이 자유시장에서 경쟁에 의해 이루어진다고 많은 사람들이 믿고 있고 또 실제로 그런 측면이 있기 때문에 경쟁을 일방적으로 반대하고 비판할 수만은 없습니다.

자본주의를 넘어서려는 크고 작은 시도들이 종종 생산력의 덫에 걸려 좌초하고 맙니다. 경쟁을 대체하는 것은 무엇일까요? 협동이라는 말이 떠오르지만 추상적인 가치로서는 아무런 의미가 없으며 협동이 잘 이루어져 생산력을 떨어뜨리지 않는 실제성이 있어야 합니다. 그것이 게으름이나 저생산으로 연결되면 실패하고 맙니다. 제 경험에 의하면 경쟁을 넘어설 수 있는 것은 '스스로가 하고 싶어서 자신의 최고를 발현'하는 것입니다. 이는 앞에서 이야기한 '충'입니다.

그러나 보통사람들이 지금과 같은 기업과 사업 체제에서 충을 경험하고 실천하는 것은 어렵습니다. 만일 어떤 새로운 기업(예컨대 생산협동조합)에서 사람들이 적재적소에 배치되어 자신이 하고 싶은 일에서 충을 즐기면서 높은 생산성을 발현한다면 그것은 진실로 새로운 모델이 됩니다. 그 모델이 확대되고 활성화되어 시장의 인간화도 탄탄한 기반을 갖게 될 것입니다.

넷째는 '단순소박한 삶'을 위한 뿌리로부터의 혁명이 일어날 것입니다. 물질적 궁핍에서 벗어나 어느 정도 풍요를 경험하면 보다 높은 삶의 질과 영속적인 행복을 찾는 것이 인간의 본성입니다. 카지노식 금융자본주의의 속성상 이기적 탐욕이 시장을 왜곡하고 비인간화하는 것을 막기 어려운 현실에서 소비와 생활문화의 혁명이야말로 뿌리에서부터 시장을 인간화하는 중요한 요소입니다. 그것이 바로 단순소박한 삶입니다. 이 삶에는 한 가지로 요약할 수 없는 다양함이 있습니다. 단지 형태로서의 소박한 삶이라든지 물질적 욕구를 참아야 하는 내핍 생활이 아니라 욕구의 질이 바뀌어 자연스럽게 감소함으로써 나타나는 것이 단순소박입니다.

'자발적 가난'이라는 말을 비슷한 의미로 사용하는 사람들이 있는데 저는 오히려 '자발적 풍요'라 부르고 싶습니다. 인간의 자유욕구는 물질적 욕구로부터 점차 정신적 · 예술적 욕구로 상향 진화합니다. 탐욕과 침범을 부끄러워하고 비교, 경쟁, 시기, 질투하는 마음으로부터 자유로워지는 것이 단순함입니다. 이 단순함에서 나오는 삶이 단순소박한 삶인 것입니다. 농촌뿐 아니라 대도시의 아파트 단지에서도 이러한 삶의 혁명이 가능하지요. 이 혁명이 확산되는 것이야말로 시장을 인간화하는 데 가장 큰 동력이 됩니다.

다섯째, 풀어놓음으로써 풍성함을 실현해갑니다. 불교의 방생이 가장 좋은 예이지요. 풀어놓아[放] 살리는[生] 것입니다. 물질과 능력, 마음이 갇혀 있으면 살려지지 않습니다. 자원봉사나 기부를 통해 가진 것을 사회에 회향(回向)하는 것이지요. 집집마다 옷장에는 입지 않는 옷들이 가득합니다. 비단 옷뿐이겠습니까? 그것을 풀어놓아 다른 사람들이 쓸 수 있도록 하면 그 수많은 물건들이 살아납니다. 갇혀 있는 것은 물질만이 아니지요. 그것을 소유하고 가두고 집착하는 마음도 해방되는 것입니다.

기독교에서 말하는 오병이어(五餠二魚: 떡 다섯 조각과 물고기 두 마리로 수천 명이 풍성한 식사를 한 것)의 기적도 이런 뜻입니다. 우리나라에 종교인이 많은 것, 특히 4대 종교가 기본적으로 불교와 기독교라는 것을 생각할 때 100만 명만 신앙을 제대로 실천한다면 새로운 문명의 모델 국가가 되는 데 종교가 견인차 역할을 할 수 있습니다.

요즘 도농 간의 직거래가 여러 형태로 진행되고 있습니다. 내가 사는 마을에서도 도시 주민들에게 야채를 회원제로 공급하고 연회비를 받는 형태의 교류가 이루어집니다. 겉으로는 물자와 돈이 오가는 것이지만 마음의 선물을 주고받는 것입니다. 서로 가진 것을 풀어놓는 방식의 거래인 셈이지요. 부를 많이 축적한 사람이 그렇게 할 수 있게 해준 사회에 환원한다든지, 자본가가 노동자에게, 대기업이 중소기업에게, 정규직 노동자가 비정규직 노동자에게, 선진국이 후진국에게 양보하는 것 등이 모두 풀어놓는 일입니다.

이 5가지가 진행되는 만큼 시장은 인간화될 것이며 물적 풍요는 여러 조건 중 하나가 될 것입니다. 가진 자가 진정한 행복으로 가는 길이며, 강제나 투쟁이 아닌 시장 자체의 인간화에 의해 양극화가 해소됩니다. 복지도 단순히 시장 진입 실패자의 생활을 보장하는 수준에서 벗어나 모든 국민의 삶을 질적으로 업그레이드시키는 방향으로 나아갈 것입니다.

2060년 서울에서 태어난 A군의 성인화(聖人化) 과정

? 보통사람의 성인화는 감은 잡히지만 머리에 뚜렷하게 와 닿지는 않습니다. 예를 들어, 21세기 후반에 서울에서 태어난 A는 어떤 과정을 거쳐 성인화가 될까요?

오랜 시간을 거쳐온 인류 역사의 과거에는 경쟁, 전쟁, 침략, 억압, 종속 등 부정적인 요소가 많았습니다. 그러나 앞으로 50년 이내에 긍정적인 삶으로 변화할 것입니다. 예전의 경쟁관계와 불평등을 털어내고 미래의 문제를 해결하는 참된 사랑으로 진화하리라 믿습니다.

반세기 안에 국가(정치), 시장(물질), 시민(의식)의 세 분야에서 인류는 진화를 이룰 것이며 우리나라도 마찬가지입니다. 어떤 점에서는 과거에 앞섰던 나라들보다도 더 의식이 진화하는 나라가 될 것입니다. 왜냐하면 고난의 역사를 통해 다양한 문제들을 스스로 해결하면서 헤쳐왔기 때문입니다. 불경에 보면 천계(天界)에 태어나는 것보다 인계(人界)에 태어나는 것이 성불의 가능성이 더 큽니다. 바로 그 이유 때문에 우리나라는 진화의 모델 국가가 될 수 있을 것입니다.

50년 동안 진화하면 정치는 조화의 예술이 되며, 시장은 인간화되고, 사람들의 의식은 고도로 자유로워져 에고를 넘어섭니다. 그 속도는 휴대폰의 진화 속도보다 더 빠를 것입니다. 발달한 소셜네트워크는 이를 촉진시키는 중요한 매개체가 될 것입니다. 이 시대에 태어난 평범한 한 사람의 일생을 대략 그려볼까요.

2060년에 한국에서 태어난 A군은 시설 좋은 탁아기관과 초등교육기관(10세 정도까지), 가정에서 양육과 기초교육을 받습니다. 이때 가정의 몫이 전보다 더 커집니다. 부모의 노동시간이 현저하게 줄어들고, 잘 정비된 복지제도에 의해 생활이 안정되어 부모와 자녀가 함께 보내는 시간이 늘기 때문입니다. 인터넷의 발달은 어떤 고비를 넘으면서 사람들 간의 체온을 통한 대면접촉의 욕구를 증가시킵니다.

10세를 넘어서면서부터 부모로부터 자립을 준비하는 시기가 됩니다. 부모에게서 듬뿍 사랑을 받았기 때문에 보다 넓은 사회로 나아가는 데 두려움이 없습니다. 그를 받아들이는 사회 분위기도 따뜻하기 때문에 부모의 품을 떠나는 것이 전혀 이상하지 않으며 자연스럽게 다가옵니다. 15~20세에 상급학교 진학이나 앞으로 가질 직업을 포함해 국적, 예술, 종교 등을 완전한 자유의지로 선택합니다. 이때 선택 기준은 자신의 미래 희망, 개성, 취향, 로망 등입니다. 예전과 같은 보수, 권력, 명예 등을 선택 기준으로 삼는 사람은 덜 진화된 사람으로, 다른 사람들로부터 동정을 받습니다.

실제로 민주주의와 시장이 고도로 인간화되어 권력과 부에 대한 향수는 낡은 관념에 속하는 것이지요. 노동시간이 주당 20시간 이하로 줄어들고, 자유노동이 광범하게 발전해 있기에 자기가 하고 싶은 일에 종사하면서 자기실현을 추구합니다. 정신노동보다 육체노동, 특히 농업노동을 선호하기 때문에 사회조정기관이 공평하게 직업을 배분합니다. 이미 국가나 국경은 거의 약화되어 사회조정기관이 여러 가지 조정 역할을 맡습니다.

노동시간이 줄어들기 때문에 나머지 시간은 그만큼 자신보다 못한 처지의 사람을 돕는 사회봉사 활동에 참여하고, 예술적 · 지적 자기실현을 위해 쓰게 됩니다. 수많은 예술 활동이나 인문교실, 명상을 위한 장소들이 완전 개방됩니다.

그 결과 소유 관념을 넘어서는 사람들이 늘어나 전 대륙에 걸쳐 바꿔살기가 실천됩니다. 그냥 빈 몸으로 상대의 직장과 집을 서로 바꾸어 사는 것입니다. 이를 위한 정보는 소셜네트워크가 담당합니다. 예방의학과 건강관리가 좋아져 의료기관이 줄어들며 모든 질병은 무료로 최상의 치료를 받습니다. 노후의 삶도 보호나 요양의 대상이 아니라 노인의 삶을 살리는 방향이 됩니다. 별도의 시설은 있으나 젊은이들과 아이들, 노인이 함께 어울려 사는 마을이 이루어집니다.

이러한 진화는 2080년경에 더욱 가속화되어 A군이 20세가 될 무렵 한국은 거의 무소유 사회에 근접하게 됩니다. 아마도 A군이 40세 전후가 되면 세계의 거의 모든 지역이 무소유 사회로 진화할 것입니다. 전쟁이니, 테러니, 양극화니, 생태위기니 하는 말들은 점차 어린 아이들에게는 생소한 말이 될 것입니다.

꿈 같은 이야기일까요? 그러나 그렇게 되지 않으면 인류 앞에는 대단히 어두운 심연이 기다리고 있습니다. 이것은 꿈이 아니라 실현되어야 할 현실입니다.

? 우리 사회가 이미 '보통사람의 성인화'를 위한 여러 준비들이 잘 갖춰져 있다고 하셨는데, 구체적으로 어떤 점이 그렇다는 말씀인가요?

'성인화'란 에고로부터의 해방을 의미합니다. 우리나라는 인간의 진화가 이루어지기 좋은 조건입니다. 우선, 신생독립국 가운데 민주화와 산업화에 성공한 거의 유례가 없는 나라라는 점입니다. 궁핍이나 억압이 심한 곳에서는 마음의 자유, 즉 에고로부터의 자유가 보편화되기 어렵습니다.

행복은 꼭 GNP 순이 아니라고 하지만 보편적으로 볼 때 그 사회의 물질적 수준과 의식 수준은 비례한다고 할 수 있지요. 우리나라가 지금 선진국의 말석을 차지하고 있으면서 동시에 아직도 후진적 문제를 많이 갖고 있다는 사실은 역설적으로 정신 진화에 좋은 자극제가 됩니다. 또 역사적으로 다른 나라를 침략한 적이 없고 반대로 늘 외부의 억압과 수탈에 시달려왔다는 점도 '개구리 올챙이 적 생각 못하는' 식의 배반적 선택을 하지 않는다면 좋은 자격이라 생각합니다. 여러 종교가 평화롭게 공존한다는 것도 좋은 조건의 하나입니다. 지금 여러 분야에서 부정적 경향이 나타나는 것도 사실이지만 우리는 긍정적 요소를 더욱 확대시킬 수 있습니다. 인구의 절반 이상이 세계적 고등종교인 불교, 기독교, 가톨릭 교인이고, 많은 사람들이 — 종교로 분류되지는 않지만 수준 높은 사상인 — 유학(儒學)의 영향을 받고 있습니다.

종교인들이 석가, 예수, 공자와 같은 성현의 길을 가기로 결심한다면 우리 사회의 객관적 조건과 더불어 대단히 훌륭한 정신세계의 진보를 이룩할 수 있습니다. 현상계와 정신계의 부정적 요소들에 저항해 싸우는 것도 필요하고, 특히 미신적 · 이기적 · 세속적 종교권력과 싸우는 것도 중요합니다. 그러나 제대로 된 종교생활을 통해 종교계의 변혁운동을 넓혀나가는 것이 더 핵심입니다. 우리나라 종교인의 10%만 정상화되어도 그 위력은 대단합니다.

더불어 요즘 인문학이 유행할 조짐을 보이는 것은 대단히 좋은 징표입니다. 이것은 우리 사회가 새롭게 업그레이드될 수 있는 진실한 징표의 하나입니다. 과학적 지성이 튼튼한 바탕이 될 때 종교도 '보통사람의 성인화'에 기여할 수 있습니다. 의식의 질적 진화를 위한 최소한의 물질적 · 사회적 조건들은 갖추어졌습니다. 특히 사회 진보를 추구하는 사람들이 이제 '인간의 진화'라는 목표를 함께 추구하지 않으면 진정한 진보가 될 수 없습니다.

보수와 진보를 가르는 기준은 사회체제의 질적 차이가 아니라 구체적 운영에서 나타나기 때문입니다. '누가 덜 완고한가? 누가 더 소통에 적극적인가? 누가 더 기득권 계층의 양보를 거부감이나 저항감 없이 끌어낼 수 있는 도덕적 힘을 갖는가?' 이러한 내용들이 실질적인 진보의 지표가 될 것입니다. 그 결과 진보적 사회운동은 보통사람의 성인화에 대단히 중요한 기여를 하게 됩니다.

? "어떤 나라가 GNP는 낮아도 다른 모습의 사회를 창조할 수 있다면

대단히 좋은 모델이 될 수 있다"고 하셨는데, 지금 떠오르는 구체적인 나라가 있으신가요?

사실 잘 모르겠습니다. 우리나라 사람들이 인도나 네팔 같은 나라를 좋아하고, 또 지금의 신자유주의에 반대하면서 새로운 문명을 추구하는 사람들은 '가난하지만 자유롭고 행복한 나라'를 만들려 합니다. 이 시점에서 선진국의 과정을 밟아 진화가 이루어질까, 아니면 전혀 새로운 모델 국가는 없을까 하는 질문이 던져집니다. 제가 과문한지 몰라도 이 질문에 대한 답은 아직 발견하지 못했습니다. 새로운 문명의 가능성으로 보았던 인도 계열의 문명도 인류 역사를 보편적으로 관통하는 일반 원칙이 부족합니다.

오래된 미래를 이야기하는 라다크 같은 곳도 세계화 속에서 개방되다 보면 자체 문명의 독자적 생명력이 가혹한 검증 과정을 거치리라 생각됩니다. 다만 '기계를 사용하지 않는 목가적 삶'을 즐기는 것이 결코 다른 사람을 해치지 않는 아름다운 삶으로 승화되는 것처럼 한 사회의 문명도 그런 모습이라면 대단히 아름다울 수 있습니다.

또 하나, 북한이 민주화되어 선택할 사회의 모습이 자본주의의 폐단을 반복하는 방식이 아닌 새로운 모델을 만들 수 없을까, 그리하여 남북이 조화롭게 새로운 문명을 만들 수 없을까 하는 것이 기대라면 기대입니다.

'노숙인이 되어도 좋다'는 기개가 필요하다

? 당장의 삶을 바꿀 수 없는 도시생활자들에게 무소유 사회를 준비하는 마음가짐과 현재 생활에서 실천할 수 있는 일을 한 가지만 짚어주신다면요?

어디에 살건 무엇을 하건 무소유 사회를 연습할 수 있습니다. 어떤 조건이 갖춰져야만 할 수 있는 것은 아닙니다. 저는 '서(恕)'를 연습하는 것이 가장 핵심이라고 생각합니다. '나와 다른 상대를 있는 그대로 받아들이는 것'이 서입니다. 이해관계가 대립되는 사람이나 집단을 상대로 연습하는 것은 보통사람들에겐 무리입니다. 우선 가족, 동료 사이에서 일상적이고 구체적으로 연습하는 것이 중요합니다.

'저 사람(가족, 동료)은 일을 왜 저렇게 하지?' 하고 비난하는 마음이 생길 때가 연습의 기회입니다. 그 사람은 당신과 다르고, 그는 그 일을 그렇게밖에 할 수 없습니다. 그 사람에게 당신이 원하는 방식으로 하라는 강요는 폭력이 될 수 있음을 자각하는 것입니다. 사랑과 자비의 구체적인 모습입니다. 여기서 시작해 '내가 줄 수 있는 것을 주는' 연습을 하는 것입니다. 실제로 해보면 마음이 넓어지며 미래에 대해 낙관도 생깁니다.

도시에서 현재의 생활을 해나가면서 할 수 있는 일은 무척 많습니다. 저는 자원봉사와 기부가 대단히 중요하다고 생각합니다. 그 속에서 기쁨을 느끼는 것이 참다운 연습입니다.

? 현대인들은 누구나 노숙인이 될 수 있다는 불안 심리를 내면에 갖고 있다고 합니다. 자본주의의 경쟁 시스템을 내재화한 20~30대 도시근로자와 학생들이 가장 큰 피해자가 아닐까 생각합니다. 이들에게 충고나 조언을 해주신다면?

지금 우리는 변화가 심한 시대를 살고 있습니다. 미래가 불투명하고 위험요소가 도처에 도사리고 있으며, 특히 청년들은 일상적으로 실업, 주택문제, 저소득, 물가고 등에 시달리고 있습니다. 또 끊임없이 경쟁에 내몰립니다. 어떤 정부가 들어서도 큰 변화는 없을 것입니다. 무엇보다도 미래 사회에 대한 비전, 꿈이 보이지 않습니다. 학생과 노동자들이 미래 사회에 대한 꿈과 비전, 로망을 갖는 것이야말로 진정한 희망의 원천입니다. 이는 시대를 막론하고 청년의 특성입니다.

이 특성이 희석되고, 청년들이 낡은 관념이나 시스템의 희생자로 전락되어 안타깝기 그지없습니다. 그 원인에는 여러 가지가 있으나 젊은이들이 꿈과 이상주의, 정열을 불태울 수 있는 대학과 노동현장이 창조성과 선진성을 잃어버렸기 때문입니다. 여기에는 이른바 진보진영의 정체(停滯)와 고루함이 큰 영향을 끼쳤습니다. 원인이야 어떻든 일시적 현상이라고 생각합니다. 새로운 역사의 창조는 좋은 조건에서 이루어지는 것은 아닙니다.

역경이 창조를 부릅니다. 우선 정치의 변화를 추구해야 합니다. 정치적 냉소주의에서 벗어나 적극적으로 변화를 추구해야 합니다. 이때 신세대의 높은 자유의지와 소셜네트워크의 활용이 그 위력을 발휘할 수 있습니다. 질적인 변혁까지 가지 않더라도—비록 양적 차이에 불과하더라도—상대적으로 진보적인 정부를 출현시키는 과정에서 젊은 세대가 당당한 주역으로 나서야 합니다.

대학과 노동 현장에서 새로운 문화를 만들어가는 창조가 이루어져야 합니다. 청년의 자유의지를 바탕으로 이기심을 넘어선 신선한 문화가 창조되어야 하는 것이지요. 청년들이 인문학의 르네상스를 만들어가야 합니다. 비록 고달픈 일상이지만 '어떻게 사는 것이 참다운 행복일까? 어떤 세상을 우리는 만들고 싶은가?' 하는 공통의 질문에 답할 수 있는 고전을 탐구하는 삶이 되기를 바랍니다. 또한 자신을 스스로 돕는 노력을 게을리하지 않기를 바랍니다.

대단히 어려운 조건에서 힘들게 일하고 공부하는 청년들에게 이러한 이야기는 공허하게 들릴 수도 있습니다. 그럼에도 청년의 생명력을 살리는 것이 최선의 길입니다. 진정한 마음의 힘인 호연지기(浩然之氣)를 살려야 합니다. 그것이 수동적 인간에서 벗어나 능동적 인간이 될 수 있는 바탕이며 피해자가 아닌 주역이 되는 원동력입니다. '노숙인이 될 수도 있다'는 불안 심리를 떨쳐내고 '노숙인이 되어도 좋다'는 청년다운 기개를 갖기 바랍니다. 이 말은 20대와 30대의 내 두 아들에게도 해주고 싶었던 말입니다.

진보의 브레인, 혹은 된장의 달인

세 번째 강연자인 이남곡 선생님은 적어도 겉으로 드러난 삶의 궤적을 보면 나와 닮은 데가 무척 많다. 젊은 시절 지하혁명조직에 관여한 이유로 징역을 살고 나와서는 줄곧 공동체운동과 마을운동을 하고 있다.

내가 선생님을 처음 뵌 것은 경기도 화성에 있는 야마기시공동체에서였다. 당시 야마기시공동체는 한국에서 가장 탄탄하게 운영되는 이상적인 공동체로 여겨졌다. 그들은 심지어 사적소유에 근거하고 있다는 이유로 '공동체'라는 말을 거부하고 모두가 완전히 하나가 되는 '일체사회'라는 말을 썼다.

두 번째로 선생님을 뵌 것은 선생님께서 야마기시공동체를 나와 전라북도 장수의 깊은 산골에 정착한 지 얼마 되지 않을 때이다. 얼굴은 많이 여위셨지만 몸과 마음은 한결 여유로워진 모습이었다. 산골에서 사모님과 함께 된장을 만들어 팔고 있었다. 선생님은 우리 사회의 대표적인 지식인이자 활동가이지만 생산활동을 통한 생계 유지의 원칙을 결코 놓지 않는다.

완전해 보이는 야마기시공동체를 왜 나왔냐고 여쭈니, 인간들의 현재 수준에 비추어 이상을 너무 높게 잡은 것 같다고 솔직히 고백하신다. 더 나은 사회를 만들기 위한 활동의 근거지로서 야마기시공동체가 무언가 장애로 여겨지지 않았나 싶다. 선생님의 이후 행적을 보면 높은 이상은 그대로이지만 활동은 철저히 현실에 근거하여 이루어지고 있다. 근래에는 그동안의 경륜과 깨달음을 고전에 기대어 풀어내는 작업을 왕성하게 하고 계신다.

ⓒ한겨레

임락경 목사

개신교 목사. '맨발의 성자' 이현필(1913~1964) 선생의 제자인 영성수도자이면서 30년째 중증장애인들을 돌보고 있는 사회복지가이자, 유기농으로 농사를 짓는 농부이면서 민간요법으로 아픈 사람들을 치유하는 재야 의사이기도 하다.

17세 때부터 빛고을 동광원에서 이현필 선생의 가르침을 받으며 폐병, 결핵환자들과 15년을 지냈다. 1980년에 강원도 화천에 터를 잡고 중증장애인 등 30여 명을 돌보는 시골교회를 꾸려 지금까지 공동체생활을 하고 있다. 유기농 콩으로 된장과 간장을 만들고, 농사를 지어 생계를 꾸린다.

사람은 섞여 살아야 한다

맞선 보고 퇴짜 맞을 바엔 내가 먼저 싫다고 하자

? 상당한 기인으로 알려져 있습니다. 어떤 사람은 우리나라의 3대 기인으로 꼽기도 합니다. 전남 승주의 한원식 선생, 서울 장안동을 개발한 황칠성 선생, 그리고 임 목사님을 지칭하는데, 세 분 모두 당시 국민학교만 졸업했다는 사실이 재미있는 공통점입니다. 학력을 따지자는 게 아니라 국졸 학력으로도 그 많은 일들을 어떻게 해내셨는지 궁금합니다.

첫 질문부터 난감하네요. 그러나 내 학력을 무시하면 안 되지요. 5.16 났을 때부터 동광원에서 15년 가까이 생활했습니다. 1970년대에는 크리스찬아카데미에서 농민운동과 사회운동을 했고요. 독재 치하에서 고난도 많았고 정보부에 끌려가 고문도 적지 않게 받았지요. 1980년대부터 강원도 화천으로 이사해 장애인, 안 장애인 30여 명의 식구들과 공동체생활을 하고 있습니다.

식구들도 먹고 나도 먹고 살기 위해 애쓰고 있습니다. 생계를 위한 생산활동을 하고, 전국을 돌며 강연도 하고, 불편한 사람들 치료도 해주고, 수맥도 봐주고, 글을 쓰고, 책도 여러 권 냈지요. 《돌파리 잔소리》, 《먹기 싫은 음식이 병을 고친다》, 《흥부처럼 먹어라》 등 건강 책도 있고 시골교회 만들어서 식구들과 살아온 그간의 내역을 담은 《시골집 이야기》도 냈습니다.

또 모임도 많이 맡아서 했습니다. 화천군친환경농업연합회 창립회장, 북한강유기농운동연합 초대 창립회장, 정농회 회장 등을 맡았지요. 그 외에 또 있을지도 모릅니다. 그런데 저는 천생 촌놈인지라 농사짓는 것을 가장 좋아합니다.

? 목사님은 "나는 무소유 아니다"라고 주장하신다고 들었습니다. 그렇다면 소유를 추구하신다는 뜻인가요? 평생 무소유 철학을 가지고 살지 않으셨나요?

무소유에 대해 청문회를 한다기에 "나는 유소유다"라고 대답했지요. 유소유도 좋으니까 와달라고 해서 나는 유소유에 대해 이야기하겠다고 했습니다. 인도나 베트남에서라면 무소유로 살 수 있을 것 같은데 우리나라는 그렇지 못하지요. 우리가 생각하는 무소유의 개념부터 달라져야 합니다. 예수님은 "내일 일은 걱정하지 말라"고 말씀하셨지만 우리나라에서 태어나셨다면 "겨울을 나려면 연탄 300장하고 쌀 한 가마니를 준비해라"라고 당부하셨을 겁니다.

그만큼 우리나라에서는 무소유를 실천하기가 어렵습니다. 권정생 선생이 돌아가셨을 때 초상 마당에서 한 달에 얼마나 쓰시며 살았는지 알아보았습니다. 우표 값하고 전기세로 약 7000원을 쓰셨더군요.

무소유의 화두를 던진 법정 스님도 큰 절에서 사셨습니다. 그 절 못지않게 우리 집도 대단히 큽니다. 400평이 되니까요. 내가 손수 지었는데 궁궐만큼 으리으리하게 지었습니다. 그래도 평당 200만 원

이상은 안 썼습니다. 이렇게 잘 살고 있으면서 무소유를 설파하면 어불성설이 될 수도 있겠으나 저도 무소유를 말할 자격은 있다고 생각합니다.

10살 때 국민학교에서 곱하기를 배우면서 가만 생각해보니, 인생이 100년을 살면 3만 6500일을 살겠더군요. 옛날에는 나이 70이면 고령이었지요. 내가 10살이니까 70살까지 산다고 치면, 앞으로 60년 남았고, 60년이면 대략 2만 날이 남았는데 어떻게 살 것인가 고민했습니다. 어린 나이에 일찌감치 삶의 고민을 했지요.

어떤 직업이 좋을까 궁리하면서 제 주변을 둘러보았습니다. 학교에는 선생님이 계셨고, 교회에는 목사님이 계셨는데 목사님이 제일 훌륭하게 보였습니다. 또 촌에서 살았기에 다들 공무원을 우러러봤지요. 그런데 공무원은 없어도 괜찮다는 생각이 들었고, 목사가 없으면 사람들이 더 잘 살겠더라구요. 그래서 교회는 다니되 평생 집사도 하지 말자고 결심했습니다. 하지만 농사꾼이 없으면 다 죽을 것 같았습니다. 그래서 평생 농사짓자고 결심했지요. 그 후로는 직업에 대해 고민하거나 후회한 적은 한 번도 없었습니다. 농사는 내 땅이 있건 없건 어디에서든 할 수 있습니다. 그날 이후 아직까지 손에서 흙을 놔본 적이 없습니다.

그런데 무슨 농사를 짓느냐가 걱정이었습니다. 성경에 보면 최초로 농사짓는 사람은 가인이고 아벨은 짐승을 길렀지요. 아벨과 가인이 하느님께 제사를 지냈는데 아벨의 제사만 받았습니다. 그 구절을 읽고 저는 하느님이 고기를 좋아하는구나 깨닫고는 짐승을 길러야겠다고 생각했습니다. 그런데 곰곰이 따져보니 고기는 없어도 살 수 있으나 곡식은 없으면 안 되겠더군요. 그래서 곡식을 선택했습니다. 지금 우리집에서 1년 내내 농사짓는 것 다 합쳐도 소 2마리 기르는 것만 못합니다. 소 2마리를 키우면 1200만 원이 생기고 송아지 한 마리를 낳으면 600만 원이 생깁니다. 농사는 1만 평을 지어도 영농 자금 빼고 나면 몇 백만 원 남지 않습니다. 그런 줄 뻔히 알면서도 농사를 택했지요. 농사는 돈벌이와 아무런 관계가 없습니다. 그러나 나는 흔들리지 않고 평생 농사지어야겠다고 늘 마음을 다집니다.

4학년 때는 색다른 결심을 했습니다. 평생 헌옷만 입고 살아야겠다고 결심한 것입니다. 이 결심은 지키기가 여간 힘들지 않지요. 가끔 옷을 선물로 사주려는 사람들이 있습니다. 한번은 여의도에서 만난 사람이 오리털 점퍼를 백화점에서 샀다며 저에게 주더군요. 나이 50도 안 돼서 오리털 입으면 환갑 때 뭘 입느냐며 바꿔오라고 했습니다. 그랬더니 옷 3개로 바꿔왔는데 기러기털 옷이었습니다. 그래서 "기러기털은 70 돼서 입어야지" 하고 다시 바꿔오게 했더니 새옷 5개가 생겼습니다. 하지만 나에게는 필요 없는 물건이라 돌려줬습니다. 그래도 어쩌다 새옷을 입긴 입습니다.

시골집에 사람들이 헌옷을 보내오곤 하는데, 가끔 지나친 사람들이 있습니다. 구멍 난 것, 스타킹 줄 나간 것도 보내요. 이제는 어느 지역에서 좋은 게 오는지, 안 좋은 게 오는지 그것까지 알겠어요. 헌옷 필요하냐고 물어보는 전화가 오면, 어디 사냐고 다시 묻습니다. 그래서 안 좋은 걸 주로 보내주던 지역이면 우리집에 옷 많다고 합니다. 지금 입고 있는 게 '메이드 인 미제'인데 1달러 주고 샀습니다. 미국에 갈 땐 헤지기 직전의 구멍 난 옷을 입고 가서 1달러짜리 사 입고 옵니다. 일본에 갈 때도 가능하면 구두도 구멍 난 것 신고 가서 벗어주고, 대신 헌 구두를 사 신고 옵니다. 국제적으로 놀고 있지요.

한번은 하도 급해서 옷을 산 적이 있습니다. 친환경농업연합 행사를 크게 하는 날인데, 입고 있던 바지가 헌옷이라 밑이 쭉 나가버렸어요. 하는 수 없이 그날은 급히 사 입었습니다. 그래도 1만 원짜리 옷이지요. 그게 무소유인지는 모르겠습니다. 돈은 많이 쓰고 다녀요. 한 달에 기름 값이 70~80만 원에서 100만 원까지 나오거든요. 그런데 그게 다 내 이익을 좇아 다니는 것은 아니지요. 나를 필요로 하는 사람들을 찾아다니다 보면 그렇게 됩니다.

또 한 가지 이야기하자면, 내 돈 주고 먹는 밥은 비빔밥 이상 안 사먹겠다고 결심했고 어긴 적이 없었습니다. 어제 아침에 해장국 하나 사먹은 게 8000원짜리인데 그게 내 평생 최고로 비싼 밥이었습니다. 그래도 얻어먹을 때는 비싼 것 먹으니, 사줘도 됩니다.

내가 먹는 것, 입는 것을 비롯한 기초생활은 그렇게 해야겠다고 결심하고 그렇게 살고 있습니다.

? 초등학교 4학년 때 인생의 큰 그림을 그리셨다니 대단하십니다. 그 어린 나이에 인생에 대해 고민하고 결심한 계기는 무엇인가요?

맞선 봐서 퇴짜 맞을 것 같으면 내가 먼저 싫다고 거절하는 것이 현명한 처사입니다. 제 딸이 4학년 때 부모님과 함께 하는 숙제가 있었는데 시조가 누구냐는 것이었어요. 조상 중에 훌륭한 사람이 있느냐, 그분은 나와 몇 대 할아버지가 되느냐 등을 써내는 숙제였지요. 딸아이에게 시조는 누군지 모른다, 그래도 중간에 임꺽정이라는 유명한 사람이 있었다, 하지만 백정이라서 족보가 없다, 그래서 우리의 몇 대 조상인지 모르겠다고 일러주었습니다. 숙제 기간은 일주일이었는데 10분만에 다 끝났지요. 아이가 학교에 가서 보니 경주 김씨, 안동 권씨는 숙제가 책으로 한 권 분량인데 자기는 달랑 두 줄이었다고 하더군요.

우리 아버지가 일제 강점기에 징용으로 끌려가다가 강원도에서 탈출했습니다. 9일 동안 걸어서 전라도 땅에 도착했고 어머니가 8.15 나던 해에 나를 낳았습니다. 그러나 해방둥이라고 불러서는 안 돼요. 해방 할아버지라면 또 모를까. 사실 해방이 되었는지도 잘 모르겠어요. 광화문에서 촛불이 꺼져야 진짜 해방이지요.

암튼 광복되고 5년 뒤 한국전쟁이 터졌잖아요. 참 험난하고 가난했던 시절인데 대체 어머니한테서 무슨 젖이 나왔는지, 내가 뭘 먹고 컸는지 모르겠어요.

너무 가난하니까 어차피 비싼 밥 못 먹고, 비싼 옷 못 사 입었을 겁니다. 맞선 봐서 짤릴 바엔 내가 먼저 싫다고 하는 게 낫잖습니까. 그래서 기왕지사, 내가 먼저 비싼 밥 안 먹겠다, 비싼 옷도 안 사 입겠다고 결심한 것입니다. 그냥 아랫것으로 커서 그렇습니다.

아침 진지는 진시에, 잠은 자시에, 술은 술시에

? 동광원은 한국 최초의 공동체로 인정됩니다. 목사님께서 15년 가까이 생활하셨는데, 동광원은 어떤 곳입니까?

우리는 그곳에서 공동의 삶을 살았지만 실제 공동체라는 말은 잘 사용하지 않았습니다. 그런 인식도 없었지요. 그래도 의미적으로 보자면 공동체가 맞기는 합니다. 우리나라에서는 첫 번째라고 할 수 있고 추구하는 이념과 방식에서도 첫째로 손꼽힌다고 말할 수 있습니다.

공동체라고 말하면서 내 가족과 네 가족을 분리하는 것은 진짜 공동체가 아닙니다. 동광원에서 고아원을 운영할 때는 보모나 주방에서 일하는 분들의 자녀들도 전부 고아들과 똑같이 생활하고 먹고 잤습니다. 당시 정인세 원장(광주 YMCA 총무, 수피아여학교 교감)의 아들딸도 고아들과 함께 차별 없이 생활했지요. 똑같이 생활하는 게 진짜 공동체입니다. 모든 친구들이 같이 지냈습니다.

당시 제 친구 어머니가 식당에서 근무했는데 아무래도 당신 아들 누룽지라도 주고 싶을 텐데 그런 것도 없었습니다. 친구는 어머니가 멀리 보이면 도망갔다고 합니다. 혹시 불러다가 따로 뭘 주지 않을까, 그러면 어머니가 없는 사람은 얼마나 슬프겠나 싶어서 어머니 곁에 안 갔답니다. 어린 나이에 그런 생각을 하는 것이죠.

예수의 어머니가 아들을 찾아갔을 때 예수님은 이렇게 말했지요.

"누가 내 어머니고 동생이냐, 여기 있는 모든 사람이 내 어머니이고 동생이다." 그 가르침을 그대로 따랐던 것입니다. 옛날에 보면, 고아원 원장 아들과 고아들은 고등학교 때까지 친구로 지내다가 고등학교를 졸업하면 인생이 판이하게 달라집니다. 고아들은 고교를 졸업하면 공장으로 가고 형무소로 갑니다. 반면 원장 아들은 대학 가고 유학을 떠나면서 다른 인생을 살았습니다.

그렇지만 동광원에서는 원장 아들도 국민학교에 가지 않았습니다. 그때 동광원 고아들도 학교를 못 갔으니까요. 나중에 고아들이 학교에 가게 되면서 그때서야 함께 다녔습니다. 그거야말로 공동체로서 자격이 있다고 할 수 있지요. 거기선 내 아들, 네 아들 따지지 않았습니다. 부모가 있건 없건 똑같이 지내고, 통장도 따로 갖지 않고 생활했습니다.

사실 저는 동광원 소개를 할 자격이 없습니다. 왜냐하면 동광원에 오래 있지 않고 나왔으니까요. 일테면 환속을 한 셈입니다. 하지만 우리나라에서 공동체의 이념을 제일 잘 지키고 있는 공동체라고 칭찬할 자격은 있습니다.

? 목사님은 다석 류영모 선생님, 맨발의 성자 이현필 선생님과 관계가 깊다고 알려져 있습니다. 류영모 선생님은 워낙 유명하지만 돌아가신 지 오래되어 명성만 들었을 뿐입니다. 그분들과 목사님의 관계를 알고 싶습니다.

내가 어릴 때 류영모 선생께서 한국의 인물 중에 북에는 남강 이승훈, 남에는 이현필 선생이 있다는 말씀을 하셨습니다. 그런데 안타깝게도 이현필 선생은 몸이 자주 편찮으셨어요. 내가 제대를 하고 찾아뵈면 그전에 돌아가실 것 같은 생각이 들더군요. 생존 시 얼굴이라도 뵈려면 군에 가기 전에 가야 했어요. 다른 분들은 책으로라도 만나면 되지만 그분은 꼭 직접 만나고 싶었습니다. 그래서 부랴부랴 동광원으로 갔지요. 만약 그때 안 갔으면 얼굴 한 번 못 뵐 뻔했죠. 그래서 3~4년 함께 생활했지요.

당시 류영모 선생은 여름에 한 번, 겨울에 한 번, 동광원 수련회 때마다 일주일씩 항상 고정 강사로 오셨습니다. 그때 처음 선생님을 뵈었고, 그 뒤에 이현필 선생이 돌아가시고 나서 박영호 선생하고 약속했습니다. 류영모 선생님을 한 달에 한 번씩은 찾아뵙고, 생일날은 항상 찾아뵙자고 했고, 그렇게 했습니다.

사도와 제자는 다릅니다. 흔히 사도 바울이라고 부르는데 사실 바울은 사도가 아닙니다. 바울은 예수님을 만나지 못했습니다. 이현필 선생과 류영모 선생을 직접 뵌 사람들 중에서는 아마도 제가 나이가 제일 어리지 않나 싶습니다. 한번은 호남신학대학 총장이 이현필 선생에 대해 글을 썼는데 몇 가지 틀린 게 있더라구요. 내가 교정을 본다고 나서서 정정을 했지요.

그분의 글에 이현필 선생이 최흥종(독립운동과 나환자 치료에 일생을 바친 목사), 류영모 선생의 제자라고 나오는데 실제 그분의 문하생은 아니었습니다. 박영호 선생의 글에도 류영모 선생이 이현필을 가르쳤고 문하생이라고 나왔는데 그렇지 않다고 제가 지적해주었습니다. 2판을 찍을 때 교정을 해서 나왔습니다.

나는 두 분의 영향을 많이 받았어요. 이현필 선생은 저를 제자로 만들어 어떻게든 동광원 안에서 데리고 살려 했고, 반대로 류영모 선생은 나가서 독립적으로 살라고 가르치셨죠. 저는 두 분 가운데 류영모 선생의 영향을 더 받았습니다. 이렇게 시골집을 만들어 운영하는 것이 증거랄 수 있죠. 우리집에서 평생 살겠다고 찾아오는 사람도 있고, 만나는 사람마다 "제자를 키우느냐"고 묻습니다. 제 대답은 똑같습니다. "나 같은 사람이 제자를 키우면 안 된다. 나는 제자 키울 자격이 없다"고 말합니다. 그래서 우리 공동체가 잘 안 되는 것인지도 모릅니다. 그럼에도 저는 제자 키울 자격이 없다고 생각하지요.

? 류영모 선생에게서 구체적으로 어떤 영향을 받으셨는지요? 혹시 류영모 선생이 해주신 말씀 중 가장 기억에 남는 것이 있나요?

류영모 선생은 제가 어릴 때 이미 훌륭한 인물로 이름을 떨쳤습니다. 다행히 제가 동광원에 있을 때 강사로 오셔서 강연도 듣고 질문도 하면서 많은 가르침을 받았습니다. 운 좋게 선생님과 함께 지내면서 이야기도 많이 나누었지요. 그 후에 제가 군대엘 갔는데 제대하고 돌아와 보니 전북 완주에 있는 용흥사라는 절을 사서 동광원에 기증하셨더군요. 류 선생님이 '진달네' 시를 좋아하셨는데 절

입구에 선생님께서 진달네라고 써주신 것을 나무에 파서 붙여놓았지요. 그곳을 '진달네교회'라고 불렀습니다. 그리고 제가 거기에서 살게 되었습니다. 그 후로 선생께선 진달네교회에 해마다 다녀가셨는데, 광주에서 수양회를 마치면 내가 모시고 진달네교회에 왔습니다. 내가 진달네교회에 살고 있으니 더 가까워지게 되었습니다.

선생께서 들려주신 가르침은 아주 많았습니다. 그중 "2시간만 자면 생명에 지장이 없고, 4시간만 자면 건강에 지장 없다"는 말씀을 지금까지 실천하고 있습니다. 류 선생은 밤 10시가 되면 드르릉 드르릉 코를 골며 주무시다가 언제나 새벽 2시에 정확히 일어나셨습니다. 그리고 낮잠을 자는 일이 없었죠. 함께 잠을 자고 일어나면 "나, 코를 몹시 골지?"라고 물으셨습니다. 새벽에 일어나면 요가체조를 1시간 정도 한 후에 무릎 꿇고 앉으면 온종일 계셨습니다. 잠을 그렇게 적게 자고도 괜찮을까 싶어 내가 "평생 낮잠을 주무신 적이 없느냐?"고 물었지요. 2층에서 떨어졌을 때 깨어나 보니 병원이었다고 하셨습니다. 그때 "내가 왜 낮잠을 자지?" 하셨다고 합니다. 선생님은 앉을 때도 언제나 벽에 기대지 않으셨습니다. 그 말씀을 들은 후, 그러면 나도 4시간만 자면 되지 않나 생각하게 되었습니다.

문제는 4시간을 언제 자야 하느냐인데 그 말씀은 안 해주셨습니다. 내가 선생님 말씀을 듣고 생각해봤습니다. 아침 진지는 진시에 들고, 술은 술시(7~9시)에, 잠은 자시에 자야 합니다. 나도 그럼 류 선생님처럼 해봐야겠다고 생각하고 나서 거의 지키고 있습니다. 나는 9시 뉴스 보며 졸다가 10시에 자면 2시에 깹니다.

학력이 국졸인 제가 목사에 상지대 초빙교수입니다. 어떻게 거기까지 갔을까요. 낮에 공부한다고 앉아 있어본 적 평생 없습니다. 일해야 하니까요. 공부가 먼저냐, 일이 먼저냐 하면 나는 언제나 일이 먼저입니다. 2시에 깨면 그때 책을 좀 봤습니다. 지금은 책 볼 시간도 없습니다. 출판사나 월간지에서 나를 가만 놔두지를 않습니다. 원고를 써달라고 합니다. 원고 쓰면 투고하고, 쓰리고까지 가야지요. 한때는 7군데서 부탁받고 그 연재를 3년간 했습니다. 내가 지금껏 본 책 중에 사서 본 것은 3권이고, 평생 읽은 것은 100권 안 됩니다.

2시부터 4시까지는 숙제하는 시간입니다. 홍성사에서 출판한《시골집 이야기》는 한 군데서 2년 쓴 것 모아서 낸 것이고,《흥부처럼 먹어라》는 〈전원생활〉에 3년 연재한 것을 모아서 책으로 낸 것입니다.《돌파리 잔소리》도 그렇게 모아졌습니다. 새벽에 그렇게 시간을 보내고 아침에 조금 자두면 괜찮습니다. 안 자두면 피곤합니다. 호미질하고 밭일할 때는 졸아도 괜찮지만 운전할 땐 안 됩니다. 다행히 눈이 작으니 적게 자도 됩니다. 낮에도 반은 자니까요. 그게 다석 선생에게서 받은 교훈입니다.

가끔 불면증 환자들이 상담을 옵니다. 불면증 환자들은 주로 8시에 자고 2시에 깨면 그때부터 잠 안 온다고 난리예요. 잘 것 다 자고 어떻게 재워달란 건지 모르겠어요. 그래서 잘 것 다 잤다고 그랬더니 불면증이 고쳐졌습니다. 11시부터 1시까지 2시간 자야 생명에 지장 없습니다. 잠은 자시에 자는 게 좋아요. 그 시간을 넘겨서 자면 8시간 자도 피로가 안 풀립니다. 서울대 수석으로 합격한 사람들의 공통점은 잠 잘 것 다 잤다는 겁니다. 우리나라가 올빼미족 세계 3위인데, 포르투갈과 대만이 우리나라보다 늦게 잔답니다.

그런데 나는 그렇게 생각 안 합니다. 우리가 지구상에서 최고로 일찍 자는 거지요. 12시 넘으면 자니까요.

? 지금까지 100권 안 되는 책을 읽었다고 하셨는데, 그중 젊은 친구들에게 꼭 읽히고픈 책이 있다면 추천해주세요.

한평생 사서 본 책은 초등학교 교과서 빼고는 3권이 있습니다. 목사이지만 성경, 찬송가도 안 사봤습니다. 처음부터 끝까지 읽은 책은 100권이 안 됩니다. 지금까지는 글 쓰느라 바빠서 책을 뒤져보지도 않았습니다. 요즘은 조금 보게 됩니다. 글을 쓸 때 옛 어른들의 글을 찾아보게 되고, 내가 쓴 글이 월간지에 실리면 읽게 됩니다.

젊은이들에게 권면하고 싶은 것은 경서입니다. 경(經)은 신(神)의 말씀입니다. 불경(佛經), 삼경(三經)인 시경(詩經), 서경(書經), 주역(周易), 그리고 성경(聖經)입니다. 서(書)는 경을 설명하는 것입니다. 모세오경은 경이고 이사야, 예레미야 등은 서입니다. 신약 4복음은 경이고 로마서부터는 서입니다. 불서, 사서(四書), 대학, 논어, 맹자, 중용이지요. 여기에 노자, 장자도 경문입니다. 경서는 어려워도 다 보아야 합니다. 원문은 몰라도 됩니다. 번역본 보면 됩니다. 히브리어를 몰라도 성경을 읽듯이, 그렇게 보면 됩니다. 아주 쉬운 책들입니다.

농자천하지대본(農者天下之大本)

❓ 5년 전 귀농해서 경기도 남한강에서 농사를 짓고 있는데 저는 농사 지으면서 한없이 울고 싶을 때가 많습니다. 매일 풀과 싸워야 하고, 종자 사러 갈 때, 석유 사러 갈 때마다 고민이 됩니다. 목사님은 농민이 성직자라고 말씀하시지만 저는 항상 갈등을 느낍니다. 겉으로는 행복하다고 말해도 마음은 많이 아픕니다. 농업이 정말 성스러운 것인지 묻지 않을 수 없습니다.

내가 농업을 택한 것은 맞선 봐서 퇴짜 맞을 바엔 내가 먼저 싫다고 한 것과 똑같습니다. 농업에서 벗어나 살 수 없으니 이왕이면 자신감을 갖고 사는 것이지요. 친환경농업을 하고 있는데, 어릴 때는 비료가 없어서 관행농을 못했습니다. 관행농이 한참 퍼질 때가 1960년대 말부터 1970년대 초인데 그때 제가 다행히 군에 가 있어서 농사를 쉬었습니다. 제대하고 얼마 후 정농회가 생겼습니다. 그래서 평생 비료농약은 안 쓰게 됐습니다. 우리나라에선 정농회가 생긴 후 30년간, 20년간 유기농을 했다고들 하는데, 제 생각엔 5000년은 하지 않았을까 싶습니다. 할아버지, 할머니 대대손손 조상

때부터 계산하면 몇 천 년은 되겠지요.

귀농학교가 열릴 때마다 강의하러 갑니다. 현재 귀농학교 출신이 1만 5000명인데 모두 귀농학교에서 배운 대로 유기농을 합니다. 그런데 요즘 강의할 때 한 가지 다르게 하고 있습니다. 귀농하려면 부부가 같이 하지 말라고 합니다. 한 사람은 월급 받고, 한 사람은 농사를 지어야 한다고 말해요. 부부 중 한 사람만 귀농하라고 합니다. 먼저 혼자 농사지어보고 살 수 있을 때 사표 내면 되잖아요. 두 사람이 동시에 귀농해선 도저히 답이 안 나옵니다. 대대로 농사짓고, 부모가 농지 몇 만 평 상속해주고, 자식이 농대 나온 집안도 농사지으면 적자 납니다.

그 다음에, 농사짓기 힘들다고 하는데 10대에 일을 익혀놓으면 뭐가 무거운지, 힘든지 잘 모릅니다. 지난번 손모내기를 했는데 같이 일한 장정들이 여럿 있었지만 70 넘은 노인과 나, 우리 둘만 허리가 괜찮았습니다. 10대부터 김을 매면 70살이 넘어도 그 자세가 나옵니다. 피곤하지 않습니다. 일은 10대에 익혀야 합니다.

귀농한 사람들에게 강력히 얘기하는 것이, 풀밭 만들지 말라는 것입니다. 풀이 모이면 벌레가 모이고, 벌레가 모이면 개구리가 모입니다. 그러면 다음에 뭐가 올지 뻔히 알잖아요. 뱀이 모입니다. 그러나 풀 없으면 뱀 없습니다. 풀 없애는 데는 비결이 있습니다. 풀이 자란 후에 뽑으면 이미 늦습니다. 풀이 나기 전에 호미로 긁으면 됩니다. 풀 나오기 전에 긁어버리면 편해요. 내가 농사를 다양하게 짓습니다. 바쁜 와중에 깨끗하게 밭을 유지하는 게 어떻게 가능하냐, 그렇게 잠깐잠깐 긁어버리는 것이 비법입니다.

농사짓고 덕을 본 게 있습니다. 첫 번째, 현재 우리나라 암 사망률이 남자 32%, 여자 26%입니다. 그러나 정농회 회원 중 암 진단을 받은 사람이 딱 2명 있는데, 암에 걸린 후 정농회에 가입한 경우입니다. 35년 동안 암으로 죽은 사람이 한 명도 없습니다. 정농회 회원이 몇 명인지는 모르겠습니다. 회원이라고 해도 회비를 안 내는 사람도 있으니까 몇 명인지 정확히 모릅니다. 그래도 사는 곳에 가보면 다들 농사 잘 짓고 있습니다. 정농회 회지를 5000부 찍는답니다. 회지를 받아보는 사람이 5000명인 겁니다. 그 사람들이나 가족 중에 누가 암 진단을 받으면 나한테 전화가 올 텐데 암 진단을 받았다고 전화한 사람이 아직까지 없었습니다. 가족까지 하면 몇 명이 될지 모르겠습니다.

우리나라에서 한 번 조직하면 깨지지 않는 단체가 3개 있습니다. 호남향우회, 고대동문회, 해병전우회. 그리고 신종단체 귀농학교가 생겼습니다.

귀농한 사람들은 철새이고, 원래 살던 사람들이 텃새지요. 철새는 떼 지어 살고 텃새는 한 쌍이 삽니다. 철새와 텃새가 싸우면 텃새가 이깁니다. 텃새 못 이겨서 철새가 떠날 때가 많았습니다. 그렇지만 최근에는 상황이 바뀌었습니다. 귀농학교 출신 중에 시골로 가자마자 이장 하는 사람들이 있습니다. 부녀회장은 그해에 합니다. 부녀회장은 젊은 사람이 해야 하기 때문에 노인들은 할 수가 없고 마을에 젊은 사람이 귀농한 사람 한 사람뿐이기 때문에 그렇습니다. 요즘 시골에서 65살이면 젊은이입니다.

앞으로 10년이면 귀농학교 출신들이 다 이장을 할 것입니다. 왜냐, 자전거라도 탈 줄 알아야 이장 하지요. 면장이 얘기하면 알아들을 수 있어야 이장을 하지요. 이제 귀농학교 출신들이 다 차지할 것입니다. 우리나라 대통령은 누가 뽑습니까? 경상도 사람도 아니고, 전라도 사람도 아니고, 충청도 사람이 뽑습니다. 경상도랑 전라도에서 자기 지방 출신을 뽑으면 표가 반반씩 나오는데 충청도 사람이 한쪽으로 표를 실어주면 그 사람이 대통령이 됩니다. 앞으로는 귀농학교 출신들이 대통령을 결정할 수 있는 힘을 갖게 될 겁니다.

아까도 말했지만 농사지어서 돈은 못 법니다. 그러니 덕은 건강에서 보자, 이겁니다. 건강으로. 우리집이 공동체생활을 30년 넘게 했는데 아직 암 환자가 한 명도 안 나왔습니다. 요즘 사람들은 열심히 돈 벌어서 병원에 가져다줍니다. 죽을 때 포도 한 송이 먹다 죽으면 될 텐데 병원에서 포도당 5% 꽂고 죽어요. 나는 유기농 포도 한 송이 먹다 죽고 싶어요.

농사지어서 아이들 높은 학교에 보내고 학비 대주려고 하면 안 됩니다. 학교는 안 보낼 생각해야 합니다. 요즘 대안학교를 준비하는 모임에 강의를 다니는데, 내가 대안학교 표준입니다. 중학교도 안 가고 여기까지 왔으니까요. 학교에 갖다 줄 돈 모아서 차라리 시골에 땅 사면 부자 됩니다.

학교와 병원 문제를 먼저 해결해야 합니다. 그리고 농사지어서 이익 볼 생각 마세요. 다른 데서 덕을 봐야 합니다. 농사 수입만으로는 살아갈 수 없습니다. 그래서 나는 양봉을 했습니다. 그 수입이 1년에 1000만 원은 됩니다. 이렇게 농외소득이 있어야 하고, 귀농하더라도 부부 중 한 사람은 월급을 받아야 합니다.

? 수입 이야기가 나온 김에 여쭤보겠습니다. 시골집 공동체의 주 수입원은 무엇입니까? 어떻게 돈을 벌어 생활합니까?

방금 말했다시피 농사만 가지고는 안 됩니다. 우리 집은 양봉으로 쭉 살았고, 몇 년 전부터 된장공장을 시작해 지금은 된장과 양봉으로 생활합니다. 농업은 농업인데, 애매한 농업입니다.

농외소득을 올리고자 하면, 지금은 할 게 많습니다. 25년 전에 콩을 사려고 보니 강원도에 콩이 없어서 전북 정읍까지 내려가 콩 2가마니를 사왔습니다. 그때 우리의 목화농사가 침략당했고, 밀농사도 침략당했고, 이제 콩농사마저 침략당했구나 생각했습니다. 안 되겠다, 우리 마을 콩이라도 살려보자 싶었습니다. 그래서 마을 사람들에게 제초제 치지 않은 콩을 내가 다 산다고 했더니 그해에 300가마가 나왔습니다. 전부 사들여서 쌓아놨는데 그 콩이 썩어가기에 두부장사를 시작했고 서울까지 두부를 팔러 다녔습니다. 그 후 메주공장을 시작했고 된장, 간장까지 하고 있습니다.

그 다음에, 사료 안 먹이고 풀 베다 먹이고 여물 끓여 먹이면서 소 2마리를 키웠습니다. 그 쇠고기는 아토피 환자나 암 환자가 먹어도

©임락경

"공무원은 없어도 괜찮다는 생각이 들었고,
목사가 없으면 사람들이 더 잘 살겠더라구요.
그래서 교회는 다니되 평생 집사도 하지 말자고
결심했습니다. 하지만 농사꾼이 없으면 다 죽을 것 같았습니다.
그래서 평생 농사짓자고 결심했지요."

부작용이 없고 괜찮더군요. 그 다음엔 돼지 길러서 한 마리에 40만 원씩 받고 팔면 됩니다. 쌀겨하고 구정물을 먹이면 되니까요.

이런 식으로 하면 할 것 많습니다. 채소나 곡식은 필요한 만큼 농사지어서 먹고, 농외소득으로 나머지 용돈은 해결하면 됩니다. 저도 이렇게 농외소득으로 살고 있습니다.

? 충북 괴산으로 귀농한 지 4년째입니다. 올해 논 4마지기(800평)를 지었는데 쌀이 한 가마(80kg) 조금 더 나왔습니다. 아울러 2000평짜리 과수원도 합니다. 교회에서 다음 주가 추수감사절이라고 하느님께 감사예배를 드린다고 하더군요. 제가 농촌 들녘을 볼 때마다 하느님에게 감사할 게 아니라 농약님에게 감사할 일이라는 생각이 듭니다. 자연농법은 말은 좋지만 실천이 극히 어려운 일입니다. 그럼에도 농약과 싸우지 않으면 쌀 농업의 미래는 어둡다고 봅니다. 목사님 생각은 어떠신지요?

올해(2010년)처럼 봄부터 여름까지 비가 많이 온 것은 내 평생 처음입니다. 80 먹은 노인들에게 물어도 똑같습니다. 올해 쌀 수확이 12% 줄었다고 하는데 실제로는 50% 이상 삭감됐습니다. 우리 논에서도 작년에 열 가마 나오던 자리에서 두 가마밖에 안 나왔습니다. 옛날에는 정치를 잘못하면 농사가 그렇다고 했는데……. 어쨌든 금년 같은 날씨는 처음입니다. 이상하지요. 정치도 잘

하시는데……. 암튼 농사는 때를 놓치면 안 됩니다. 갈아엎어야 합니다. 기회를 조금만 놓치면 안 됩니다. 늙은 농사꾼들은 그걸 알지요. 노인들은 노는 것 같지만 그분들 밭은 제초제를 안 써도 항상 깨끗합니다. 우리 밭에도 항상 풀이 없습니다. 기회를 안 놓쳐서 그런 겁니다. 식구들에게 우리집에서 지내는 소감을 얘기하라고 했더니 김매기와 풀 뽑기 이야기를 합니다. 김매기를 해야지, 풀 뽑으면 안 됩니다. 늦어요. 어떤 일이 있어도 기회를 놓치면 안 됩니다. 내가 바빠서 못하면 식구들이라도 빨리 하게 해야 합니다. 3~5년으론 그렇게 되기 힘들 겁니다. 절대 농산물 수입으로 살아갈 생각 말아야 합니다.

? 요즘 흙살림 등의 단체에서 자연친화적인 농약을 연구하고 있는데, 그런 농약을 쓰는 것에 대해 어떻게 생각하십니까?

근본적으로 저는 농약에 관심 없습니다. 농약이 필요 없는 농토를 만들어야 합니다. 처음 농토를 사서 1~3년은 진딧물 때문에 거의 수확 못하고, 나중엔 딱정벌레가 문제됩니다. 온 마을의 딱정벌레가 다 모입니다. 진딧물을 먹으려고요. 그 다음엔 사마귀가 모입니다. 딱정벌레 먹으려고. 2~3년이 지나면 사마귀가 없어집니다. 자연히 천적이 생깁니다. 사마귀가 없어지면 새들이 모여들 것입니다. 그 다음엔 병충해가 없어집니다. 이렇게 사마귀가 새에게 먹힐 때까지 7년 걸리지요. 그 후엔 농약 필요 없습니다.

금년에 고추 농사가 다 망했다고 하는데, 우리는 고추가 얼마나 잘 됐는지 모릅니다. 고추가 남아서 팔게 생겼습니다. 농약 치지 않아도 벌레가 생기거나 그렇지도 않습니다. 비료를 안 하면 농약을 안 해도 됩니다. 제초는 어쩔 수 없습니다. 친환경적인 제초제가 나오긴 어렵습니다. 기회를 놓치지 말고 풀을 매야 합니다.

이치를 돌파하는 돌파리(突破理)

? 목사님 저서 중에 두 권이 건강에 대한 책입니다. 또 강연도 많이 하는 것으로 알고 있습니다. 현대인들이 많이 걸리는 관절염, 아토피, 고혈압 등을 생활 속에서 예방, 치료할 수 있습니까?

제가 수맥 짚는 법을 일찍 배워서 물을 찾아다녀 보니 물은 멀리서 끌어다 먹어도 되겠더군요. 그런데 집터를 잘못 앉히면 환자가 생겨요. 40년 전엔 집터를 봐준다고 하면 목사 명단에서 제명시켜야 한다고 했습니다. 그런 목사는 살아남을 가치도 없다고 하더라구요. 그러나 지금은 신학교에 가서 강의하고, 방송 촬영도 합니다. 이제 이러한 풍속을 기독교에서도 받아들인 겁니다.

그런데 1980년대 들어 집터가 좋은데도 환자가 생기는 걸 봤습니다. 그때 새로 생긴 병은 새로 생긴 음식 때문이라고 생각했습니다.

그 음식이 뭔가 추적해보았는데, 그걸 여기서 얘기할 순 없습니다. 그 음식 회사에서 소송을 걸 경우 어떤 나라에서는 돈 많은 쪽에 유리하게 재판 결과가 나온다더군요. 우리나라는 그럴 리 없겠지만요.

어쨌든 관절염에 대해 실험해봤습니다. 임상실험은 대개 쥐나 토끼를 대상으로 하는데, 쥐와 토끼는 사상체질에서 음에 해당합니다. 그걸 양에다 쓰면 안 맞아요. 그래서 임상실험은 사람을 대상으로 하면 가장 좋습니다. 우리 식구가 30명 넘으니 다양한 체질별로 수시로 해볼 수 있습니다. 노인도 해보고, 어린이도 해보고, 여자도 해보고, 남자도 해보고, 음체질도 양체질도 다 해봤습니다. 문제는 사람한테 임상실험을 하면 살인미수잖아요. 먹여보면 살인미수인데 나는 안 먹이는 실험을 했습니다. 먹이는 건 문제가 되지만 안 먹이는 건 괜찮으니까요. 그렇게 해보니까 되더라구요. 우리집엔 관절염 환자가 없습니다. 똑같은 방법으로 안 먹여보니 아토피도 없어졌습니다.

암 얘기인데, 의사들이 모르는 것 몇 가지를 터득했습니다. 어떤 사람은 항암제 맞지 마라, 수술하지 마라. 방사선하지 마라, 그러는데 나는 그런 것들에 반대 안 합니다. 우리나라 암 사망률이 32%라고 하지만 정확한 통계는 아닙니다. 얼마 전 80 넘은 노인이 항암치료 받으러 다니다가 교통사고로 죽었는데 그런 경우 암 사망률에 안 들어가지요. 또 한 분은 암 진단을 받고 옥상에서 뛰어내려 자살했는데 역시 암 사망률에 안 들어갑니다.

나는 우리나라 실제 암 사망률은 2%도 안 된다고 생각합니다. 암은 고치더라고요. 그런데 암을 고치고 나서 항암제 독으로 죽습니다.

감기약을 먹어도 감기가 낫지 않는다고 감기약 3일치를 한꺼번에 먹고 죽은 아이의 아버지가 하는 말이, 감기는 고쳤다고 하더군요. 암은 고치는데, 항암제 독이 문제입니다. 내게 항암제 독을 해독시키는 비결이 있습니다. 약으로 하면 의료법에 걸립니다. 약사법으로 걸려요. 음식으로는 괜찮습니다.

먹으면 구토도 안 하고 머리도 안 빠지게 할 수 있는 음식이 있습니다. 죽 한 그릇 먹으면 됩니다. 우리 식탁 위에 있는 것 얘기입니다. 의사 분들이 모르는 것 두 가지를 가지고 독을 해독시킵니다. 지금 감리교 연수원에서 3박 4일씩 1년에 여섯 번, 상주 친환경농업관에서도 1년에 네 번 강연하는데 매번 암 환자들이 절반 이상 옵니다. 지난 10년 동안 제가 만난 사람들은 아주 많지만 그중 암으로 죽은 사람은 10명이 안 됩니다. 비결은 항암제를 맞자마자 음식으로 해독시키는 겁니다. 그런데 내가 알려준 방법대로 해서 나아지면 다행이지만, 다른 음식을 잘못 먹고 죽으면 그것 때문에 죽었다고 하니까 공개적으로 얘기는 못합니다.

? '적게 먹고 절약하면' 친환경 밥상을 차릴 수 있다고 하셨는데요, 요즘 사람들은 친환경일수록 돈이 많이 든다고 생각합니다. 도시 생활자들이 친환경 식단을 실천할 수 있는 방법이 있을까요?

유기농산물이 비싸다고 하면 벌 받습니다. 유기농

과 농약농은 하늘과 땅 차이입니다. 풀을 간단히 없애기 위해서는 제초제를 한 번만 뿌려주면 됩니다. 그러나 유기농 농부들은 절대 제초제를 쓰지 않고 직접 호미를 들고 김을 네 번이고 다섯 번이고 맵니다. 성장촉진제를 쓰면 수확이 3~5배 더 나오지만 그런 것은 일체 사용하지 않습니다. 사람 몸에 나쁜 영향을 끼치는 약품, 자연적 성장에 저촉되는 약품은 절대 사용하지 않고 모든 일을 직접 다 합니다. 값에 차이가 날 수밖에 없습니다.

그럼에도 적게 먹고 절약하면 친환경 밥상을 차릴 수 있습니다. 적게 먹는다고 해서 무조건 절약하라는 강요는 아닙니다. 비싼 육류를 줄이고 공산품 과자를 먹지 않으면 그 돈으로 유기농산물을 충분히 먹을 수 있습니다. 또 식단에서 튀긴 음식을 없애면 신선하고 건강한 자연식을 얼마든지 먹을 수 있습니다. 외식비만 줄여도 가능합니다. 유기농산물을 먹으면 병에 걸리지 않고 건강하기 때문에 병원비 지출이 없습니다. 몸이 아파 병원에 가서 돈을 낭비하느니 몸이 아프기 전에 유기농을 먹으면 건강도 지키고 돈도 절약할 수 있지요.

돈 많이 든다고 생각하는 사람들은 농약 듬뿍 친 농산물 많이 드십시오. 값 싸고, 때깔 좋고, 크고, 탐스럽습니다. 그러면 생산자들도 농사짓기 쉬워집니다. 돈도 되고요. 같이 편하게 살아가는 방법이지요. 또한 같이 빨리 죽는 방법이기도 하지요.

? 목사님은 자신을 촌놈이라 하시고, 때로는 돌팔이라고 하시는데 정

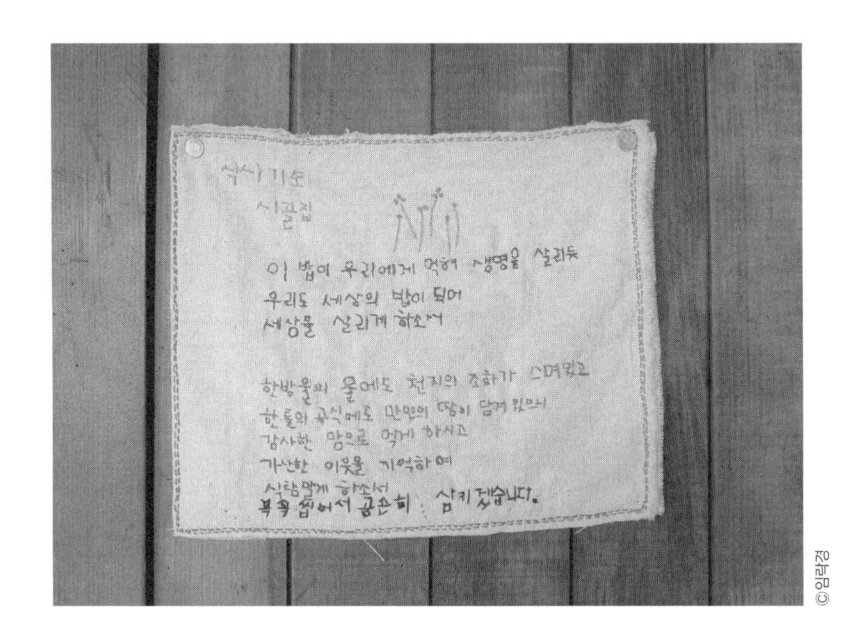

©임락경

"이 밥이 우리에게 먹혀 생명을 살리듯
우리도 세상의 밥이 되어 세상을 살리게 하소서."

말 그렇게 생각하십니까? 우리 사회에서는 학벌이 상당히 중요한데 목사님은 그것을 넘어서고자 촌놈, 돌팔이 등을 의식적으로 강조하는 것은 아닌지요?

한번은 군부대에서 강의를 하는데 한 사람이 체해서 쓰러졌습니다. 제가 그 자리에서 고쳐놓고 다시 강의를 했습니다. 보통 명절 때 사람들이 많이 체합니다. 지난 추석 때도 한 사람이 체해서 우리집에 실려 온 걸 제가 금방 살려냈습니다.

딸이 유치원 다닐 때 우리 아빠는 의사라고 자랑했습니다. 그래서 "아빤 의사가 아니라 돌파리다" 했더니, 돌파리가 뭐냐고 물어요. "의사는 한 가지 병밖에 못 고치고, 돌파리는 여러 가지 병 고친다" 그랬더니 유치원 가서 "우리 아빠 돌파리다" 하면서 자랑했습니다.

제가 실제로 돌파리인 것이, 정규 신학교를 못 가서 그렇습니다. 정식으로 인가받은 신학교를 못 갔습니다. 감신, 총신, 한신에 못 들어갔습니다. 목사 중에선 돌파리가 확실합니다. 그러나 나는 이치를 보면 돌파합니다. 뭐든 이치로 돌파합니다. 그래서 '돌파리(突波理)'라고 말합니다.

우리 시설 이름이 시골교회인데 처음엔 망할교회라고 이름을 지었습니다. 왜냐, 장애인 시설은 다 없어져야 하잖아요. 그렇게 교회 이름을 등록하러 갔더니 노회 서기가 화를 내면서 반대했습니다. 어떡하나 생각하다 고향이 없는 사람들이 모여 사니 시골교회로 하자고 결정했습니다. 복지시설도 시골집장애인시설이라 하고, 시골집된장, 시골집메주, 시골집간장, 그렇게 상표로 쓰니 좋더라구요. 앞으로는 식당과 술집만 하면 됩니다. 지금도 내 속으론 망할교회예요.

사람들을 만나보면 명함에다 이것저것 찍어서 너무 과시하더라구요. 그래서 나는 한번 '촌놈'으로 명함을 찍어야겠다 생각했습니다. 그때 청타(구형 타자기. 찍을 수 있는 글자가 정해져 있음)가 있어 촌놈이라 찍으니 놈 자는 욕이라서 안 찍히더라구요. 그래서 '촌늠'이라 찍었습니다. 늠은 놈과 님의 사이발음입니다.

촌놈은 아무나 될 수 있는 게 아닙니다. 자격이 까다롭습니다. 먼저 지게를 질 줄 알아야 합니다. 한 80kg은 져야지요. 멍석과 새끼, 용마루도 틀 줄 알아야 하고, 짚신도 삼을 줄 알아야 합니다. 쟁기질도 할 줄 알아야 합니다. 그 정도는 되어야 촌놈이지요. 지금 자랑하려는 게 아니라 내 신분을 그대로 밝히고 있는 겁니다. 80 되면 죽은 사람이나 산 사람이나 비슷하잖아요.

나는 다른 사람들이 학교에서 공부할 때 산골에 묻혀 내 나름대로 열심히 배우며 살았습니다. 그게 학문적으로 나타나지 않을 뿐이지요. 다행히 나에게 글을 부탁하는 사람이 있어 여기저기 쓰고 있습니다. 50년 전엔 어림없었습니다. 만약 《토지》의 최서희가 실제로 있었다면 만나러 갈 수 있었을 것입니다. 그 당시에 내가 천민이었으니까 만나러 갔다가 최서희는 못 만나고 길상이는 만났을 것입니다.

사람이 자존심이라는 게 있는데, 내가 자존심을 싫어합니다. 내가 제일 많은 것 같아서 그렇습니다. 어렵고 가난하고 천하게 사는 걸 부끄럽게 생각 안 합니다. 나는 생긴 대로 살고 있는 것뿐입니다.

❓ 망할교회가 '망해가고 있다'고 하셨는데 구체적으로 어떤 의미인가요?

망한다는 의미를 잘 생각해야 합니다. 집 나온 학생들을 데려다 교육시켜 다시 학교로 보내는 교회가 있습니다. 그 교회는 하루속히 망해야 합니다. 왜냐하면 집 나온 아이들이 없어져야 하기 때문입니다. 어느 사회단체는 교도소에서 나온 사람들을 받아 함께 생활합니다. 그 단체도 하루빨리 망해야 합니다. 교도소에서 나온 사람은 가족과 함께 살아야 합니다. 가족의 품으로 돌아가야지요.

처음에 제가 시골교회를 만들기 전에 우리 마을에 교회가 먼저 하나 생겼습니다. 개척 당시 목회자가 없어서 제가 목회를 했지요. 그러다 목회자가 오게 돼서 그때부터 저는 그냥 설교만 들었습니다. 우리 식구들, 그러니까 장애인들 전부 데리고 가서 설교를 들었지요. 그런데 설교 내용이 주로 부모 공경, 자녀 사랑, 부부 화목에 관한 것입니다. 우리집 식구들은 공경할 부모도 없고 사랑할 자녀도 없고 화목할 부부도 없습니다. 설교가 아니라 약 올리는 말만 하더군요. 그래서 따로 예배를 보기로 했습니다.

교회 등록을 할 때 이 교회는 망해야 한다, 장애인이 전부 없어지면 망하게 될 것이므로 망할교회라고 이름을 짓자, 그렇게 생각했는데 노회 서기가 성질내고 받아주지 않아서 그 이름으로 등록은 못했습니다. 그러나 장애인이 전부 없어지면 우리 교회는 망합니다. 그런데 정말 서서히 망해가더군요. 그전에는 정부지원금이 없었는데 지금은 비인가시설에도 1~3억 원까지 지원을 해줍니다. 그 돈으로 온갖 시설들이 멋지게 대변신을 했지요.

물론 우리는 그 돈을 받지 않았습니다. 그런데 시설을 잘 꾸며놓고 보니 정작 장애인이 없는 거예요. 여러 시설에서 우리에게 연락해서 장애인을 보내달라고 아우성이었어요. 덕분에 우리 식구들이 그 시설들로 많이 옮겼습니다. 그래서 우리 교회가 망해가고 있다는 의미입니다. 사실 저는 우리 교회가 완전히 망하기를 바랍니다.

백성의 노래[民謠]와 농담(農談)

? 질문을 다른 분야로 바꾸겠습니다. 목사님은 우리나라 민요에 해박하시다고 들었습니다. 구체적으로 어떤 민요를 어떻게 부르시는지요? 또 그 민요들을 어떻게 알게 되었습니까?

민요는 백성들에게 전래되어 내려오는 노래인데, 일하면서 부를 수 있는 노래입니다. 관청 몰래 하는 것이고 백성이 부르기 때문에 민요(民謠)라고 합니다. 농민이 하는 말은 농담(農談)이지요. 일본 애농회와 교류할 때 여러 나라 사람들이 모여서 장기자랑을 한 적이 있었습니다. 다 나름대로 노래도 부르고 개인기를 발휘하는데 한국 사람만 못했지요. 누가 "아리랑이라도 부를까요?" 하더군요. 그런데 아리랑은 약간 침울한 분위기여서 흥겨운 마당에 찬물을 끼얹을 수 있지요. 그래서 반대를 했지만 그럼에도 역시 아리랑을 불렀어요.

우리 민요는 선소리와 뒷소리가 있어 노래는 언제나 같이 합니다. 한 사람이 선소리하고 다 같이 뒷소리를 하기로 했어요. 선소리는 내가 했고 뒷소리는 '아리 아리랑 쓰리 쓰리랑 아라리가 났네. 아리랑 흥흥흥 아라리가 났네'를 합창으로 하기로 했습니다.

> 허리끈 졸라매고, 문전옥답 샀더니 신작로 된다고 다 뺏어갔네.
> 아리 아리랑 쓰리 쓰리랑 아라리가 났네.
> 아리랑 흥흥흥 아라리가 났네.
> 서울 이태원은 살기도 좋은데 코쟁이 등쌀에 못살겠네.
> 아리 아리랑 쓰리 쓰리랑 아라리가 났네.
> 아리랑 흥흥흥 아라리가 났네.
> 함흥의 청진은 살기는 좋은데 쪽바리 등쌀에 내가 못살겠네.
> 아리 아리랑 쓰리 쓰리랑 아라리가 났네.
> 아리랑 흥흥흥 아라리가 났네.

이렇게 노래를 불렀더니 일본 사람이나 미국 사람들이 전부 좋아하면서 신나게 뒷소리를 따라 하더군요. 자기네들 비판하는 줄도 모르고……. 민요의 본뜻은 '우리의 처지를 약진의 발판으로 삼아 창조의 힘과 개척의 정신을 기르자'는 것입니다. 그게 민요의 바탕입니다. 제가 부르는 민요는 전통민요가 아니라 현대민요입니다.

예전 자유당 시절에는 이승만 노래가 있었습니다. 4.19 때 죽은 이기붕 노래도 있었지요. 지금 이 노래를 기억하는 사람은 없을 것입니다. 잠깐 유행을 했기에 기록도 없습니다. 그런데 제가 그 노래를 듣고 의미가 있다고 생각해 머릿속에 꼭꼭 저장을 해두었습니다. 제가 한때 늑막염으로 쓰러져 목이 잠겨 노래를 부르지 못한 때가 있었어요. 그 노래들을 남겨야겠는데 노래를 부르지 못하니 사람들에게 들려줄 수도 없고, 악보를 그릴 줄 모르니 악보로도 남길 수가 없었어요. 이러다 영영 사라지겠구나 하는 아쉬움이 있었는데 다행히 목이 회복되었어요.

내 환갑 때 KBS와 MBC에서 녹음을 하러 왔습니다. 비싼 녹음장비가 온 방안을 가득 채웠지요. 촌놈 생각에, 작은 녹음기 하나만 있으면 될 텐데 왜 이리 많은 장비를 가지고 왔나, 의아하더군요. 그런데 노래를 한 뒤 녹음한 걸 들어보니 그 이유를 알겠더라구요. 내 목소리가 그대로 들렸습니다. 그때 처음으로 내 목소리를 내 귀로 들었지요. 한번은 우리 마을에서 숙명여대 음대 동문회가 열렸는데 그 많은 음대생들 중에서 한 사람이 이승만 노래를 알더군요. 참 기뻤죠. 그래서 둘이 노래를 불렀습니다.

> 우리나라 대한나라 독립을 위해
>
> 일생을 한평생 몸바쳐오신
>
> 고마우신 이 대통령, 우리 대통령
>
> 그 이름 빛내오리다

이렇게 부르지요. 이승만 대통령이 등장해서 천천히 가면 노래도 천천히 부릅니다. "빛~내~오~리~다~"라고 부르는 것이에요. 그 양반이 빨리 걸어가면 노래도 덩달아 "빛내오리다"라고 빨라집니다. 이기붕 노래는 이렇게 불렀어요.

서기어린 태백산 정기를 받아
대한의 한복판 기상에 나셔
일제의 탄압을 물리치시고
조국의 광복을 이루었으니
그 이름 찬란하다 이기붕선생
이 박사를 보필하실 애국자시네

1절은 '정치'가 주제이고 2절은 '경제'가 주제입니다.

구차하신 가정에 자라나시어
어려운 시정을 보살폈으니
인정도 많으셔라 이기붕선생
이 박사를 보필하실 애국자시네

그때 이기붕은 2인자였는데 자신의 위치를 잘 알았던 것 같습니다. 마지막이 '이 박사를 보필하실 애국자시네'라고 끝나잖아요. 보필하는 것으로 만족했기에 정치 생명을 이어갈 수 있었지요. 만약 '이 박사를 뛰어넘을 애국자시네'라고 했었다면 당장 이승만에게 쫓겨났을 것입니다. 물론 훗날 둘 다 권력의 자리에서 물러나긴 했지만. 그 이기붕이가 아들의 총탄에 죽은 후에 또 노래가 나왔습니다.

열흘 붉은 꽃이 없고 십 년 세도 없다더니
권력 좋아 인심 못 얻고, 백성의 원한 샀네
권력으로 뺏은 세도 속여 누린 영화
모두가 어이하여 황천객이 되었느냐

황금으로 눈을 막고, 세도로서 귀가 먹어
겨레들의 생명을 빼어 가진 흉계 끝에
제 명대로 못 죽고서 자결을 하니
권력보다 무서운 게 천심인 줄 몰랐더냐

이런 노래들이 저잣거리에서 불렸는데 5.16 후에 일순간에 사라졌습니다. 다행히 제가 기억을 해두어서 제 자서전에 담아놓았지요. 그렇지 않았다면 한 시대의 사회상과 민심을 보여주는 자료가 존재하지 못했을 것입니다. 노래 이야기가 나와서 하는 말인데, 우리나라 동요 중에 잘못된 것이 적지 않습니다.

'학교종이 땡땡땡 어서 모이자 선생님이 우리를 기다리신다'라고 했는데 제가 학교에 가서 보니 선생님은 아이들을 기다리지 않아요. 대안학교에서는 기다리지요. 그 노래 2절은 '기역 니은 디귿 리을 배우는 우리 사이좋게 의좋게 공부 잘하자'인데 요즘 초등학교에서 기역 니은 디귿 리을 가르치지 않습니다. 다 이미 배워서 들어옵니다. '기역니은' 가르치는 학교는 사이좋게 의좋게 공부 잘하고 'ABCD' 배우는 학교는 경쟁해서 이겨야 하는 학교입니다.

'산토끼 토끼야 어디를 가느냐 토실토실 밤송이 주워서 올 테야' 이 노래는 '밤송이'가 '알밤'으로 바뀌었습니다. 그러나 토끼는 알밤도 줍지 않고 밤송이도 줍지 않습니다. 다람쥐가 알밤을 줍지요. '깊은 산속 옹달샘 누가 와서 먹나요 새벽에 토끼가 눈 비비고 일어나 세수하러 왔다가 물만 먹고 가지요' 이 노래는 무엇이 잘못되었을까요? 토끼는 물을 먹지 않습니다. 토끼는 물 묻은 풀만 먹어도 죽습니다. 2절에 '맑고 맑은 옹달샘 누가 와서 먹나요 달밤에 노루가 숨바꼭질 하다가 목마르면 달려와 얼른 먹고 가지요' 이 구절도 잘못되었습니다. 밤에 움직이는 것은 육식동물이고 초식동물은 밤에 놀지 않습니다. 노루는 낮에 놀고 밤에는 잠만 자지요.

'푸른 하늘 은하수 하얀 쪽배에 계수나무 한 나무 토끼 한 마리. 돛대도 아니 달고 삿대도 없이 가기도 잘도 간다 서쪽 나라로' 이 노래도 잘못되었습니다. 은하수는 북에서 남으로 돼 있습니다. 조각달은 은하수를 건너가지 않으며 둥근 달이 지나갑니다. 초승달은 일찍 떠서 일찍 지고, 그믐달은 늦게 떠서 늦게 집니다. 그래서 은하수를 건너갈 수 없습니다. 그리고 샛별은 해뜨기 직전 동쪽에서 뜨니 등대가 될 수 없어요. 조각달과 샛별은 만날 수 없어요.

이렇게 우리 아이들이 부르는 동요에 잘못된 부분이 많습니다. 제

이야기를 듣고 이 자리에서 처음 아신 분들도 많을 것입니다. 아이들이야 오죽하겠어요. 그 노래를 부르면서 그것이 당연히 맞겠지 생각합니다. 이를 바로 잡아야겠다는 결심이 들어서 동요 이야기를 월간지에 6년 동안 연재했지요. 그 글들을 한데 묶어 교육부 장관에게 제출하려 마음먹고 다시 한 번 1학년부터 6학년까지 교과서를 봤더니 내가 지적한 것을 다 고치고 빼고 했더라구요. 촌놈의 힘은 미약하지만 교과서도 바꿀 수 있다는 것을 깨달았지요.

교과서에 실린 동요 이야기를 하자면 끝이 없습니다. 6년이나 연재를 했으니 틀린 부분이 오죽 많겠어요. '나의 살던 고향'도 잘못되었고 '산바람 강바람'에도 틀린 부분이 나옵니다. 또 예의에 어긋나는 표현도 많고, 아이들이 사용해서는 안 되는 단어도 종종 나오지요. 그 많은 동요들을 검토하면서 느낀 점이 적지 않았습니다.

동요를 작사하고 작곡하신 분들은 전부 훌륭한 분들이지만 책상에만 앉아서 노래를 지었구나 하는 생각이 들더군요. 실제 삶과 자연으로 나와 몸으로 체험하고 느끼면 그렇게 잘못된 표현을 하지 않습니다. 토끼를 한 번이라도 키워봤으면 '물만 먹고 가지요'라고 짓지 않습니다. 그래서 이론도 중요하지만 실제와 체험이 우리 삶에서는 더 중요하고 의미가 있다는 것을 절실히 깨달았습니다.

? 방금 부르신 이승만 노래나 이기붕 노래를 비롯해 우리가 미처 알지 못했던 민요들을 많이 알고 계신데, 그 민요들을 문서보관서나 인

터넷에서 찾으셨습니까? 아니면 예전에 적어놓은 것이 있었나요?

이 민요들은 오직 내 머릿속에만 저장되어 있습니다. 인터넷에도 없고 우리나라 문서보관소나 도서관 그 어디에도 없습니다. 1970년대에는 책으로 펴낼 수 없는 가사들이 많았지요. '열흘 붉은 꽃 없다, 달도 차면 기운다'는 모든 사람들이 알고 있는 글이지만 공개된 장소에서 입에 올렸다간 자칫 감옥에도 갈 수 있는 시절이었으니까요. 유신체제에서 그런 말을 했다가는 긴급조치에 걸려 징역을 가게 됩니다. 그래서 민주화된 이후에 차츰 책에 실어 발표를 했습니다.

군가 중에도 2절과 3절이 없는 노래가 적지 않습니다. 국방부 도서관을 뒤져도 나타나지 않지요. '경찰의 노래' 2절도 부르지 못했어요. '자유의 인민들 피를 흘린다'는 가사가 있는데 인민이라는 단어를 사용하면 안 되니까요. 민주주의가 된 후에야 그런 가사들을 다 포함해서 책으로 낼 수 있었죠. '전우야 잘 자거라'는 한때 아이들이나 어른들이나 많이 불렀지요. 지금은 별로 부르지 않지만…….

(1절) 전우의 시체를 넘고 넘어 앞으로 앞으로/낙동강아 흐르거라 우리는 전진한다/원한 의해 피에 맺힌 적군을 무찌르고서/꽃잎처럼 떨어져간 전우야 잘 자거라

(2절) 우거진 수풀을 헤치면서 앞으로 앞으로/추풍령아 잘 있거라 우리는 돌진한다/달빛어린 고개에서 마지막 나누어 먹던/화랑담배 연

기속에 사라진 전우야

(3절) 터지는 폭탄을 무릅쓰고 앞으로 앞으로/한강수야 흘러가라 우리는 돌격한다/들국화도 송이송이 피어나 반기어주던/노들강변 백사장에 묻혀진 전우야

(4절) 고개를 넘어서 물을 건너 앞으로 앞으로/두만강아 잘 있느냐 우리는 돌아왔다/흙이 묻은 철갑모를 손으로 어루만지니/우리들의 가는 곳에 삼팔선은 무너진다

미국에서 노숙인들 돌보는 전예인이라는 친구가 있습니다. 한 모임에 갔는데 그 사람이 이 노래를 처음부터 끝까지 다 불렀습니다. 도중에 제가 끼어들어 합창을 했지요. 한주희 목사가 듣고 평하기를 "가사는 임락경이 정확하고, 곡은 전예인이 더 낫다"고 했습니다. 이제는 이런 노래들이 인터넷에도 올라가고 책에도 실리지만 옛날에는 부르기만 했지 아무도 관심을 기울이지 않았습니다. 그러다가 간데없이 사라져버리지요. 이승만 노래나 이기붕 노래 등은 제가 기억하지 않았다면 영원히 사라졌을 수도 있습니다. 제 공로를 드러내자는 것이 아니라 우리의 삶에서 일어나는 모든 것들이 결국 우리의 역사라는 사실을 기억하자는 것이지요.

? 어떻게 그 많은 노래들을 외우고 계십니까? 혹시 천재 아니십니까?

천재라는 말의 의미가 애매하기는 한데……. 사람은 모두 어떤 분야에서 탁월한 재능을 발휘합니다. 우리집에 지능도 모자라고 소변도 가리지 못하는 처녀가 있습니다. 보통사람에 비해 엄청 부족하지요. 그 처녀가 찬송가 1장부터 500장까지 눈 감고 부릅니다. 한 글자도 틀리지 않아요. 그런 의미에서 보자면 그 처녀가 천재일 수 있지만 아무리 보아도 천재는 아닙니다. 단지 노래 분야에서 탁월한 재능을 타고났을 뿐이지요. 그 처녀처럼 저도 노래를 외우는 데는 뛰어난 능력이 있습니다. 어떤 의미에서는 역사에서 지워지면 안 되는 노래이기에 외우는 것이지요.

'해방가'라는 노래가 있는데, 잘 모르실 것입니다. 이 노래가 12절이나 되어 이 자리에서는 부르기가 좀 어렵겠네요. 이 노래에는 일본의 침략사가 그대로 담겨 있는데 부를 기회가 좀처럼 없었어요. 그러다 일본 오키나와에서 한일평화교류회가 열렸을 때 이때다 싶어 불렀지요. 일본어로 번역해서 일본인들에게 나눠주고 우리나라 사람들에게는 한글로 써서 나눠주고 저 혼자 그 노래를 12절까지 불렀습니다. 일본에서 세 번 그렇게 했지요.

사람은 섞여 살아야 한다

❓ 목사님이 주장하시는 '섞어복지'는 무엇입니까?

사람은 누구나 하나 이상의 소질이나 특기는 가지고 태어납니다. 그러나 모든 것을 다 잘하는 사람은 없습니다. 머리는 빠르지만 몸이 늦기도 하고, 몸은 빠르고 건강하지만 머리가 둔한 사람도 있습니다. 숫자에 밝은 사람은 예술에 약하고, 창작에 뛰어난 사람은 행동이 느립니다. 바로 그런 이유 때문에 우리 사람은 섞여서 살아야 합니다. 젊은이들은 노인과 어린아이들을 돌봐야 하고, 노인들은 아이들의 재롱을 보면서 늙어가야 하고, 아이들은 노인들의 경험을 배우면서 자라야 합니다.

우리 생각에 어른들만 있으면 점잖고 교양 있으리라 생각하지만 실제 그렇지 않습니다. 어린 사람이 있어야 어른들이 체면을 지킵니다. 그런 의미에서 혼재와 공존은 매우 중요합니다.

그런데 우리 사회는 사람들을 자꾸만 나누고 분류하려 합니다. 노인은 노인시설에서 살게 하고, 아이들은 학교에, 장애인들은 시설에서만 살게 합니다. 이는 대단히 잘못된 것입니다. 어느 마을에는 수학자만 살고, 어느 마을에는 화가만 살고, 어느 마을에는 운동선수만 살면 어떻게 될까요? 세 마을 사람들 모두 불행해집니다.

노인, 일반인, 어린아이, 장애인도 마찬가지입니다. 서로 어울려 살면서 서로를 돌보고 이끌고 배우고 가르침을 주어야 합니다. 그래야 모두가 행복하고 외롭지 않습니다. 그런 의미에서 섞어복지를 주장하는 것입니다.

? 시골집을 후원하시는 분들 가운데 특별히 기억에 남는 분이 있으면 소개 부탁드립니다.

현재 시골집 후원자는 10명이 채 안 됩니다. 그중 1995년 초봄에 방문하셨던 후원자가 가장 기억에 남습니다. 젊은 부부였습니다. 형님이 장애인이었다고 하더군요. 그 형님이 자신도 장애인이면서 다른 장애인 돕는 일을 했답니다. 그러다가 교통사고로 생을 달리했는데 보상금이 나왔겠지요. 형님이 평소에 도와드렸던 시설 몇 군데에 나누어주고 500만 원이 남았답니다. 이 돈을 어느 장애인연합회에 가지고 갔더니 그곳에서 우리에게 갖다주라고 했다더군요. 자기네가 받아도 다시 우리에게 줄 것이므로 직접 갖다주라고 했다는 거예요.

나는 그 돈을 받아 쓸 생각이 없었습니다. 그래서 "이 돈 가지고 우리 식구들과 이동갈비를 사먹겠습니다"라고 했더니 약간 언짢은 표정으로 "그렇게 하세요" 대답하더군요. 내가 다시 "갈비보다는 식구들과 여행 가서 다 쓰겠습니다"라고 말했더니 더 언짢은 표정으로 "목사님 생각대로 하세요"라고 대답하더군요.

그때 동생 분의 손을 잡았지요.

"이 돈 받아 고기 사먹으면 형님고기 먹는 것과 마찬가지입니다. 이 돈 받아 차 타고 여행 다니면 형님을 길바닥에 다시 눕게 됩니다. 이 돈은 형님보다 더 어려운 사람을 위해 써야 하지만 형님보다 더 어려울 수 없으니, 이 돈으로 우리 식구들 살 집을 짓겠습니다. 우선 기초공사 정도는 할 수 있어요. 장애인들이 돌아다닐 수 없으니 벽 전체를 유리로 하고 누워서 하늘도 보고 별도 보고 눈 오는 것도 보고 꽃도 보고 단풍도 볼 수 있는 집을 짓겠어요. 형님 기념관으로 생각하고 수시로 오세요."

"고맙습니다."

그 사람이 주소도 안 가르쳐주려고 하더군요. 그래서 제가 "우리가 어려울 때 도움을 청하기 위해서입니다"라고 둘러댔습니다. 주소라고 가르쳐주는데, 주공아파트였어요. 그 후 지금까지 못 만나고 지냅니다. 꼭 만나고 싶습니다.

? 평생을 베풂과 농업에 헌신하셨는데, 앞으로 목사님의 꿈, 비전은 무엇입니까?

사람은 노망을 해야 합니다. 노망이란 늙을 노(老), 잊을 망(忘)으로서 늙음을 잊고 젊은 줄 알고 사는 것이 노망이라고 생각합니다. 늙음을 잊고 사는 것처럼 행복한 것은 없습니다. 다만 곁에 있는 젊은이들이 피곤할 뿐입니다. 노망이 좋은 점은 죽음에 대한 두려움이 없는 것입니다. 죽음을 잊고 저세상 먼저 가보고, 저세상 갔다가 이세상 왔다가, 갔다 왔다 자주 하다 저세상에서 아예 오지 않으면 간단한 일이 노망입니다. 노망이란 신께서 인간에게 주신 마지막 선물인 줄 알고 있습니다.

© 임락경

"어느 마을에는 수학자만 살고, 어느 마을에는
화가만 살고, 어느 마을에는 운동선수만 살면 어떻게 될까요?
세 마을 모두 불행해집니다. 사람은 섞여 살아야 합니다."

철모르는 노망의 뒤처리는 자녀들이 해야 합니다. 그것은 자녀들 어릴 적에 3년 동안 대소변 처리를 해주었기에 그렇습니다. 원님도 자기 부모님 요강은 하인들 시키지 않고 직접 처리했습니다. 자녀들과 부모들의 오줌똥 치워주는 것은 모두가 계약관계이고 60~80년 전에 저축해둔 것이고, 일종의 보험이지요. 찾아 쓰는 것입니다.

자녀가 없는 승려들이나 수녀, 수사들은 이미 사제 간에 맺어진 관계입니다. 예전에 조실 스님들께 저축해놓은 공로를 후학들에게 받으면 되는 것입니다.

노망이란 자기가 어릴 적에나 젊었을 때 했던 버릇이 나오는 것입니다. 우리집에는 노망하는 사람들이 끊이지 않았습니다. 지금도 있습니다. 예전에 한 할아버지는 수시로 무엇이든 훔쳐왔어요. 무척 착실하신 분이었습니다. 어릴 적 습관이 나타난 것이지요. 지금 노망하는 한 노인네는 쓰레기를 늘 주워옵니다. 마을까지 가서 주워옵니다. 담배꽁초를 주워다 장롱 안에 모아둡니다. 어릴 적 담배가 귀할 때 했던 버릇이지요. 노망이란 자기가 어릴 적이나 젊었을 때 하던 버릇이 나온 것입니다.

사람은 누구든지 나이 먹으면 노망을 하게 됩니다. 다만 곁에서 못 느끼는 것뿐이지요. 나 또한 지금 노망하고 있습니다. 젊었을 때 버릇이 그대로 나타납니다. 뭐 즉문즉설이라는 이 귀한 시간에 헛소리나 하는 것이 노망이 아니겠습니까. 다만 이 글을 읽는 이들이 못 느끼거나, 느껴도 나에게 표현하지 않는 것뿐이지요.

늙어서 일 벌이는 것은 무척 싫었습니다. 다만 하던 일이나 잘 마무리하렵니다. 아직 시작은 안 했으나 정읍에 농사짓는 사람들을 양성해내는 대안학교를 열고자 합니다. 농사짓는 사람들이 점점 없어지니 그렇습니다. 나머지 일들은 내가 만들지 않고 내가 필요로 하는 곳에 할 일이 있으면 해주는 것뿐이지요.

꿈을 펼치고 살아가려는 젊은이가 아니라 하던 일을 잘 마무리해야 하는 늙은이에게 꿈을 묻는 것은 적절치 못합니다. 질문을 했으니 대답하는 것이고, 터무니없는 질문에 진지한 척하고 대답하는 것이 노망입니다.

? 목사님의 삶의 철학을 한마디로 말씀해주신다면요?

없습니다. 어려운 일이 닥쳐오면 비켜가고 싶었으나 비켜가지 못했습니다. 극복하고 나면 다른 사람들이 잘 극복해나갔다고 칭찬도 합니다. 내 일생에 한마디 남긴다면, 몸에 독이 들어오면 땀으로 빠지고 오줌으로 빠져나간다는 이치를 알았습니다. 이 이치로 건강도 찾고 남의 건강도 찾아줍니다. 말이 길어 억지로 줄여봤습니다. '독출한뇨(毒出汗尿).' 이것은 철학이 아니라 물리학이고 의학입니다. 사람이 철학을 하면 심각해지고 문학을 하면 낭만적이 되고 종교는 평안을 가져옵니다. 철학은 처음부터 싫어했습니다.

철들면 철학이겠지요. 심각한 것도 철학이지만 몸을 부쳐 사는 것도 철학입니다.

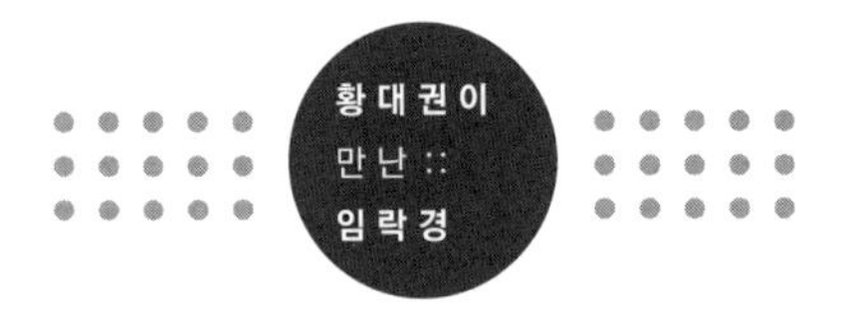

기인 가운데 기인, 보물 가운데 보물

네 번째로 모신 임락경 목사님은 기독교계의 기인 가운데 기인이요, 보물 가운데 보물이다. 사실 본인의 처지에서 보면 생긴 대로 사는 것인데 그것이 워낙에 천의무봉이다 보니 기존 교계에서 보면 기인으로 보이는 것이다.

목사님의 사회생활은 '맨발의 성자'로 불리는 이현필 목사가 세운 동광원에서 시작된다. 초등학교만 나온 뒤 공동체에서 15년간 결핵환자를 돌보며 살았으니 평생의 습관과 가치관이 이때 다 형성되지 않았나 싶다. 몸뚱이 하나로 한국현대사의 온갖 격랑에 부대끼다가 30여 년 전 화천에 정착하여 '시골교회'를 설립하고 장애인과 고아들을 거두어 함께 살고 있다. 목사님은 누가 보아도 시골 장터에서 오다가다 마주치는 딱 그 모습이다. 그러나 하느님께서는 그 허름한 형체에 온갖 재주를 다 부어넣으셨다. 농사일에서부터 건축, 풍수, 치병, 풍물 등 못하시는 게 없다.

언젠가 유기농협회 회장으로 계신 화천의 농민대학에 와서 강의 한번 하라기에 남쪽 끝에 있는 영광에서 강원도 화천까지 차를 몰고 갔다 오는 길에 너무도 피곤하여 졸다가 그만 검문소를 들이받아 호되게 경을 치른 적이 있다. 그래도 나는 즐거웠다. 목사님으로부터 오랜만에 좋은 강의 들었노라 칭찬을 들었기 때문이다. 요즘은 건강 전도사로 몹시 바쁘게 지내시는데 그렇게 바쁜 와중에 온갖 군데 글을 쓰시고 남의 부탁을 마다하지 않는 여유가 어디에서 나오는지 늘 궁금하다.

ⓒ한겨레

칫다다

경제학 박사 출신 '아난다마르가' 수행자. 서강대 경제학과를 졸업한 후 미국 위티타대와 메릴랜드대에서 공부했다. 귀국 후 산업연구원, 한국보건사회연구원에서 일하던 중 고혈압과 당뇨, 위염 등을 앓다가 아난다마르가를 만나 몸과 정신이 새로워지는 경험을 하고 수행자의 삶을 선택했다. 그때부터 자본주의 이후 새 시대의 경제모델 '프라우트'와 스승 사카르의 가르침을 세상에 전하고 있다.

인간에겐 소유권이 없다,
다만 관리권이 있을 뿐

무한한 행복으로 가는 길

? '아난다마르가'라는 단체에서 수행을 하시는데, 아난다마르가는 무슨 뜻입니까? 다다 님의 최근 번역서인 《건강한 경제모델, 프라우트가 온다》라는 책은 일반인들이 언뜻 이해하기 어려운 제목입니다. 인도의 수행자들은 경제보다는 정신 수양에 더 몰입할 것 같은데…….

아난다마르가(Ananda Marga)는 인도어, 즉 범어입니다. '아난다'는 지복, 즉 끝없는 행복을 의미하며 '마르가'는 길이라는 뜻입니다. 두 단어를 합하면 '무한한 행복으로 가는 길'이 됩니다. 그 길로 어떻게 갈 것인지 구체적으로 가르쳐주는 단체가 아난다마르가입니다.

우리는 몸과 마음으로 이루어져 있습니다. 사람들은 이 2가지는 확실히 압니다. 그런데 그 뒤에 또 하나가 있지요. 바로 진여자성(眞如自性: 인간의 본래 성품)입니다. 다른 말로 불성이라고도 하며 영혼이라고도 부르지요. 인도어로는 아트만이라고 합니다. 이 3가지가 합쳐져야 비로소 인간이 이루어집니다.

그러나 3가지가 다 있다고 해서 참된 인간이 되는 것은 아닙니다. 이들을 과학적이고 실천적인 방법을 통해 잘 육성하고, 발전시키고, 다듬어서 개인의 완성을 이루어야 합니다. 또한 개인이 그 완성의 길로 나아가는 것을 사회가 방해하거나 막아서는 안 됩니다. 나 혼자만 완성의 길로 나아가서도 안 됩니다. 사회도 함께 가야 합니다. 그러므로 개인의 수행과 이상사회 구현이라는 2가지 목적을 이루기 위해 만들어진 단체가 아난다마르가입니다.

프라우트(PROUT)는 조어(造語)로 아난다마르가의 구체적 실천방안을 담고 있습니다. 앞의 PRO는 Progressive(진보)의 약자이며, U는 Utilization(활용), T는 Theory(이론)입니다. 즉 진보적 활용론을 말합니다. 이상사회를 구현하고, 의식을 확장하고, 인간뿐 아니라 동물, 식물, 무생물에 이르기까지 우주 전체가 함께 가야 한다는 이념을 추구합니다. 이를 위해 올바른 영성에 바탕을 둔 구체적인 실천방안이 무엇인가를 찾고 실천하는 것이 프라우트의 사명이지요. 지구상의 모든 물질적 · 정신적 자원을 지속 가능하면서도 공유 가능한 형태로 유지할 수 있는 정치, 경제, 사회의 하드웨어를 어떻게 만들어갈 것인가를 모색합니다.

? 프라우트의 구체적인 실현방법이 궁금합니다.

하늘은 결코 지구의 어떤 부분도 특정 개인에게 제공하지 않았습니다. 우주 전체의 물질은 모든 우주 구성원의 공동 재산입니다. 그런데 어떤 사람은 호화스럽게 사는가 하면 어떤 사람은 굶주림에 떨며 죽어갑니다. 이러한 체제는 대단히 잘못된 기형입니다. 이 기형적인 모순을 바꿀 모델이 바로 프라우트입니다. 프라우트는 물질적, 정신적, 도덕적, 영적인 측면을 모두 고려한 실천방법입니

©칫다다

"아난다마르가는 '다시 돌아가는 법'을 가르친다는
점에서는 종교단체이지만 일반적으로 세상에
알려진 종교가 아니기에 영성과 봉사의 단체라고
말합니다. 저희가 추구하는 것은 천국이 아니라
자기 내면세계로 들어가는 것입니다."

다. 또한 사회적, 생태적 연대성을 강조하는 새로운 제도라고 할 수 있습니다. 한마디로 종교적 또는 이념적 도그마(독단)에서 벗어난 과학적이고도 정신적이며 영적인 철학에 기반을 둔 사회 · 경제 · 정치 제도입니다.

프라우트는, 우주의 모든 생명체와 무생물이 하나의 원천에서 나왔으며, 그 원천은 바로 신(하느님, 한얼님, 진여자성 등)이라는 동체대비(同體大悲)의 사상을 기저에 깔고 있습니다. 이 사상이야말로 올바른 영성철학입니다. 프라우트 철학에서는 모든 존재를 하나의 뿌리에서 나온 형제자매로 여깁니다. 또 인간은 모든 존재들 가운데 가장 정묘한 마음을 가진 생명체로 봅니다. 그러므로 인간은 인간 자신을 포함한 모든 존재들이 각자 주어진 길을 제대로 갈 수 있도록 도와주어야 하는 사명이 있습니다. 이러한 인간의 역할에 대한 재정립된 사상을 '승화된 인도주의', 즉 네오휴머니즘이라고 부릅니다.

이 네오휴머니즘에 바탕을 둔 프라우트는 첫째, 각 지역 사람들이 고유의 언어와 관습, 종교, 문화, 생활양식 등 다양성을 유지하면서도 단일 가치인 동체대비의 사상을 구현합니다. 사람들이 다양성 속에서 가장 높은 가치인 동체대비를 추구하기 위해서는 각자가 가지고 있는 뿌리 깊은 편협성과 도그마를 극복하는 것이 관건입니다. 가장 좁은 자기중심적 정서에서부터 가족중심적, 종족중심적, 지역중심적 정서, 더 나아가 국가중심적 정서도 극복해야 합니다. 그리고 마침내는 인간중심적 정서도 넘어서서 식물과 동물, 무생명체까지 포함한 우주의 모든 존재물을 사랑하고 헌신하는 단계에 이르러야 합니다.

그 단계에 오른 사람이 비로소 네오휴머니스트, 즉 신인류가 되는 것입니다. 신인류로 거듭나기 위해서는 과학적 지식과 이성에 바탕을 둔 합리적인 교육을 통해 의식을 확장시키고 편협한 정서를 극복해야 합니다. 나아가 끊임없는 자기성찰과 자기항복이라는 진지한 수련을 해야 합니다.

둘째, 프라우트 경제체제의 핵심은 자기 지역의 인적, 물적 자원을 최대한 활용하는 한편 가능한 한 수출입 의존도를 줄이는 것입니다. 누구에게나 기본적인 의식주, 의료, 교육 등이 보장되는 자급자족 체제를 목표로 하며, 농업(농산물 가공 및 농기계 산업 포함)의 비중을 40~50%로 끌어올리고 서비스 부분은 10%를 넘지 않도록 합니다. 주기적인 경제 공황의 원인인 부와 소득의 극단적 편중을 줄이는 조치로서 성과에 따른 임금의 차등을 인정하되 최저소득과 최고소득의 차이를 무한정으로 인정하지 않습니다. 즉 소득과 부의 상한선을 사회적 합의를 통해 설정하는 것입니다.

농업을 비롯해 필수품을 생산하는 공업 부문에는 도덕성과 경영능력을 갖춘 지도자가 협동조합을 이끄는 체제를 도입하며 노동과 자본이 분리되지 않도록 합니다. 특히 투자된 자본이 그 지역에 남아 생산성을 높이도록 유도합니다. 자본의 지역화는 지역산업의 발전에 필수적이며 인구 유입과 유기농업의 발전을 촉진시킵니다.

셋째, 프라우트의 정치 역시 혁신을 추구합니다. 정당정치를 지양하고 풀뿌리 자치제도에 근간을 둡니다. 입법 · 사법 · 행정의 3권분립 체제를 유지하되 '원로기구'라는 조직을 둡니다. 그 구성원들은 도덕성과 경륜을 갖춘 사람들 중에서 주민들이 직접선거로 선출합니다. 이 조직은 공직자들의 활동을 감시하며, 주민과 3권기관 간의 의사소통의 채널 역할을 합니다.

이러한 네오휴머니즘과 프라우트는 인도 출신의 영적 지도자이자 사상가인 사카르(P. R. Sarkar)가 제시한 혁신적 사상이자 실천적 제도입니다. 1921년 태어난 사카르의 영적 이름은 아난다무르티(Anandamurti)입니다. 아난다는 지복이라는 뜻이며 무르티는 화신(극치)이란 뜻입니다. 그분의 철학은 깊고 넓고 오묘해서 누구든지 감명을 받아 마치 아버지처럼 다가옵니다. 그래서 그를 바바라 부르는 것이지요. 인도말로 바바란 아버지란 뜻입니다.

사카르는 이 사상과 제도를 실현시키기 위해 1955년에 아난다마르가라는 단체를 설립했습니다. 이 조직은 '깨달음과 이상사회 구현'을 목적으로 합니다. 사카르는 1990년에 타계했으나 그의 가르침을 이어받은 수행자들은 프라우트 사회 건설을 사명으로 200여 나라에서 활동하고 있습니다.

세계의 적지 않은 곳에서 프라우트 모델을 실현하는 공동체들이 만들어졌으며 인도에서는 일부 지역선거에서 프라우트 강령을 내세우며 출마하는 사람들이 증가하고 있습니다. 인도의 오지인 아난다나가(Ananda Nagar: 지복의 도시)에서는 250km^2 대지에서 미래의 프라우트 사회를 구현하기 위한 작업이 느리지만 꾸준히 진행되고 있습니다. 그 외에도 폴란드, 이탈리아, 독일, 미국, 브라질, 호주, 타이완, 태국 등 여러 나라에서 실현지가 만들어지고 있습니다. 덴마크에는 프라우트본부(www.prout.org)가 있으며, 베네수엘라에는 프라우트연구소(www.priven.org)가 세워져 있습니다. 이곳에서는 프라우트 사회 건설을 위한 이론 연구와 함께 실천적 노하우를 전수하고 있으며 훈련된 인력을 전세계로 보내 프라우트 이념 전파에 힘을 쏟고 있습니다.

한국에서도 IMF 이후 경제 여건이 어려워지면서 다수의 사람들이 자본주의의 한계를 인식하기 시작했습니다. 특히 극단적인 양극화 현상이 심화되면서 자본주의를 대체할 수 있는 건전한 대안에 많은 관심을 보이고 있습니다. 프라우트가 종교적 도그마를 벗어난 과학적이고도 영성적인 철학으로 자연과 인간이 공존할 수 있는 새로운 시스템이라는 것을 알게 되면서 성직자들을 포함한 적지 않은 사람들이 깊은 관심을 보이고 있습니다. 우리나라에 소개된 프라우트 관련 책은《자본주의의 종말》(물병자리, 1997),《공동체경제를 위해》(녹색평론, 2001),《건강한 경제모델, 프라우트가 온다》(물병자리, 2008) 등이 있습니다.

자본휴머니즘에서 네오휴머니즘으로

? 2010년에 우리나라에서 G20 회의가 열렸습니다. 세계경제를 좌지우지하는 강대국 20개 나라의 정상들이 모여 경제에 대해 토론하고

협의하는 회의였습니다. G20의 의미를 어떻게 보십니까? 신자유주의의 가장 큰 문제점은 무엇이라고 생각하십니까? 자본주의 경제 체제는 붕괴될 것이라고 예측하셨는데, 그에 대한 의견도 듣고 싶습니다.

우선 세계 경제에 대해 전체적으로 살펴보겠습니다. 세계적인 경제 공황은 이미 시작되었습니다. 그 현상 중 하나가 2008년 미국을 강타한 금융위기입니다. 그 위기는 현재 어느 정도 해소되었으나 문제가 완전히 해결된 것은 아닙니다. 빠른 속도로 농축되면서 심화되어 자본주의 체제 전체를 흔들 것입니다. 그 과정에서 돈이 많은 사람들은 살아나갈 수 있습니다. 언제나 문제는 사회의 취약 계층입니다. 신자유주의적 자본주의 체제가 지속되면서 사회 양극화는 더욱 심화되고, 삶이 어려워지는 계층이 늘게 됩니다. 그때 사람들은 격차와 심화를 군소리없이 받아들이는 게 아니라 저항하게 되고 반성하게 됩니다.

무엇인가 잘못되었다는 사실을 깨닫고 대안을 모색하는 것입니다. "아, 이게 아니구나. 다른 길이 필요하구나"라는 절실함으로 모든 사람이 더불어 살 수 있는 길을 찾습니다. 우리 사회는 부자만을 위한 사회가 아니며 가난한 자들만이 사는 사회도 아니기 때문입니다. 사람들이 대안을 찾으면 반드시 새로운 길이 열립니다. 그중 하나가 프라우트입니다. 프라우트는 처음에는 많은 대안 중 하나이지만 자본주의와 공산주의를 모두 극복할 수 있는 시스템이라는 것을 알게 됩니다.

경제가 어려워지면 프라우트를 찾는 사람이 더 많아집니다. 그 과정에서 사회적으로 갈등이 일어나고, 비난과 비판이 쏟아지고 분란이 생기지만 결국은 극복해내면서 새로운 사회구조를 형성하게 됩니다. 또한 지구축의 이동과 의식의 진화도 함께 이루어집니다. 진화된 의식을 지닌 사람들이 많아지고, 그들이 각 분야에서 리더로 나서게 됩니다. 그 결과 이 세계가 한 차원 더 좋은 사회로 나아갑니다.

왜 그런지 하나하나 짚어볼까요? 우선 경제 공황이 올 수밖에 없습니다. 사카르는 경제대공황은 주기적으로 온다고 예측했습니다. 러시아의 한 경제학자는 60년 주기설을 주장했습니다. 인류는 그동안 수만 년에 걸친 지혜를 축적했는데 왜 경제대공황을 불러올까요? 그에 대해 사카르는 2가지 이유를 들었습니다. 첫째는 부의 극단적인 편중입니다. 통계자료를 보면 명확히 나타나지요. 우리나라뿐 아니라 세계적으로 부의 극단적 편중이 심화되고 있습니다. 1997년《자본주의의 종말》이 간행되었을 때 그 책에 1994년의 자료가 실렸습니다. 세계에서 가장 연봉이 많은 미국 머톤 인터내셔널(Morton International)의 CEO는 2800만 달러를 받았는데, 당시의 최저임금 수준과 비교할 때 그 차이는 수천 배였습니다. 그 엄청난 차이에 사람들은 빈부격차가 무척 심각한 상태라고 입을 모았습니다.

아리스토텔레스는 "가장 많이 가진 자가 가장 적게 가진 자의 다섯 배 이상을 갖게 되면 그 사회는 불안해진다"고 설파했습니다. 아리스토텔레스가 수천 배라는 차이를 보았다면 뭐라고 말했을까요? 그러나 이 숫자는 그 이후에 진행된 격차에 비하면 턱없이 적다고 할 수 있습니다. 2008년에 간행된 《프라우트가 온다》에는 2006년의 자료가 실려 있습니다. 세계에서 가장 많은 연봉을 받은 사람은 야후의 CEO였는데 갓 입사한 야후 신입사원의 초임임금과 3만 배 차이가 났습니다. 아마 미국의 최저임금과의 차이는 6만 배 이상 될 것입니다. 불과 10여 년 만에 숫자의 비교 자체가 무의미할 정도로 엄청난 양극화가 진행되었습니다.

양극화가 왜 문제가 되는지 구체적으로 살펴볼까요? 소득이 비교적 균등하게 분배되면 모든 사람이 상당한 구매력을 지닙니다. 예를 들면, 가난한 사람도 소득의 80~90%를 쓰고 10~20%는 저축할 수 있습니다. 부자들도 50~60%를 쓰지요. 그런데 양극화가 되면 실물시장의 수요가 대폭 줄어듭니다. 가난한 사람은 돈이 없어서 구매를 못하고, 부자는 자신의 소득 중 극히 일부만 실물시장에서 소비하고 나머지는 투기 부문으로 돌리기 때문입니다. 아무리 돈이 많은 부자도 하루에 열 끼를 먹을 수는 없으며, 집 안에 냉장고를 10대씩 들여놓고 살지는 않습니다. 양극화로 그만큼 시장 수요가 줄어드는 것이지요. 많이 가진 사람들이 실물시장에서 돈을 쓰지 않고 투기자금으로 사용하면 투기시장의 거품이 만들어집니다. 실물시장은 점점 줄어들고 투기시장은 커지지요. 이것이 점점 극단화되어 붕괴되는 것이 대공황입니다. 양극화로 1929년에 미국에서 대공황이 일어나 전 세계를 고통으로 몰아넣었지요. 지금은 그때와는 비교가 안 될 정도로 양극화가 커졌습니다. 즉 온 세계를 뒤덮는 대공황은 언제라도 우리를 덮칠 수 있습니다.

공황의 두 번째 원인은 화폐순환 장애입니다. 지금 은행의 이자율은 예전에 비해 아주 낮은 수준입니다. 이는 우리나라뿐 아니라 세계적으로 공통된 현상입니다. 은행에서는 낮은 이자로 돈을 빌려줄 테니 대출을 많이 받아 사업을 하라고 합니다. 그러나 대기업이나 돈을 많이 가진 사람들은 빌려 쓰지 않습니다. 그들은 현금이 너무 많아서 고민입니다. 반면 정작 돈이 필요한 사람들은 돈을 빌리기가 어렵습니다. 어느 사회든 돈이 빨리 돌아야 경제가 원만하게 순환이 됩니다. 돈이 한 곳에 잠겨 있으면 즉시 이상신호가 옵니다. 결국 소수 부자들의 지갑에서 잠을 자는 막대한 돈 때문에 경제 공황이 찾아올 수밖에 없습니다.

사카르는 이 2가지 이유 때문에 대공황이 올 것이라고 했습니다. 그러나 반대 의견도 많습니다. 그들은 대공황의 징조가 없다고 하지만 저는 대공황이 일부 국가와 일부 취약 계층의 입장에서 보면 이미 오래전에 시작되었다고 봅니다. 조만간 모든 나라에서 부자들도 피부로 느낄 수 있는 공황이 시작될 것으로 봅니다. 나라별로 그리고 취약 계층별로 살펴볼까요. 일본은 1989년 버블이 터진 이후 아직까지 회복이 안 되고 있고, 많은 나라들이 1997년 IMF사태로 큰 타격을 받았으며, 일본과 이들 나라들의 취약 계층의 경제 상황은 지극히 어렵습니다.

취약 계층의 경제가 공황상태라는 사실을 통계를 가지고 보지요. 2009년에 우리의 경제성장률은 한때 마이너스를 보였으나 그전에는 항상 4~5%를 달성했습니다. 그런데 GNP가 5% 성장했다고 했을 때 그 숫자가 중요한 것이 아니라 내용을 살펴야 합니다. 누가 GNP 성장에 기여했는가를 봐야 합니다. 신자유주의의 영향으로 대기업들이 GNP에서 큰 비중을 차지하게 되었는데, 그들의 연간 성장률은 10%가 넘습니다. 대기업 아래에는 중소기업과 소규모 자영업자 그리고 취약 계층이 있는데, 그들의 GNP 비중이 줄어들었을 뿐만 아니라 소득 증가율은 마이너스가 되었지요. 그래야지만 국가 전체적으로 5%의 성장률이 나옵니다. 다른 말로, 경제가 4~5% 성장했다고 자랑스럽게 발표하는데, 그 이면을 보면 대기업은 크게 성장한 반면 자영업자나 취약 계층의 실질소득은 매년 줄어들고 있지요.

80% 사람들의 소득은 계속 줄어들고 있습니다. 굉장히 빠른 속도로 줄어들고 있습니다. 가장 구체적인 예가 20대의 88만 원 소득입니다. 제가 1997년부터 2000년까지 농사를 지었습니다. 당시에는 수매제도가 있었지요. 벼를 가지고 가면 3일 후에 16만 원을 받았습니다. 지금은 그나마 수매제도마저 없어졌습니다. 추수해서 현지에서 바로 팔면 12만 4000원을 받습니다. 명목가치로도 20% 이상 떨어졌지요. 그렇다면 10년간 물가는 얼마나 올랐을까요? 서민들에게 의미가 있는 생활 물가는 2배 이상 뛰었습니다. 전체 물가도 10년간 계산하면 낮게 잡아도 30% 이상 올랐습니다. 결국 농민의 실질 소득이 50% 이상 줄어든 것입니다. 이에 비해 대기업은 계속 이익이 늘어 순이익이 수조 원씩 나옵니다.

사회 취약 계층인 대학생과 20대의 경우를 봅시다. 1980년대에 학생시위가 절정에 달했었는데 학교 다니는 동안 열심히 데모를 했어도 마지막 학기에는 다 취직해서 사회로 진출했습니다. 그러나 지금은 그때와 완전히 다릅니다. 지금 학생들은 더 열심히 공부하고 해외연수도 다녀오고 영어실력도 늘어 전반적으로 1980년대의 학생들보다 실력이 월등히 향상되었지요. 그러나 취직은 더 어렵고 등록금을 포함한 학습 비용은 늘었습니다. 대학생들의 평균 재학기간이 6년 반입니다. 어느 명문대 사회학과 학생은 7년을 다녔다고 하더군요. 그 사람 왈, 예전 대학생들에 비해 영어를 비롯한 모든 면에서 능력이 월등히 향상되었지만 직장을 구하기는 더 어렵답니다.

한번 기회비용을 따져봅시다. 4년제 대학을 졸업하고 취업해야 할 젊은이들이 6년간 부모에게 의존한다면 그만큼 소득이 마이너스인 것입니다. 연봉이 2500만 원이라고 했을 때 취직 못하고 2년 동안 학교를 더 다닌다면 기회비용의 측면에서 본 소득은 마이너스 5000만 원입니다. 거기다 학비까지 감안하면 더 크지요.

그런데 대기업은 나날이 발전하고 있습니다. 이 모순을 무엇으로 설명할 수 있을까요?

오늘날의 대기업은 영역을 문어발처럼 확장하고 있습니다. 원래 소규모 자본금을 가진 자영업자들이 했던 일들까지 대기업이 돈의 힘으로 차지하고 있습니다. 자동차 오일 갈아주는 것, 음식점, 구멍가게까지 대기업이 지배합니다. 그들은 기술집약적이거나 미래 지향적인 부문에 적극적인 투자를 하는 것은 위험부담이 크기에, 위로 가지 않고 세계로 가지 않고 밑으로만 가고 있습니다. 재벌이 하는 마트의 무분별한 진출로 동네 슈퍼들이 문을 닫습니다. 그렇게 해서 자영업자가 넘어지면 그들의 소득은 마이너스 200~300%가 됩니다. 그만큼 자영업자와 농민, 젊은 층이 가장 어렵습니다.

대공황은 주식이 대폭락하고 기업들이 연쇄적으로 도산하고 부도율이 치솟고 실업률이 오를 때만 나타나는 현상은 아닙니다. 지금 우리나라의 취약 계층이 겪고 있는 현실이 대공황의 징표입니다. 이 상황이 더 오래 가면 대공황은 모든 계층까지 영향을 미치는 화산처럼 퍼져버립니다. 또한 이 현상은 불행히도 전 세계적으로 일어나고 있습니다.

청년 실업은 우리나라만의 문제가 아니라 세계 여러 곳에서 발생하고 있습니다. 스페인, 프랑스, 그리스 등의 높은 청년실업률은 커다란 사회불안 요소이지요. 일본의 청년층도 예외가 아닙니다. 우리나라 정부의 무능과 실책 때문에 청년실업이 증가한 것이 아니라 신자유주의적 자본주의의 흐름 때문에 필연적으로 나타난 현상입니다.

주목할 사실은 현재 고통 받고 있는 계층이 청년들이라는 점입니다. 그들의 불만은 어른들의 생각 이상으로 큽니다. 취업을 위해 도서관에 앉아 계속해서 공부만 할지, 아니면 사회의 문제점을 1980년대처럼 토로할지 예측 불허입니다. 막연한 기다림과 불만은 서서히 사회적 힘으로 축적이 됩니다. 사실 노인들, 농사짓는 사람들, 자영업자들은 사회에 큰 영향을 끼칠 수 없습니다. 그러나 젊은 층은 인터넷 등 새로운 소셜네트워킹 수단을 통해 불만을 표시하고 의사를 표현합니다. 보이지 않게 농축된 이 힘이 갈수록 커지고 있으며 심각한 상황을 만들 수도 있다는 것을 기성세대와 지도자들은 알아야 합니다. 사회의 지도자들은 이 힘을 잘 인도해야 할 책임이 있습니다. 청년들의 의식과 불만을 파악하고 수렴하고 해결해야 할 의무가 있는 것입니다.

❓ 경제공황 이후 프라우트 사회의 실현을 위해 구체적으로 어떤 준비를 해야 하나요?

프라우트에는 5가지 큰 원칙이 있습니다. 첫째는 모든 인적 및 물적 자원과 과학과 기술을 가장 효율적으로 사용하는 지속 가능한 생산 체제를 갖추는 것이지요. 둘째는 합리적인 분배입니다. 앞에서 설명한 것처럼 소득과 부의 편중 때문에 경제대공황이 옵니다. 대공황은 전 인류를 고통으로 몰아넣기 때문에 우리는 현명한 지혜를 발휘해 그것을 막아야 합니다. 그러려면 합리적인 분배 제도가 필요합니다. 가장 좋은 방법은 전체적인 합의—즉 헌법이겠죠—를 통해 소득의 상한선을 정하는 것입니다. 소득 격차가 3만 배, 6만 배로 확장되면 결국은 모든 계층이 몰락할 수 있습니다. 그러므로 격차를 예컨대 1000배로 줄이는 법을 만들면 공존이 가능합니다. 가진 자들의 반발에 부딪칠 수 있으나 이러한 상한선을 두지 않으면 모두가 불행해지는 상황에 처하게 됩니다. 또한 분배에서 상한선을 두는 한편 최저생계비를 계속 올려야 합니다. 조화로운 사회를 실현하기 위해서는 사회의 극빈층을 계속 줄여나가지 않으면 안 됩니다.

세 번째로 프라우트의 제도는 지역과 시기에 따라 다르게 운영되어야 합니다. 프라우트가 성공하기 위해서는 하나의 실천 방법만 강요해서는 안 됩니다. 아프리카 오지의 부족과 뉴욕 맨해튼의 부유층은 삶의 형태와 인식이 전혀 다릅니다. 그들에게 똑같은 방식으로 살아가라고 강요하면 실패합니다. 원칙은 똑같되 실천 방법은 달라야 합니다. 모든 사회적 구성원에게는 학력, 인종, 종교, 성, 연령에 관계없이 주로 협동조합 체제를 통한 노동의 기회와 최저생계임금을 보장해야 하며, 노동이 불가능한 고령층이나 장애인들에게는 국가에서 최저생계를 보장해야 합니다. 제대로 된 협동조합 체제가 들어서면 모든 사람에게 일할 기회를 주는 것은 어렵지 않습니다.

네 번째로 농업 부문을 포함한 필수품을 생산하는 분야는 협동조합 체제로 운영합니다. 자본과 노동이 함께 하는 다양한 협동조합을 세워 생산자와 소비자를 합리적으로 연계시키고, 일자리를 창출합니다.

다섯 번째로 프라우트의 산업체제는 피라미드형을 추구합니다. 가장 아래가 국가기간산업입니다. 통신, 철도, 항만, 전기 등이지요. 이 산업은 국가의 기본이면서도 다른 산업의 비용에 직접적으로 영향을 끼칩니다. 그러므로 민영화해서는 안 되며 이익을 도모해서도 안 됩니다. 매출에서 비용을 빼고 나면 0이 되게 해야 합니다. 이 기간 산업의 관리는 도덕성과 행정 능력을 겸비한 사람이 맡아야 합니다. 불행히도 직위가 높은 사람 중에 도덕성을 가진 사람을 찾기는 힘들지요. 그러나 앞으로 의식 전환이 이루어지면 행정 능력과 도덕성을 갖춘 사람이 나타납니다.

피라미드의 그 다음 층에는 협동조합 체제로 유지되는 필수품을 생산하는 기업들이 위치합니다. 농업도 마찬가지입니다. 협동조합의 형태를 유지함으로써 유기농과 친환경농업이 가능합니다. 프라우트의 마지막 층은 개인 혹은 가족이 운영하는 자영업이며, 비필수품의 생산을 담당합니다. 슈퍼, 식당, 미장원, 옷가게, 문구점 등 소규모 자영업이 여기에 해당됩니다. 이 피라미드 구조는 지역 중심으로 운영됩니다. 한 지역에서 자급자족이 되게 운영을 하는 것입니다. 만일 지역에서 자급자족이 힘들면 지역을 확대해 교환이 이뤄지게 합니다.

현재 우리나라를 포함한 대부분의 세계 경제 체제를 보면 울산에서 자동차를 만들어 수출해 밀과 고기를 수입해 먹는 구조입니다. 소위 산업의 특화라는 것이지요. 신자유주의 하에서는 이렇게 운영할 수밖에 없습니다. 그렇게 하지 않으면 지역과 국가 경제가 금방 무너집니다. 그러나 프라우트 체제로 바꾸면 각 지역별로 자급자족을 하고, 부분적인 교역을 인정하는 정도입니다.

뉴스를 보니 올해(2010년) 들어 모든 기상 기록이 갱신됐다고 하더군요. 그만큼 기상 이변이 극적으로 일어나고 있습니다. 더 심화되면 추수기에 갑자기 땅이 얼 수 있습니다. 그러면 어떻게 될까요? 그리고 벌이 사라지고 있습니다. 올 여름에 우리 공동체 부근에 벌이 70통 있었는데 다 없어졌어요. 앞으로 농산물의 확보가 엄청나게 힘들 수 있습니다. 굉장히 심각한 문제입니다. 지금으로선 공산품 수출

"아리스토텔레스는 '가장 많이 가진 자가
가장 적게 가진 자의 다섯 배 이상을 갖게 되면
그 사회는 불안해진다'고 설파했습니다.
아리스토텔레스가 지금의 차이를 보았다면
뭐라고 말했을까요?"

해서 농산물 수입해오는 것이 경제적으로 낫겠지만 그러한 교역이 가능한 것은 돈이라는 매개체가 있기 때문이지요. 세계 교역의 수단인 달러화가 지금은 안정적이지만, 급락하여 달러 체제에 이상이 생기면 세계 교역은 큰 혼란에 빠집니다. 각 나라가 무역을 하는데 달러를 받지 않아 교환에 문제가 생기면 대체통화가 나오기 전까지 세계무역은 중단됩니다. 물건은 생산되어도 교환이 안 됩니다. 1940년대에 일어난 인도 벵갈의 기근이 대표적인 사례입니다. 당시 추수가 그리 크게 줄지 않았는데도 굶어죽은 사람은 무려 수백만 명이었습니다. 주민들이 먹을 전체 식량이 부족해서 그랬을까요? 이 벵갈 기근의 원인은 사재기에 의한 교역의 중단이었습니다. 누군가의 창고에는 식량이 가득 쌓여 있어도 그 옆에서는 사람들이 굶어죽은 것입니다.

그러한 어리석은 일은 지금도 일어날 수 있습니다. 사재기가 아닌 달러화의 기능 상실로 인한 교환수단의 부재로 다른 나라의 남아도는 식량을 사지 못해 한 나라의 국민들이 굶어죽을 수 있습니다. 더구나 사재기가 겹치면 상황은 더욱 심각해집니다. 이를 해결하는 방법은 프라우트 체제를 정착시키는 것입니다. 즉 모든 지역에서 자급자족을 하고 생산이 불가능한 물품만 교환을 하는 것입니다. 화폐가 투기의 수단이 되지 않고 교환의 수단만 가지면 충분히 가능합니다.

다시 돌아가는 법을 가르친다

? 아난다마르가를 종교라고 해도 되는지요? 종교라 한다면 포교의 의무가 있습니까? 우리나라에는 수행하는 분들이 얼마나 됩니까? 수행하는 데 어떤 자격이 필요한가요?

종교는 한문으로 따지면 으뜸 종(宗), 가르칠 교(敎)입니다. 글자 그대로 '으뜸되는 가르침'이 종교입니다. 그렇다면 으뜸됨은 무엇일까요? 가장 좋은 것을 얻을 수 있는 가르침입니다. 인도에서는 아리안족의 베다 문화가 1만 5000년 전부터 시작되었습니다. 당시에도 가장 좋은 것을 깨달은 분들이 있었으며 그 깨달음을 대중들에게 설파했습니다.

그런데 자신이 깨달았다고 느끼는 마음이 있는 한 아직은 유심의 단계입니다. 이 단계에서는 진정한 깨달음이라고 할 수 없습니다. 진여자성과 합일된 무심의 상태로 들어가야 합니다. 즉 궁극적인 깨달음인 합일 또는 요가의 상태에 들어갔다가 다시 의식(마음)이 작동하는 상태로 나와서 생활해야 합니다. 그때 마음에 아주 정묘한 최초의 생각 파동, 즉 염파(念波)가 생기지요. 이것을 깨달은 스승들은 산스크리트어 노래로 제자들에게 전해주었습니다. 노래로 무심(가장 좋은 상태)의 자리에 들어갔다 나온 상태를 표현한 것입니다. 그 노래를 하나 불러볼까요.

니땅-, 슈당-, 니라바상-, 니라까랑-, 니란자남-, 니따- 보당-,

칫아난당-.

니땅은 영원하고, 슈당은 순수하고, 니라바상은 구분을 초월하고, 니라까랑은 형상을 초월하고, 니란자남은 모든 오류에서 벗어나고, 니땨보당은 전지하고, 칫아난당은 궁극의 지켜보는 상태로서 무한한 지복 속에 있는 경지를 뜻합니다. 만약 누구든지 이 상태를 성취할 수 있으면 그것은 가장 높은 상태입니다. 그와 같은 전통이 이어져 지금도 의식이 고양됐을 때는 이 노래를 부릅니다. 옛날에 문자가 없던 시절에 만들어져 입에서 귀로 전달되어 내려왔지요.

노래 속에 담겨 있는 그 세계는 절대 사랑, 전지전능, 모든 차원을 초월하는 세계입니다. 하느님의 세계, 브라흐만의 세계라 할 수 있습니다. 그 세계를 제자들에게 들려준 것입니다. 누구든지 당신처럼 노력하면 그곳에 들어갈 수 있다고 가르친 것입니다. 그것이 진정한 종교입니다. 절대 자유, 절대 사랑, 절대 평화, 절대 진리, 무한 확장 등의 상태를 떠올리면 종교의 참뜻이 무엇인지 알 수 있습니다.

또한 종교는 절대적인 그곳으로 어떻게 갈 수 있는지 가르쳐줍니다. 종교의 영어 단어는 religion이지요. 여기서 re는 '다시'이며, ligion은 라틴어 ligare에서 온 말로 '합친다'는 뜻입니다. 요가 상태인 합일로 들어가는 것이지요. 혹은 궁극과의 합일입니다. 요가와 종교는 똑같은 뜻입니다. 그러나 이 개념은 사람들에 의해 변질되고 오염되기 쉽습니다. 사랑의 뜻이 오염되듯이 신앙과 신의 개념 역시 오염되고 남용되고 있습니다. 중세의 어두운 시기를 지나온 인류에게 종교의 거부와 오염은 어떤 면에서는 당연한 것이기도 합니다. 종교가 제 역할을 하지 못했기에 여전히 많은 사람들이 신과 종교에 대해 거부감을 느낍니다.

아난다마르가는 '다시 돌아가는 법'을 가르친다는 점에서는 종교 단체이지만 일반적으로 세상에 알려진 종교가 아니기에 영성과 봉사의 단체라고 말합니다. 오늘날의 많은 종교는 믿음을 통해 천국에 갈 수 있다고 가르칩니다. 믿음이 가장 중요하지만 저희가 추구하는 것은 천국이 아니라 자기 내면세계로 들어가는 것입니다. 마음의 자리를 넘어서는 신성의 자리로 돌아가는 것이지요. 그것을 자기 스스로 터득하고 찾고 느껴야 합니다. 그런 차원에서 종교가 아닌 마음의 과학이라고 말합니다. 저희가 추구하는 것은 자신의 수행이며, 몸과 마음의 정화를 통한 개체 아트만(영혼)의 무한 아트만(한얼님)에로의 합일입니다. 그런데 영혼은 순수하고 완전하게 갖추어져 있으므로 특별한 수행이 필요하지 않습니다. 몸과 마음을 다스려야 하지요. 그러한 몸과 마음으로 이 세상을 살아가는 것이 아난다마르가의 가르침입니다.

한국 출신의 출가 수행자들이 몇 명 있으며, 일정 기간의 훈련을 마치면 되지요. 특별한 조건이 있는 것은 아니며, 독신으로 살면서 아난다마르가의 가르침을 사회에 널리 알리겠다는 마음을 가진 사람은 누구나 신청 가능합니다. 출가하지 않고 가정생활을 하면서 수행하는 회원들이 대부분이지요. 누구나 원하면 아난다마르가의 회원이 될 수 있습니다. 아난다마르가의 명상을 배운 사람들을 회원이라고 부릅니다.

? 모든 종교에서는 공통적으로 무소유를 강조합니다. 아난다마르가도 무소유의 개념이 있습니까? 스승이신 사카르가 이에 대해 어떤 특별한 가르침을 주신 것이 있습니까?

이 우주는 하느님, 즉 그분의 염파로 만들어진 것입니다. 저는 하느님이 인격체로 와 닿기 때문에 그분이라고 부릅니다. 그분의 염파는 크고 위대해서 우주를 창조할 수 있습니다. 우주 안의 모든 것은 그분에게서 나왔고, 그분이 내재하며, 그분의 소유입니다.

따라서 인간에게는 소유권 자체가 있을 수 없습니다. 굳이 소유권을 말한다면 한 가지가 있지요. '내 손에 쥔 것은 내 것이다'라고 느끼는 그 '나'라는 생각, 즉 '에고'만이 나의 것이라고 할 수 있지요. 인간 삶의 모든 불행한 문제는 '나'라고 하는 에고 때문에 생깁니다. 에고를 버릴 때 자유로움을 얻지요. 하느님으로부터 우리 인간은 다른 존재들과 더불어 살라는 사명을 받았습니다. 인간은 자연, 동물, 식물들과 더불어 살아야 하고 그들이 각자의 갈 길을 제대로 갈 수 있도록 도와줄 책임이 있습니다. 인간은 우주의 봉사자입니다. 예수님이 말씀하신 달란트에 따라 자기에게 주어진 능력을 최대한 활용하면서 함께 살아야 합니다. 증오가 아닌 사랑, 이기심이 아닌 공동의 정신, 이익이 아닌 베풂의 정신으로 함께 살아가야 합니다. 인간이 그분의 창조물인 것처럼 동물과 식물 역시 그분의 창조물입니다. 그러므로 인간과 자연은 동격입니다.

동물과 식물은 아무것도 소유하지 않습니다. 다른 동물보다 더 많이 갖기 위해 경쟁하거나 상대를 해치는 행동은 하지 않습니다. 꼭 필요한 것만 가지면 그것으로 끝입니다. 인간도 그러한 삶을 살아야 합니다. 남들보다 더 갖기 위해 욕심을 부릴 필요가 없습니다. 더 갖는다 해도 그것은 나의 것이 아니라 그분의 것입니다. 잠시 내가 빌려 쓸 뿐입니다.

이러한 자연계에 대한 인간의 입장을 사카르는 네오휴머니즘이라고 불렀습니다. 휴머니즘은 인간을 근본에 놓고 고찰하는 사상이지만 자본주의와 결탁하면서 그 참뜻이 변질되었습니다. 모든 것을 착취의 대상으로 만들었습니다. 당연히 자연도 착취합니다. 우리는 착취의 대명사인 자본주의와 인간중심적인 휴머니즘이 결합된 '자본휴머니즘'에서 벗어나야 합니다. 인간과 모든 것이 행복하게 공존하는 사상이 네오휴머니즘입니다. 이 사상에서는 소유의 개념이 사라집니다.

? 아난다마르가의 구체적인 수행 방법이 궁금합니다.

몸과 마음에 대해 매우 과학적이고 실천적인 접근을 하는 것이 아난다마르가의 수행 방법이라 할 수 있지요. 하나씩 짚어갑시다. 인도의 요가 과학에 의하면 우리의 몸은 고체, 액체, 불, 기체, 공간의 5대 원소로 이루어졌습니다. 음식은 이들 5대 원소의 농축된 형태라고 볼 수 있지요. 그러므로 우리 몸의 세포 하나하나는 음식으로 구성되지요. 물론 특별한 기법을 계발하면 이들 5대 원소를 흡수할 수 있고 음식 없이도 살 수 있습니다. 마음은 몸에 거주하고 있기 때문에 몸을 잘 다스려야만 수행을 할 수 있으며 궁극과 하나된 상태로 들어갈 수 있습니다.

그런 의미에서 인간에게는 먹는 일이 굉장히 중요합니다. 저는 원래 고기, 생선이 없으면 밥을 먹지 못했습니다. 그러다 40대에 들어 온갖 성인병을 다 겪었습니다. 몸이 너무 나빠져 약에 의지해 살다가 이 삶의 나쁜 고리를 끊고 새로운 삶을 찾아야겠다고 결심했습니다. 이리저리 찾아 헤매다 아난다마르가를 만난 것입니다. 그 후 제 몸과 삶은 완전히 변했지요.

아난다마르가의 길을 가는 사람들은 오신채 없는 채식을 하며 한 달에 두 번 하루 동안 단식을 합니다. 그리고 요가체조와 명상을 합니다. 제가 몸이 아팠을 때 의사는 약을 끊으면 죽을 수도 있다고 경고했습니다. 저는 죽어도 좋다는 각오로 수행을 시작하면서 차차 약을 끊었습니다. 1년 만에 완전히 약을 끊었으며 이후 18년 동안 약 없이 살아왔습니다.

건강을 지키는 비결은 여러 가지가 있으며 그중 하나는 단식입니다. 단식은 몸을 정화하는 최고의 비결입니다. 인간의 몸은 결국 음식입니다. 그러나 올바른 음식이나 적정 양의 음식을 먹는 사람은 드뭅니다. 또한 먹을 때의 마음 상태나 장소에 문제가 있거나, 음식을 만드는 사람의 기운이 좋지 않으면 먹은 음식을 소화시키지 못해 음식이 독을 발산하거나, 거친 기운이 몸 안에 남게 됩니다. 그 독을 없애기 위해 정기적으로 단식을 하면 평생 건강을 지킬 수 있습니다.

그 다음으로 좋은 비법은 요가입니다. 요즈음 우리나라도 요가 인구가 무척 늘었습니다. 좋은 현상이라고 할 수 있지요. 요가는 몸을 유연하게 해주는 외적인 측면도 있으나 내적인 측면이 더 중요합니다. 고대의 요기들은 인간의 몸에는 50가지 성향이 있고, 이 성향들이 신체 내부에서 나오는 분비물과 직결됨을 알아냈지요. 그 당시에는 호르몬이라는 말이 없었지요. 동물적 성향이 있는 반면 인간적 성향 그리고 신과 같은 성향도 있습니다.

욕심, 두려움, 화, 본능, 잔인함, 편협성, 질투 등은 동물적 성향입니다. 낮은 호르몬이 과다 분비되면 동물적 성향이 나타나고 높은 호르몬이 분비되면 긍정, 사랑, 깨달음, 자유, 성실, 헌신, 하심 등의 성향이 나타납니다. 통상적으로 사람들은 동물적 성향을 자극하는 호르몬이 많이 나옵니다. 이것이 잘못되었다는 뜻이 아니라 올바른 방법을 통해 다스려야 한다는 것입니다. 이는 요가를 통해 가능합니다. 요가 수행을 하면 몸의 구부림과 펼침이 적절히 배합되어 저급한 것을 지향하는 성향이 줄어들고 높은 성향이 활성화됩니다.

다음으로 몸 건강과도 직결된 마음 건강법을 볼까요. 마음의 과학인 '생각하는 대로 이루어진다(As you think, so you become)'는 말대로 세상 모든 일은 생각의 결과이며, 우리의 생각에 따라 일이 이루어지기도 하고 실패로 돌아가기도 합니다. 모든 것은 파동이기 때문에 우리가 어떤 생각을 하면 파동이 만들어져 그대로 바뀝니다. 마음에 기반을 두는 상태를 일체유심조라고 하지요. 어떤 생각을 하느냐에 따라 자신의 인생을 만들어가는 것입니다.

그러나 이 생각 저 생각 잡생각을 많이 하면 효과가 없으므로 마음을 집중하는 자세가 필요합니다. 그 다음에는 집중된 마음이 지향해야 할 올바른 목적이 있어야 합니다. 이때 목적이 저급한 것이면 더 위험합니다. 예컨대 돈을 벌겠다는 목표를 세우고 그것에 정진하면 목적을 이룰 수 있겠으나 그 결과는 아름답지 못한 경우가 허다합니다. 가장 좋은 목표는 무엇인가요? 앞에서 노래한 하느님입니다. 무심의 자리이지요. 하느님을 목표로 하는 사람들이 가장 크고 보람된 욕심이 있는 자들이며, 나머지는 작은 것을 탐내는 사람들이라고 할 수 있지요. 많은 사람들이 하느님에게 기도하는데, 너무도 작은 것을 원합니다. 하느님을 마치 구멍가게 주인처럼 여기는 기도들이지요. 우리는 역사를 통해 인류에 해악을 끼친 사람들을 종종 목격합니다. 그들의 공통점은 집중력이 엄청나게 강하다는 것입니다. 그 집중력을 올바른 일에 사용했다면 스스로에게도 좋고 온 인류에게도 행복을 안겨주었을 것입니다. 그러므로 집중력보다는 목표가 더 중요하다는 진리를 절대 잊지 마시기 바랍니다. 이런 말이 있지요. 마음이 순수하지만 강하지 않은 사람들은 쓸모가 없고, 마음은 강한데 순수하지 않은 사람들은 위험하다고요. 전자가 후자보다 훨씬 낫다고 봅니다.

불교에서는 아미타바(Amita'va)를 추구합니다. 아미타불은 수천 년 전부터 있던 산스크리트어로 아(A)는 '아닙니다'의 뜻이며 미타(Mita)는 '끝'이라는 뜻입니다. 즉 아미타는 끝이 없음을 일컫습니다.

아바(Ava)는 '빛'이라는 뜻입니다. 아미타와 아바가 결합해 아미타바가 되면 무량광, 즉 '끝이 없는 빛'이라는 의미가 됩니다. 수행자들은 아미타바를 인격적으로 형상화해서 아미타 부처님을 만들어냈습니다. 큰 깨달음에 이를 때 무한한 빛의 세계가 전개되고 우주는 빛으로 가득 찹니다. 그 궁극의 빛의 세계는 또한 사랑의 세계입니다. 다른 말로 표현하면 신은 사랑이 되는 것입니다.

우리가 깨어 있으면 빛과 사랑이 주위에 있음을 체험할 수 있지요. 어머니의 사랑을 느끼고 아버지의 사랑 덕분에 성장합니다. 자연이 주는 사랑이 있고 친구 간에도 사랑이 있으며 헐벗은 자에게 사랑을 베풉니다. 그리고 모든 생명체는 어둠보다는 빛을 좋아합니다. 일부 생명체는 음지를 좋아하지만 대부분은 빛을 찾아 이동합니다. 이처럼 빛과 사랑은 우주에 가득 찬 요소이며 우리의 지향점이기도 합니다.

빛과 사랑이 가득한 세계는 형상으로 만들 수 없습니다. 형상으로 만들어 실물화시키면 우상 숭배가 됩니다. 우상을 만드는 순간 참된 종교가 아닙니다. 빛과 사랑 외에 다른 생각이 나거나 형상으로 만들고 싶다는 욕구가 들 때 그 생각과 욕구를 좇아가서는 안 됩니다. 그 생각과 욕구를 얼른 알아차리고 다시 빛과 사랑의 생각으로 돌아와야 합니다. '생각한 대로 되어지기' 때문이지요. 마음을 빛과 사랑으로 채우고, 다른 것으로 채우지 않는 것이 마음수련법입니다. 이처럼 수행의 이치는 과학적이면서도 어렵지 않고 어떻게 보면 상식적입니다.

문제는 이런 이치를 실천하는 것이지요. 실천에서 체험이 생기고 힘이 생깁니다. 그 실천 중에 가장 기초적이며 중요한 것이 도덕성입니다. 그것을 잘 아는 종교의 창시자들은 대중들을 위해 '계정혜(戒定慧)'를 만들었습니다. 불교도, 기독교도를 비롯한 모든 종교인에게는 십계명을 비롯한 계정혜가 있습니다. 이 계명들은 도덕성을 최고의 의식으로 강조합니다.

요가에서는 도덕성이 인간의 5가지 감각기관과 5가지 운동기관을 통제하는 가장 중요한 요소로 봅니다. 요가에서 말하는 도덕성은 일반적인 사회적 또는 종교적 도덕률과 다소 다를 수 있습니다. 가슴에 손을 얹고 생각해보라는 말이 있지요. 왜 가슴에 손을 얹으라고 했을까요? 머리나 배가 아닌 하필 가슴에? 가슴에는 12가지 성향이 있습니다. 그중 하나가 양심이며 가슴 부위에서 특정 호르몬이 나올 때 그 양심이 일깨워집니다. 양심에서 나오는 소리를 따라가는 게 바로 도덕성입니다. 가슴에서 나오는 메시지에 부끄럽지 않게 살아가는 것이 도덕성입니다. 도덕성을 지키지 못하면 명상이 되지 않습니다. 인도에서는 예전에 명상기법을 가르칠 때 12년의 기간을 두고 제자를 평가했습니다. 그 판단 기준에서 가장 중요한 항목이 도덕성이었습니다. 도덕에 바탕을 두고 수련을 하면 동물적인 마음을 상당히 컨트롤할 수 있습니다.

물론 누구나 수행할 수 있지요. 수행이 깊어지면 의식이 단계별로 확장되고 상승하며 고기와 생선 같은 육식이 성적 욕구와 욕심, 분노 등을 자극한다는 것을 깨닫게 됩니다. 그래서 채식이 굉장히 중요합니다. 채식을 하지 않고는 매우 높은 의식 수준으로 가기는 어렵습니다. 명상의 단계가 높아질수록 더 정밀한 차원의 이야기를 가슴을 통해 들을 수 있습니다.

아난다마르가는 종교라기보다는 이상사회 구현을 목표로 자신을 수행하는 단체이며 명상, 요가 등을 통해 몸과 마음을 다스리고 도덕성을 높이기 위해 스스로 노력하는 곳입니다.

? 지금 하고 계신 복장이 상당히 특이합니다. 주황색이 강렬한 이미지를 풍기는데, 특별한 목적이나 의미가 있나요?

인도에 가보신 분들은 아시겠지만 인도에는 주황색 옷이 많습니다. 주황색은 자기를 태워 사회를 위해 살겠다고 약속한 사람들이 입는 옷입니다. 일반 사람들은 잘 입지 않지요. 머리의 터번은 겨울에는 머리를 따뜻하게 하고 여름에는 태양빛을 방지하는 효과를 지니고 있지요. 터번을 쓰는 또 하나의 이유는 다른 사람에게 폐를 끼치지 않기 위함입니다. 터번의 길이는 5미터이고 넓이는 1미터입니다. 출가자는 다른 사람에게 주는 부담을 최소한으로 해야 합니다. 죽음이 닥쳤을 때도 마찬가지이며, 죽음이 찾아왔을 때 내 육신을 터번으로 싸서 화장하라는 용도로 쓰고 다닙니다. 터번을 펼치면 몸을 충분히 감쌀 수 있습니다.

이 주황색을 좋아하는 분들이 의외로 많더군요. 강렬한 이미지를

"남들보다 더 갖기 위해 욕심을 부릴 필요가
없습니다. 더 갖는다 해도 그것은 나의 것이 아니라
그분의 것입니다. 잠시 내가 빌려 쓸 뿐입니다."

풍기고, 명확한 의지가 담긴 색이기도 합니다. 그러나 인도의 성인 까비르가 말씀하신 대로, 옷의 색깔보다는 마음이 주황색으로 물드는 것이 중요하지요. 저는 그렇게 되려고 노력하고 있습니다.

? 수염을 길게 기르셨는데, 주황색 옷과 마찬가지로 어떤 특별한 의미가 있습니까?

요가 수행자들은 몸이 민감합니다. 사람은 몸에서 열을 발산하며 그 열을 조절하는 가장 중요한 인체 부위는 배꼽 부위입니다. 배꼽이 차가우면 소화를 잘 못 시킵니다. 그 다음으로는 털이 있는 곳이 열을 조절하는 역할을 합니다. 겨드랑이가 열을 낮추는 기능을 하는 것이지요. 수염이나 머리카락도 마찬가지입니다.

스님들은 세속을 버렸다는 의지의 표현으로 머리를 깎지만 저희는 그 반대입니다. 수행을 하고 공부를 하는 행위는 똑같지만 우리들은 세속으로 더 깊이 들어갑니다. 이 번잡한 세상 속에 살면서 공부를 하는 것이지요. 그때 긴 머리카락이 열을 조절하는 데 큰 역할을 합니다. 공부를 깊이 하다 보면 몸이 민감해집니다. 그래서 머리를 기르면 많은 도움이 됩니다.

열은 깊이 집중하는 데 장애가 됩니다. 건강한 삶을 살고 스트레스 없는 생활을 유지하려면 머리는 맑고 시원하게 하고 다리는 따뜻하게 해야 합니다. 이는 동서양을 막론하고 의학에서도 강조하는 바입니다. 이처럼 신체적 · 과학적 이유에서 머리와 수염을 기릅니다. 현대 사회에서는 수염을 기르면 이상하게 생각하거나 패션의 일종으로 여기지만 과거 단발령 이전에는 우리나라에선 모두 수염과 머리를 기르는 게 당연했습니다. 그리고 머리를 적당하게 기르면 나름대로 자기 외모에 신경을 써야 합니다. 매일 다듬어야 하구요. 그러나 스님들처럼 머리를 파르라니 깎거나 저희처럼 길게 기르면 신경을 쓰지 않아도 됩니다. 저는 2001년 출가 후 한 번도 깎지 않았습니다.

? 아난다마르가의 창시자인 사카르 구루는 수염을 깎았던 것 같은데요? 그리고 사카르 구루와의 인연이 어떻게 시작됐는지 궁금합니다.

구루는 스승을 뜻하지요. 아난다마르가의 수행자들은 세속을 떠나지 않고 오히려 세상 속으로 더 깊이 들어가 수행을 합니다. 구루 역시 세상의 중심에서 살아야 합니다. 세상의 중심은 다름 아닌 가정입니다. 가정이 세상 모든 것의 기본이자 출발입니다. 그러므로 수행자들의 스승은 가정을 가꾸는 삶을 살아야 하며 동시에 사회를 가꾸어나가야 합니다. 그것이 구루의 가장 이상적인 모습입니다. 그래서 사카르 스승은 가정을 갖고 살았고, 세속의 사회문화를 잘 따랐습니다. 일반적인 남성처럼 수염을 깎은 것이지요.

사카르는 따로 스승이 없었습니다. 믿기 힘드시겠지만 그분은 이 세상의 모든 것을 다 알고 계셨습니다. 그야말로 구루, 즉 궁극의 스승의 경지에 올라선 것이지요. 어려서부터 명상을 가르쳤으며 오늘날 아난다마르가의 이념과 구조를 비롯해 제가 지금 입고 있는 유니폼의 형태 등을 7살 때 구상했습니다. 캘커타에서 대학에 다니던 19살 때 처음 수행자를 배출하기 시작했습니다. 그는 사물의 본질을 파악했습니다. 현실에서 일어나는 모든 일들은 말할 것도 없고 우리의 과거 생과, 우리가 까마득히 잊어버린 모든 것들을 속속들이 알고 있었습니다. 또한 미래의 모든 일들을 알고 있었지요. 누구나 의식이 무한 확장되면 세상의 모든 이치와 과거, 현재, 미래의 일을 알 수 있습니다. 그러므로 그가 전지전능하다는 말은 전혀 과장이 아니며 이상한 것도 아닙니다.

인류 역사를 돌아보면 큰 전환기와 위기 상황에서 반드시 위대한 분들이 나타납니다. 지금은 인류의 대변화 시기입니다. 겉으로 세계 대전이나 엄청난 혁명이 일어나고 있지는 않지만 우리 눈에 보이지 않는 대변화가 진행 중입니다. 사카르도 여러 차례 말씀하셨는데, 그 변화의 결과는 자본주의 체제의 종말입니다. 지금 자본주의는 마지막 어둠 속에서 끝을 향해 달리고 있습니다. 또한 환경과 기후의 변화, 지구축의 변화, 인간 의식의 변화가 복합적으로 진행되고 있다고 하였습니다.

그 변화의 끝에는 무엇이 있을까요? 도덕성과 네오휴머니즘에 바탕을 둔 프라우트 세계가 열립니다. 인간이 자본에 의해 지배받는 세상이 아닌 도덕성과 영성으로 살아가는 세상이 펼쳐집니다. 그렇기에 남자와 여자는 완전히 동등한 인격체로 인식됩니다.

저는 경제학을 공부하고 한 연구소에 있을 때 사카르 스승의 저서를 통해 프라우트 경제학을 알게 되었습니다. 그의 책에는 '왜 자본주의에서는 경제 공황이 주기적으로 올 수밖에 없는지, 왜 자본주의가 붕괴될 수밖에 없는지'가 상세히 담겨 있습니다. 그의 설명을 들은 후 제가 미국에서 배운 경제학은 그 유용성이 매우 제한되고 나아가 위험하기까지 한 이론에 불과하다는 사실을 알았습니다. 특히 신자유주의적 자본주의 경제학은 개인의 효용 극대화, 기업의 이익 극대화, 이기주의의 극대화를 바탕으로 합니다. 즉 어떻게 하면 효과적으로 다른 사람을 착취해 나의 이익을 증대시킬 것인가를 탐구하는 것입니다. 미국까지 건너가 그런 이론을 배웠다는 사실을 깨달았을 때 저는 큰 충격을 받았습니다. 결국 그동안 읽은 경제학 책들은 직장 도서관에 전부 기증했습니다. 물론 학교에서 배운 자본주의 경제학이 전혀 쓸데없는 것은 아닙니다. 지피지기라는 말처럼 새로운 세상을 지향하려면 왜 지금의 경제학이 잘못되었는지 알아야 하기 때문입니다. 그런 연유로 학교에서 배운 경제학은 지금의 세상을 보는 데 큰 도움이 됩니다.

이처럼 사카르 스승은 정신적인 면뿐만 아니라 경제적인 측면에서도 대진리를 품고 계신 분이며 많은 사람들을 변화시킨 힘을 지니신 분입니다. 저는 그분의 경제에 관한 가르침을 접하고 '아, 이분은 모든 것을 아는 전지한 분이구나' 하는 확신이 왔고, 더 깊이 공부하기 위해 결국 직장을 그만두고 인도로 가게 됐지요.

모든 존재는 하나의 뿌리에서 나와

? 사카르 같은 정신적 스승이 인도에서 많이 배출되는 특별한 이유가 있나요?

저는 1994년에 처음으로 인도에 갔습니다. 인도는 극과 극이 공존하고 다양성이 존재하는 사회입니다. 모든 것이 우리나라와 판이하게 다르며 미국이나 아프리카와도 다릅니다. 한마디로 정의 내리기 어려운 나라입니다. 극심한 가난과 엄청난 부, 아름다움과 추함, 질서와 무질서가 공존합니다. 기후적으로 가장 덥고 가장 추운 지역도 인도 안에 있습니다.

인류의 의식은 언제 진화를 할까요? 평화롭고 안락한 곳에서는 진화가 이루어지지 않습니다. 분쟁과 갈등이 있는 곳에서 진화가 시작됩니다. 곤경과 고난이 올 때 인간은 그것을 극복하고 새로운 차원으로 승화시키기 위해 몸과 마음을 다합니다. 그때 의식의 확장이 일어나지요. 그런 다양한 의식들이 모여 있는 곳이 인도입니다. 의식들은 항상 갈등하고 부딪치고 새로운 해결방안을 모색하면서 이리저리 살 길을 탐색합니다. 그 결과 문화가 더 발전하지요.

제가 인도 땅에 첫발을 디뎠을 때 큰 에너지의 흐름을 느꼈습니다. 아인슈타인은 "창조된 우주는 하나의 파동, 즉 에너지 흐름"이라고 말했습니다. 인도에서 그 파동(에너지)을 강하게 느꼈습니다. 특히 성지들은 파동이 너무 강해 의식이 정화되지 않으면 온몸이 아픕니다. 풍토병에 걸려 아픈 것이 아니라 정신 에너지의 충격으로 몸과 마음이 아파옵니다. 인도는 그러한 파동의 근원지입니다. 그렇기에 영성의 갈구가 일어난 사람들은 거의 예외 없이 인도를 찾습니다.

인도에선 많은 사람들이 아주 오래전부터 그런 분위기에서 수행을 해왔고 그 결과 많은 성인들이 배출된 것입니다. 이는 지금도 변함이 없습니다. 인도는 일반 상식으로 상상하기 힘든 일들이 늘 일어나고 해결되고 묻히고 사라지는 곳입니다. 그러한 격동의 세계에서는 성인과 스승들이 나타날 수밖에 없지요.

? 우리 사회는 종교 간 갈등이 끊이지 않습니다. 얼마 전에는 몇몇 기독교 젊은이들이 땅 밟기라는 이름으로 다른 종교를 모욕한 사건도 있었습니다. 이런 사회에서도 프라우트 사회가 실현 가능할지 의문스럽습니다.

앞에서 이야기한 대로 프라우트는 영성에 바탕을 둔 새로운 사회경제 체제입니다. 이 체제는 저절로 이루어지는 것이 아니라 우리의 노력과 정성, 의식의 변화가 있어야만 가능합니다. 사카르는 인류의 의식 상승이 이뤄진 후에 프라우트 사회가 가능하게 된다고 말했습니다. 하드웨어인 정치, 경제, 사회 체제가 이상적으로 주어진다 해도 지금 인류의 의식 수준으론 운영할 수 없다고 했지요. 즉 하드웨어가 있다고 해도 소프트웨어가 없으면 운영될 수 없는 것입니다.

의식의 전환이 이루어진 후에 프라우트가 완성됩니다. 사카르의 1980년대 강연에 의하면, 이미 의식의 전환이 시작되었고 빠르게 진행되고 있다고 했지요. 종교 분야에서도 마찬가지로 의식의 진화가 빠른 속도로 진행중입니다. 의식이 진화되지 않으면 대립과 반목이 끊이지 않습니다. 일부 국가에서 보이고 있는 극단적인 종교간 반목은 새로운 화합의 시대가 탄생하기 위한 갈등이라고 긍정적으로 볼 수 있지요. 앞으로 인류 의식의 진화가 계속되면서 종교 역시 긍정적으로 변화하게 됩니다.

또 하나, 앞으로는 종교뿐 아니라 정치, 경제, 사회, 문화, 예술의 모든 분야에서 의식의 진화가 굉장히 빠른 사람들이 나옵니다. 그들은, 우리는 원래 하나에서 왔다는 깨달음인 동체대비의 의식이 각성된 사람들입니다. 이런 각성된 사람들이 각자 자기 그룹의 사람들을 인도해야 합니다. 갈등, 비방, 편견을 없애고 모든 사람들이 사랑과 빛의 영역으로 향하도록 가르쳐야 합니다. 종교뿐만 아니라 정치, 경제, 문화에 종사하는 사람들이 변화하면 프라우트 사회가 이루어집니다. 반드시 그런 사회가 이루어지리라 믿습니다.

? 저는 4년 전 희귀병이 생겨 약을 3년 동안 먹었습니다. 그런데 약 중독으로 알레르기성 피부병이 생겨 고생이 이만저만이 아닙니다. 현재는 5개월 이상 약을 끊고 단전호흡으로 치료를 해나가고 있습니다.

인도에서 자연건강치유사 자격을 획득하셨다고 들었습니다. 자연치유가 어떤 것인지 궁금합니다.

병을 앓으셨다고 하는데 그리 보이지 않습니다. 즉 병이 치유돼가는 과정에 있다는 뜻입니다. 인간에게는 7가지 친구가 있습니다. 첫째는 지수화풍(地水火風)입니다. 이는 불교에서도 얘기하는 것이며 여기에 에테르(공간)가 합쳐져 인간의 몸을 이룹니다. 그 5가지에 마음을 합치면 6가지가 되고, 마지막으로 진여자성(불성, 신성, 참나, 하느님)을 더하면 7가지가 됩니다. 이 7가지가 인간의 친구입니다.

이 세상에서 가장 큰 능력을 지닌 존재는 무엇일까요? 하느님입니다. 그런데 우리는 하느님의 존재를 잊고 살아갑니다. 병에 걸렸을 때도 마찬가지입니다. 하느님에게 의지할 때 나오는 치유 에너지는 지수화풍과 같은 물질 파동에 의지하는 것과는 비교할 수 없을 정도로 큽니다. 그러므로 가장 빠른 치유 방법은 "당신 뜻대로 하소서"라는 마음으로 하느님께 온전히 자신을 바치는 것입니다.

그 다음 차원은 긍정적인 마음을 갖는 것입니다. 마음은 몸을 조화롭게 할 수 있습니다. 마음의 에너지는 몸의 에너지에 비해 훨씬 정교하고 강렬합니다. 그 강렬한 에너지를 몸에 보낼 때 몸의 에너지는 빠른 속도로 변환됩니다. 그러므로 질병에 걸렸을 때만이 아니라 항상 긍정적인 마음가짐으로 살아가야 합니다. 달리 말하면 긍정적인 마음의 파동으로 육신의 파동을 바꿀 수 있습니다. 정신 에너지와 육체 에너지 사이에는 끊임없는 교환이 이루어집니다. 우리 생각대로 몸이 만들어지고 우리의 마음에 따라 현실이 창조되는 것입니다.

누구나 어렸을 때는 귀신이 있다고 믿었습니다. 그 믿음이 너무 강해 귀신의 공포에 사로잡히면 실제 귀신을 대낮에도 볼 수 있지요. 귀신이 나타날 것이라고 강력하게 믿으면 그 마음의 정신 에너지가 몸 밖으로 나와 물질화되어 귀신의 모습이 됩니다. 즉 자신의 마음으로 만들어낸 귀신이 눈앞에 보여 스스로가 놀라는 것이지요. 그러므로 마음을 긍정적으로 가지십시오.

그런 긍정적인 정신 에너지를 갖는 것이 불가능하다면, 그 다음에는 치유 효과가 적은 약과 음식 그리고 운동이나 단식의 단계로 들어가야 합니다. 약이란 5대 원소들을 적절히 배합한 것입니다. 이 방법은 약이나 음식 등 기타의 물질 에너지에 의존하여 몸의 병인 또 다른 물질 에너지를 바꾸는 방법이지요. 물질 에너지를 사용하는 치유법이기 때문에 하느님에게 온전히 의지하는 방법이나 마음을 활용한 치유법보다 한 단계 낮습니다. 즉, 약에 의지하는 것은 하느님의 치유나 마음의 치유에 비하면 속도가 느립니다. 약을 사용하면 질병의 치료가 빠를 것이라 생각하지만 오히려 그 반대입니다. 마음을 통한 치유보다 훨씬 늦습니다.

아직 근원적인 치료법을 발견하지 못한 암 역시 하나의 거친 파동입니다. 그러므로 그 파동을 바꾸면 치유가 가능합니다. 높은 수준의 생각, 심오하고 고차원적인 생각을 하면 병의 치료 속도가 빨라집니다. 제 말이 허황되게 들릴 수도 있을 것입니다. 그러나 이것은 마음의 과학, 미래의 과학이며, 이러한 치유법은 세계 여러 곳에서 활용되고 있습니다.

타이완에 사는 한 여성은 어머니가 말기 암 진단을 받자 처음에는 충격에 빠졌습니다. 더군다나 한 달밖에 살지 못한다는 말에 거의 정신을 잃을 지경이었죠. 그런데 그 딸의 수행법 중 하나가 끼르탄(kiirtan)이었습니다. 끼르탄은 하느님을 향한 자기 항복과 귀의를 핵심으로 하는 수행법으로 모든 일을 하느님께 맡기는 것을 강조합니다. 오직 하느님에 대해 생각하고 "당신 뜻대로 하소서"라고 기원하는 것이지요. 어머니가 딸과 함께 그렇게 맡기는 생활을 하면서 보름이 지난 후 병원에 갔는데 암세포가 없어졌답니다.

이를 허황된 믿음이나 미신, 우연으로 생각해서는 안 됩니다. 미래의 의학이라고 할 수 있지요. 물론 하느님에 대한 귀의, 긍정적인 마음, 약이나 음식 등을 병용한다면 치유가 더욱 빠르겠지요.

? "당신 뜻대로 하소서"라는 말이 가슴에 와 닿습니다. 그러나 그것은 너무 수동적인 자세가 아닐까요?

이 세상은 많은 존재들로 이루어져 있고 그 존재들은 다양하게 보이지만 일정한 방향으로 나아가고 있습니다. 모든 생물체는 하나의 목적을 향해 나아갑니다. 그 지향 방향은 무엇일까요? 하느님이라는 것입니다. 우리가 세상을 가만히 살펴보면 어딘가 이상하고, 부족하고, 모순에 찬 것처럼 보이지만 사실은 모든 것이 완벽하게 움직입니다. 우주의 모든 것들은 완벽 그 자체입니다. '절대'의 상태로 가기 위한 완벽한 하나의 유희이지요. 절대와 완벽의 상태를 의심하거나 부정하면 신을 볼 수 없습니다. 세상의 완벽함을 깨달을 때 비로소 신을 완전히 아는 상태가 됩니다.

하느님은 완벽하므로 그분이 발산하는 파동도 완벽합니다. 그러나 세상은 불완전하게 보이지요. 어딘가 빈 구석이 보이고 '어떻게 이런 일이 있을 수 있을까?' 하는 생각이 듭니다. 그래서 우리는 신을 부정하거나 제한된 그 어떤 것으로 인식하지요. 그러나 그것은 잘못된 판단입니다. 우리가 배운 지식, 세상의 기준으로 신을 판단하기 때문입니다. 우리의 지식은 언제나 불완전합니다. 이런 말이 있지요. 자신이 아무것도 알지 못한다는 느낌이 들 때, 비로소 진정한 앎이 시작된다고. 여기서 진정한 앎이란 신을 말하는 것이겠지요.

현재 내가 머물고 있는 환경을 100% 완전히 받아들이는 마음가짐이 중요합니다. 즉 하느님의 유희의 완벽성을 받아들이고, 내가 이 상황에서 어떻게 하는 것이 가장 아름다운 결정인지 모색해야 합니다. 어떻게 해야 올바른 길로 갈 수 있는가를 궁리해야 합니다. 눈앞에 분명하게 있는 사실을 거부하면 최선의 방법을 찾을 수 없습니다. 그것이 완벽한 삶을 사는 사람의 자세이며 바른 삶입니다. 이런 태도는 수동적이 아니라 한 차원 승화된 능동적 태도이지요.

신은 이 세상을 완벽하게 통찰하고 있으며 모든 존재가 올바른 길을 향해 나아가도록 이끌고 계십니다. 그런 차원에서 병이나 괴로움,

나아가 죽음 역시 긍정적인 일어남입니다. 우리가 죽으면 육신은 썩어서 본래의 원소로 돌아갑니다. 육신은 우리가 쓰는 하나의 도구에 불과합니다. 죽음을 통해 그분께 더욱 접근해나가는 기회를 얻게 되는 것이지요.

보통의 인간은 의식층과 잠재의식층에 의지해서 살아갑니다. 배고프고, 잠이 오며, 미우네 고우네 하는 우리네 보통사람의 삶이지요. 그런데 그것이 다가 아니라는 것을 깨달을 때가 있습니다. 기도나 명상 혹은 깊은 충격을 통해 무의식의 층을 경험하는 사람들이 있습니다. 요가에서는 이 무의식의 층을 다시 지혜의 층, 무집착의 층, 자비와 사랑의 층으로 구분하지요. 바로 이 무의식의 층을 경험할 때 그것이 진정한 의미의 거듭남입니다.

무의식층은 육신이 죽어도 사라지지 않습니다. 우리는 그 무의식층의 마음에 적합한 몸을 받습니다. 이것이 바로 탄생입니다. 내가 지금 여기 있는 이유는 무의식층에 있는 그 기록들 때문입니다. 지금의 모든 일들은 마음층의 기록, 불교에서는 업장이라고 하며, 요가에서는 삼스카라(Samskara)라고 하는 것들 때문에 일어납니다. 자기가 지은 업장을 잘 받아들이고, 지금 이 순간을 올바르게 살아가는 것이 삶의 바른 태도이며, 인간은 그만큼의 자유의지가 있을 뿐입니다. 예를 들면, 여러분이 오늘 이곳에 오게 된 것은 우연이 아니라 저와 맺은 과거의 인연, 즉 업장 때문이지요. 이 상황에서 자유의지에 따라 강의실을 나가버릴 수도 있고, 다른 잡다한 생각을 할 수도 있고, 경청할 수도 있습니다. 그만큼의 자유의지가 있는 것이지요. 이 자유의

지를 최적으로 활용하는 것이 현명한 삶입니다.

기도란 그와 같은 자유의지를 가장 잘 활용하는 방법입니다. 이거 해달라, 저거 해달라 하는 것은 어리석은 짓이며, 나아가 불경스런 일이기까지 합니다. 하느님이 완벽하게 해주지 못하니까 제대로 해달라는 말이나 같지요. 그런 기도는 낮은 의식 수준에 머무르고 있는 사람들에게 적합한 것입니다. 하느님의 완벽성을 깊이 느끼는 사람들은 아무런 기도도 할 수 없지요. 그냥 침묵 속에서 그분의 은총을 느낍니다. 그럼에도 인간은 무엇인가를 표현하고 싶고 사랑하고 싶은 감정이 있으므로 차선책으로 침묵 대신 기도를 하고 싶은 것입니다.

이러한 감정으로 "이 순간 당신을 기쁘게 할 수 있는 게 뭔지 저의 지성을 인도해주세요. 당신의 뜻을 알고 싶습니다"라고 기도해야 합니다. 이런 기도 생활을 하다 보면 그분의 창조물에 대해 봉사하는 것이 그분을 기쁘게 해드리는 길이구나 하는 지고의 헌신의 경지에 들어가게 됩니다, 그 경지에서는 해탈이 더 이상 매력이 될 수 없으며 오직 '보살'의 삶을 살고 싶은 심정만 남지요. 그래서 깨달은 성인들은 오직 봉사의 삶으로 들어갑니다. 그분의 입장에서 모든 것을 보고, 그분을 위해 최대한 노력해야 한다는 결론에 이르는 것이지요. 이것이 바로 '당신 뜻대로 하소서'의 진정한 의미입니다.

? 인간의 마음이 의식층과 잠재의식층, 무의식층으로 이루어져 있다고 하셨는데 그에 대한 부연설명 부탁드립니다.

요가에서 말하는 인간의 의식 작용에 대해 말씀드리겠습니다. 우선 인간의 마음은 객관심과 주관심의 2가지 층으로 이루어져 있지요. 모든 인간의 의식 작용이란 객관심에서 일어나는 현상을 주관심에서 인지하는 것입니다. 주관심은 평정 속에서 지켜보는 마음으로서 허공과 같은 마음이며 부처의 마음이지요. 객관심에서 일어나는 모든 것을 그대로 허공처럼 바라보고 수용하는 마음입니다. 위대한 중국의 선사이신 육조 스님 말씀을 기록한《육조단경》에 보면 "깃대가 흔들리는 것도 아니고, 바람이 흔들리는 것도 아니며, 그대의 마음이 흔들리기 때문에 그렇게 보인다"라고 했는데, 바로 우리의 객관심이 작용(흔들림)하는 것을 주관심이 바라보기 때문에 깃대의 흔들림을 인식할 수 있다는 말이지요. 바로 이 주관심의 상태에 남아 있을 때 부처의 마음이 됩니다. 그분은 깨달은 분이라, 비록 글씨도 읽을 줄 모르는 문맹이지만 마음의 작용을 명쾌하게 알았지요.

다음으로 객관심은 의식층과 잠재의식층 그리고 3단계의 무의식층까지 5개의 층으로 구성되어 있지요. 첫 번째 층은 의식층(conscious mind), 즉 느낄 수 있는 마음입니다. 눈, 귀, 코, 혀, 피부의 5가지 감각기관과 팔, 다리, 성대, 배설 및 생식기 등 운동기관을 사용하는 마음 층입니다. 예쁜 것을 보면 손을 뻗어 갖고자 하는 마음이죠. 동물심 혹은 육심(肉心)이라고도 합니다. 의식층은 외부의 현상에 반응해 행동하기 때문에 바쁘고 거칩니다. 의식층이 작용하는 한 평화로울 수 없습니다. 모든 동물에게도 있는 마음이지요.

마음의 두 번째 층은 잠재의식층(subconscious mind)입니다. 즉 조용히 들여다보면(sub) 느낄 수 있는 마음으로 기억하고, 상념하고, 따지고, 분별하는 에고의 층이라 할 수 있습니다. 임신해서부터 형성되는 뇌세포에 모든 현생의 정보들이 기록되며, 이 기억들을 필요할 때 꺼내 사용하는 층이지요. 생각을 굴리고, 논리를 만들어내고, 너와 나를 구분 짓는 에고의 층입니다. 잠재의식층이 발달한 사람들이 학교 공부를 잘합니다. 이 층은 교육의 층 또는 종교의 층이라고도 하며, 반복된 정보를 마치 진리처럼 받아들이는 층이기도 합니다. 또한 슬픔과 기쁨을 증폭시켜 경험하는 층이기도 합니다. 예를 들면, 개는 밥이 없으면 15일도 단식할 수 있습니다. 배가 고픈 고통은 있으나 '내가' 배가 고프다는 생각이 없습니다. 사람은 배가 고픈 것 자체의 고통에 더해 잠재의식층에 있는 에고의 역할 때문에 더욱 고통을 증폭해서 느낍니다. 다른 사람은 잘 먹는데 '나만' 못 먹고 있네, 그렇게 비교하기 때문에 더 화가 나는 것입니다. 배고픔 자체보다 생각에 의한 고통이 더 크지요. 동물의 경우, 일부 진화된 동물 이외에는 잠재의식층이 거의 발달되지 않았습니다. 이 층은 지식의 층이지 지혜와 진리의 층은 아닙니다. 대부분의 인간 행동은 의식층과 잠재의식층, 2가지 층의 지배를 받지요. 그리고 이 2개의 층은 육신이 죽거나 혼수상태가 되면 작용을 정지합니다. 즉 육신과 연결된 층으로서 뇌세포를 포함한 세포가 활동해야만 존재할 수 있는 마음이지요.

그 위의 세 번째 층이 무의식층(unconscious mind)입니다. 즉 보통 상태에서는 의식할 수 없는 층이지요. 의식이 더욱 깊어지고 확장된 층으로 많은 것을 더 넓은 안목으로 봅니다. 이 층은 육신과 무관해서 육신이 죽으면 몸을 떠나지요. 무의식층에는 다시 3개의 층이 있는데, 첫 단계가 지혜의 층이자 직관의 층으로 과학자나 성직자, 예술가들이 초의식 상태에서 경험하는 층입니다. 이 세상엔 논리를 가지고 풀 수 없는 일이 아주 많습니다. 아인슈타인의 위대한 발견도 이 층의 작용인 영감을 통해 얻어진 것입니다. 어떻게 해야 할까, 도무지 답이 안 나올 때 외부로 치닫는 의식층과 머리를 굴리는 잠재의식층이 조용해지면, 그때 무의식층이 열리고 지혜가 나옵니다. 무의식의 첫 단계지요.

그 다음 단계가 위대한 성인들이 이르는 층으로, 의식이 더욱 확장되어 모든 물질계의 상과 무상에 대해 뚜렷이 알고 느낄 수 있는 층입니다. 집착이 떨어지는 무집착층으로, 요가심리학에서 말하는 가슴의 에너지센터인 '아나하타 차크라(Anahata Cakra)'와 관계가 있습니다. 가슴이 열릴 때 집착으로부터 벗어나 사랑이 생깁니다. 아인슈타인도 초기엔 집착에서 벗어나지 못했습니다. 부인과 별거하면서 아들을 못 만나게 되자 너무 고통스러워했지요.

지금 눈앞에 보이는 사물은 변화하지 않는 것처럼 보이지만 우주의 모든 창조물은 변하지 않는 게 없습니다. 그런데 우리의 미망 때문에 변화하지 않는다고 여기지요. 인간관계도 똑같습니다. 부인은 남편이 내일도 오늘처럼 잘해줄 것으로 생각하지요. 그러다 그런 기대가 어긋나면 실망합니다. '저 사람도 변하고, 나도 끊임없이 변하는구나. 그러니 하나도 집착할 게 없구나. 그저 기대하지 않고 해주면 되는구나' 그렇게 생각할 때 가슴에서 사랑이 나오고, 그때 성인의 자리로 들어갑니다.

마지막으로 목젖이 있는 곳의 에너지센터인 '비슈다 차크라(Vishuddha Cakra)'와 연관된 의식의 층이 있습니다. 과거, 현재, 미래의 모든 물질계를 아는 가장 높은 무의식층으로 황금지의 층이라고도 합니다.

그 다음 층은 앞에서 말씀드린 주관심의 층으로, 'I am God'을 느끼는 무한한 허공과 같은 층입니다. 우주음인 '옴' 소리가 들리고 자기와 신이 다르지 않음을 알게 됩니다. 모든 것이 하나이며, 불이(不二)의 상태로 들어가는 마음이지요.

"당신 뜻대로 하소서"

? 가장 기본적인 문제에 대해 질문하겠습니다. 바로 죽음입니다. 수행자로서 죽음을 어떻게 생각하시나요?

앞에서 설명한 것처럼 마음에는 의식, 잠재의식, 무

의식의 층이 있는데 사람이 죽으면 의식과 잠재의식은 작용하지 않습니다. 없어지지요. 눈이 없기 때문에 아무것도 볼 수 없으며, 볼 수 없기 때문에 행동이 이루어지지 않습니다. 의식과 잠재의식은 뇌세포를 포함한 육체와 밀접한 관계가 있으며, 우리는 평소 의식과 잠재의식을 활용해 사유하고 행동합니다. 그리고 그런 행동은 마음에 '좋거나 나쁜' 왜곡을 가져옵니다. 여기서 왜곡이란 허공처럼 흘러가는 것을 그대로 수용하는 것이 아니라 감정과 판단이 개입되어 일어나는 마음의 파동이라고 할 수 있지요. 이 왜곡은 무의식의 두 번째 층인 무집착층에 보관됩니다. 불교에서는 업장층이라고 하지요. 요가에서는 높은 지혜의 층(Vijiana-Maya Kosa)이라고 합니다.

이 업장층에 보관된 기록(왜곡)은 이번 생만이 아니라 모든 과거 삶의 것까지 포함하고 있습니다. 업장은 행동, 즉 까르마(karma, 業) 때문에 생기는 마음의 왜곡인데, 그 왜곡된 마음이 아직 해소되지 않고 묶여 있는 것이 삼스카라입니다.

사람이 죽게 되면 삼스카라를 지닌 무의식의 마음 층이 육신을 떠나 자기의 삼스카라를 충족시키는 데 적절한 몸을 받습니다. 다시 말해 삼스카라(업장)를 태우는 데 맞는 몸을 받는 것이지요. 그런 의미에서 지금의 자기 인생은 자기가 만든 것입니다. 나의 삼스카라가 원했기 때문에 현재의 모습으로 태어난 것입니다. 그러므로 나의 몸과 인생에 대해 다른 사람이나 신을 탓해서는 안 됩니다. 지금 일어나는 모든 일은 과거의 자기가 만든 것입니다. 완벽하게 내가 만든 것이지요. 그리고 신께서 당신의 섭리인 인과의 원리에 따라 그것을 실현시켜주는 것이지요. 예를 들면, 불구로 태어난 사람은 그 불구의 몸을 지니고 살면서 여러 가지를 느끼고, 배우고, 다짐하며 살아가지요. 다시 불구로 태어나지 않으려는 삶의 태도로 말이지요. 그런 불구의 몸을 받지 않았다면 더욱 어두운 삼스카라를 지으면서 살 수도 있겠지요. 그러므로 모든 일어나는 것들은 더욱 잘되게 하려고, 평정으로 가게 하려고, 허공과 같은 마음으로 살게 하려고, 그분께서 만드신 기회라고 받아들이는 절대 긍정의 마음을 가져야 합니다. 무엇이 일어나든 그분께 감사해야 하며, 이 순간을 어떻게 보람 있게 살 것인지 기도 속에서 찾아야 합니다.

기독교에서는 교리에 어떤 문제가 생기면 종교공의회가 열립니다. 종교개혁 이전에는 교황, 추기경, 주교, 학자들이 모여 논의를 했지요. 삼위일체설도 공의회에서 도입이 결정되었습니다. AD 553년 콘스탄티노플에서 공의회가 열렸는데 그때 중요한 사항 하나가 결정되었습니다. 업장에 관한 것, 즉 윤회에 관한 내용이 삭제된 것이지요. 신학의 역사를 배운 분들은 잘 알고 있지요. 이후 성경에는 윤회에 대한 내용이 나타나지 않습니다.

윤회는 현재의 내가 죽는다 해도 완전히 사라지는 것이 아니라 다음에 다시 태어난다는 이치이며 진리입니다. 이 이치를 시대와 장소와 대상에 따라 어떻게 잘 적용하느냐가 지혜입니다. 그런데 인도에선 윤회의 이치가 종교적 도그마인 힌두교의 계급제도와 결합되면서 단점으로 작용하기 시작했습니다. 그것이 너무 강하게 사람들의 의식을 지배해 현생에서 열심히 노력하지 않게 되었습니다. 모든 것은 업장 때문이라고 떠넘기면서 스스로 삶을 개척하지 않는 것입니다. 기독교에서처럼, 죽음 후에는 현재의 삶의 태도에 따라 심판을 받게 된다면 열심히 이생을 살겠지만 그렇지가 않은 것이지요.

그러나 인간은 죽음 이후에 다시 태어납니다. 새로운 몸을 받아 즉시 태어날 수도 있고 많은 시간이 흐른 후에 새 몸을 받을 수도 있습니다. 그 몸은 자기가 지은 업장에 맞게 받습니다. 그러므로 현생에서 우선 도덕적으로 올바르게, 나아가 모든 행동에서 마음의 왜곡이 없게 허공과 같은 마음으로 살아야겠지요. 좋은 일을 하되, 오른손이 하는 것을 왼손이 모르게 하는 것이 허공과 같은 마음으로 사는 것이지요. 업장과 윤회의 이치를 두려워할 필요가 없습니다. 지금까지 잘못했다면 이제부터 잘하면 되니까요. 신은 언제나 우리에게 기회를 주십니다.

또 하나, 업장을 태울 수 있는 방법이 있습니다. 무의식에 기록된 업장을 태우고 두려움 없이 죽음의 세계로 갈 수 있습니다. 업장은 무의식층이 육체와 분리됐을 때 탈 준비가 됩니다. 즉 업장이 '익게' 됩니다. 죽음은 업장을 익게 하는 가장 대표적인 예이지요. 죽어서 무의식층이 새로운 몸을 받은 후에 그 업장을 태웁니다. 두 번째 방법은 마음을 집중해 무의식층으로 들어가는 것입니다. 즉 삼매 상태로 빠지는 것이지요. 삼매에 들어갔다가 나오면 그 사람의 업장이 탈 준비가 됩니다. 그래서 기도나 수행을 하는 사람들의 삶은 매우 극적이며 여러 가지 일들이 많이 일어나지요. 그것은 바로 업장을 태우는 증거이며, 마음의 왜곡이 줄어드는 신호이지요.

세 번째는 사고로 혼수상태에 빠지는 경우입니다. 예를 들면, 식물인간으로 병원에서 지내다가 살아나면 사고 전과는 전혀 다른 삶을 살게 됩니다. 혼수상태에 빠지면서 무의식이 육신에서 분리되는 것과 같은 상태가 일어나는 것이지요. 즉, 요가적 죽음의 상태를 경험하는 것입니다. 하나의 예를 말씀드릴게요. 한 간호사가 시멘트 바닥에 넘어져 혼수상태에 빠졌는데 그 기간이 수개월이나 되었습니다. 이러한 사례는 우리 주변에서 종종 일어납니다. 어느 날 눈을 뜬 간호사는 자신이 오랫동안 식물인간으로 지냈다는 사실을 알고 깜짝 놀랐습니다. 그녀는 다시 일상의 삶을 이어나갔습니다. 그러나 간호사로 돌아간 것이 아니라 인생 카운슬러가 되었습니다. 그녀는 고난에 처한 사람, 번민으로 괴로워하는 사람, 갈등을 겪는 사람들에게 위로를 주고, 해결방법을 제시하고, 도움을 주는 사람으로 변신했습니다. 그 변신은 그녀가 무의식의 상태에 있을 때 업장이 익어서 몸은 옛날 몸이지만 마음은 과거 생의 무의식의 기록을 실현하면서 사는 것이지요. 이처럼 우리는 업장을 태울 수 있습니다. 업장을 태우고 새로운 인간으로 살아갈 수 있습니다.

마지막으로 업장을 태우는 가장 좋은 방법은 참된 신앙을 갖는 것입니다. 신에게 자신을 맡기는 것이지요. 신은 무소부재하며 무소불능입니다. 그분에게 모든 것을 맡기면, 그분이 알아서 가장 적절히 인도하십니다. 이렇게 되면 과거에 무슨 업장을 지었는지가 전혀 두려움으로 다가오지 않습니다. 그리고 신은 자비롭게도 곤궁에 처해서 가장 절실하게 찾는 자에게 은총을 내리시지요. 이것이 참 신앙입니다. 인도의 고전《바가바드 기타》('신의 노래'라는 의미)는 약 3500년 전에 살았던 위대한 성인 크리슈나라는 분의 가르침을 담고 있습니다. 함석헌 선생님이 주석서도 내셨지요. 크리슈나는 이렇게 이야기했지요. "이 윤회의 세계는 넓은 바다와도 같아서 조각배와 같은 조그만 너로서는 결코 안전하게 헤치고 나아갈 수 없다. 모든 것을 궁극의 그분에게 의존할 때만이 해탈의 세계로 들어갈 수 있다."

? 아난다마르가의 일상이 궁금합니다. 그리고 현재 가족과 함께 살고 계신가요?

아난다마르가의 구성원은 출가 수행자와 재가 수행자로 구분합니다. 재가 수행자들은 출가 수행자에게 명상을 배우고 회원으로 가입한 사람들이라고 할 수 있지요. 출가 수행자들은 모두 독신 수행자들이지요. 출가 수행자들의 일상은 명상과 요가체조와 같은 수행을 매일 하며, 사람들을 만나 요가체조와 명상법 전수, 영성 강의, 프라우트와 네오휴머니즘 철학을 전하는 것으로 이루어져 있습니다.

제가 생활하는 경북 예천의 수행공동체에서의 일상을 바탕으로 말씀드리지요. 저는 대개 5시에 일어나 명상을 시작합니다. 혼자 할 때도 있고 여럿이 함께 할 때도 있습니다. 명상과 요가체조 2가지를 8시 정도까지 수행하고, 9시까지 아침식사를 마치는데 주로 두유로 만든 요구르트와 과일을 먹습니다. 단식캠프나 명상캠프가 있을 때는 이론과 실기 지도를 합니다. 점심식사 전에 다시 명상을 하고 식사 후에 휴식을 취한 후 오후의 일과를 시작합니다. 캠프가 없을 때는 이메일을 체크하고, 국내외 뉴스를 보며, 영적 책을 읽고, 산책을 하지요. 오후 5시부터는 2시간 동안 요가체조와 명상을 합니다. 저녁 먹고는 주로 각자 할 일을 합니다. 책도 읽고 대화도 나누고 좋은 영상물이 있으면 함께 모여 시청도 합니다. 이 일과를 큰 변화 없이 매일 반복합니다. 잠은 5시간 이상 자지 않습니다. 요가수행을 하고 채식을 하면 잠은 5시간만 자도 충분합니다.

출가 수행자들에게는 큰 가정만 있지요. 일반적인 가족의 개념이 아닙니다. 모든 사람들을 큰 가정의 구성원으로 여기면서 살아가는 철학이지요. 그러나 사카르는 결혼해서 가정을 꾸리고 수행하는 사람이 더 위대하다고 말했습니다. 자신의 작은 가족도 돌봐야 하고, 세상의 큰 가족도 살펴야 하니 그만큼 더 어렵다는 뜻이지요. 아난다 마르가에서는 가정을 가진 사람도 명상교사가 될 수 있습니다. 세상의 주어진 의무를 열심히 수행하면서 영적 수행도 성실하게 하면, 일정한 이론 테스트와 수개월의 집중수련 후 '가정을 가진 명상교사' 자격을 부여합니다.

프라우트 혁명은 이미 시작되었다

? 다시 프라우트 이야기로 돌아가겠습니다. 우리나라에서도 프라우트 모델이 실현 가능할까요? 그렇다면 언제쯤 구체적인 모습을 볼 수 있을까요?

프라우트는 자본주의와 공산주의를 동시에 뛰어넘는 새로운 체제입니다. 그러나 아직 대중들에게 널리 전파되지 않았으며 구체적인 실현 방법이 우리나라에 맞게 보완되지 않았습니다. 완성의 시기는 확정적으로 말할 수 없으나 우리나라에서도 이미 프라우트 운동은 시작되었다고 봅니다. 우리나라 역시 신자유주의 병폐로 양극화를 경험하고 있으며, 결국 다른 나라들과 함께 경제대공황을 거치면서 자본주의를 대체할 대안을 찾게 될 것입니다. 그러나 프라우트는 경제 공황으로 자본주의가 완전히 붕괴되고 상당한 어려움을 겪은 후 대중들의 의식의 각성이 이루어지면서 비로소 받아들여지게 됩니다. 자기중심적이며 물질중심적인 사고의 파동이 사회를 지배하는 한 프라우트의 정립은 불가능합니다.

자본주의의 붕괴와 영성의 각성은 매우 가까운 장래에 이루어진다고 사카르는 강조했습니다. 그는 "내 눈으로는 프라우트 사회의 시작을 보지 못하지만 그대들은 보게 될 것이다"라고 제자들에게 말했습니다. 그 제자들이 이제 60대가 되었으니 그분의 말대로라면 머지않아 프라우트가 시작되겠지요. 저는 그분의 모든 말을 믿기 때문에 반드시 실현될 것으로 확신합니다. 우리나라의 경우 한반도의 통일 방안으로서 자본주의와 공산주의를 동시에 극복할 프라우트는 매우 바람직한 제도입니다.

한국에서 프라우트 운동이 시작된 것은 1990년대 초반이었으나, 자본주의의 도도한 세력으로 힘을 낼 수 없었으며, 책자를 통한 홍보에 그쳤지요. 1991년 전북 완주군에 소규모의 수행공동체가 모색되었으나 발전을 이루지는 못한 상태입니다. 1997년 IMF사태 이후 일부 사람들 사이에서 프라우트적 대안사회가 논의되기 시작했으며, 2000년대 들어서는 보다 많은 사람들이 여러 권의 책자를 통해서 접하게 됐지요.

2010년 3월 경북 의성군 안평면 석탑리라는 조그맣고 평화로운 마을에 자급자족을 하면서 깊은 수행을 할 수 있는 터를 잡아 프라우트 사회의 실현지로서 시작을 하였습니다. 그 후 이런저런 사정으로 아직은 자급자족보다는 수행 중심으로 가야 한다는 궤도 수정이 있었으며, 그에 따라 6월에 경북 예천군 소백산 산속에 한국프라우트사회(Korea Prout Society)를 설립하고 미래의 프라우트 일꾼을 양성하는 수련 프로그램을 시작했습니다. 이곳에서는 철저한 개인 수행이 우선이며 그 수행을 바탕으로 봉사와 헌신의 정신을 기릅니다. 수행자들은 명상과 요가수행, 채식과 단식 같은 자연건강법의 실천, 울력 등을 일상으로 하는 실천적 삶을 살면서 동시에 깨달음의 방법을 배우며, 미래에 어떻게 한국 사회에 적합한 프라우트를 이룩할 것인지 논의합니다.

장기적으로는 전국의 여러 곳에 지부를 설치해 프라우트를 널리 알리는 동시에 실생활에 접목시키는 운동을 전개할 계획입니다. 사카르는 도덕성과 지성, 올바른 영성을 갖춘 사람들과 연대함으로써 프라우트가 매우 빠른 속도로 전파될 것이라고 강조했습니다. 우리나라에서 프라우트의 발걸음은 아직 미약하지만 새로운 시대의 대안으로서 많은 사람들의 호응과 공감을 얻어 깊이 뿌리내리고 나날이 번창할 것입니다(이 책이 준비되고 있는 2011년 6월 현재, 칫다다는 중국과 대만에서 근무하도록 발령이 났다. 예천의 수련장은 대만으로 옮겨졌으며 중국에서 많은 시간을 보내고 있다. 향후 한국에서는 인터넷을 통한 홍보와, 한국인의 대만에서의 훈련에 중점을 둘 계획이며, 한국 귀국 시 관심 있는 분들을 대상으로 강연과 토론회를 가질 예정이다).

? 프라우트는 경제 모델이면서 인간의 영적 성장에 초점을 두고 있는데, 정신과 물질 중에서 무엇을 더 우선으로 여깁니까?

인간의 영적 성장 없이는 아무리 좋은 정치, 경제 모델이 주어져도 성공적으로 운영할 수 없습니다. 예컨대 사회가 혼란스럽고 범죄가 증가하는 이유는 법이 잘못되어서가 아닙니다. 세계 모든 나라의 법은 제각각 훌륭합니다. 그것을 운영하는 사람들이 문제지요. 사람들의 의식이 깨어나고 도덕적으로 충만해지면 법이 없어도 행복하고 평안한 삶을 살 수 있습니다. 그러므로 제도와 시스템, 법 이전에 영적 성장이 중요한 것입니다.

영성은 우주의 모든 존재가 서로 공존해야 한다는 자각을 갖게 해 줍니다. 그리고 그것을 몸으로 실천하는 것이지요. 그러므로 프라우트의 성공은 영적 성장을 필수조건으로 합니다. 사카르는 개인적인 수행 노력으로 영적 성장이 이루어지기도 하지만, 한편으로는 1980년대부터 지구의 자전축 이동과 같은 외부의 영향으로 대중들의 의식 성장이 이루어진다고 말했습니다.

? 신자유주의의 위기에 대비해 도시의 임금근로자들은 어떤 준비를 할 수 있을까요?

안타깝지만 준비에는 한계가 있습니다. 경제 공황은 세계적인 파장이기 때문에 한 개인이 비껴갈 수는 없습니다. 그러나 방법이 아주 없는 것은 아닙니다. 알고 있을 때 닥치는 것과 모르고 있을 때 닥치는 것에는 큰 차이가 있습니다. 우선 대공황이 오면 신자유주의가 무너진다는 사실을 깊이 인식해야 합니다. 이를 믿지 않으면 준비 자체가 필요 없지요. 그 다음에는 물질적으로 절약하고 저축하는 노력을 배가해야 합니다. 일단은 대공황을 이겨내는 것이 중요하니까요.

정신적으로는 물질적 어려움을 담담히 견딜 수 있는 강하고 평정한 마음을 갖는 것입니다. 이는 생각 외로 어려운 일입니다. "물질적으로 부족해져도 나는 충분히 버틸 수 있어"라고 자신하지만 현실에선 정신의 고통이 만만치 않습니다. 그러므로 평상시에 수행과 명상을 통해 내 마음을 내가 다스릴 수 있도록 해야 합니다. 아울러 자기계발을 위해 꾸준히 노력해야 합니다. 다양한 기술과 자격을 갖추어야 합니다. 실생활에 필요한 기술을 익히면 큰 도움이 됩니다. 예를 들면, 중고품 수리 및 판매, 재봉, 제빵, 조리법, 각종 수선기술 등이지요.

대공황이 왔을 땐 최소 5가구가 함께 살면서 의식주와 교육 등을 함께 해결하는 방법이 있습니다. 대안교육을 통해 부모들이 직접 아이를 가르치고, 의료비도 자연건강법을 지키면 대폭 줄일 수 있습니다. 그렇게 자급자족을 할 수 있는 최소 단위가 5가구입니다. 사카르 구루께서 돌아가시기 전에 우리에게 그런 시스템을 만들어야 한다고 강조하셨습니다. 그래서 1990년 완주군 고산에 이러한 목적으로 조그만 땅을 마련해 건물을 지었습니다. 아직 자본주의는 붕괴되지 않았으나, 어려운 시기에 대비해 지금부터 꼭 준비할 필요가 있다고 봅니다.

물질적 · 육체적으로 어려운 시기가 오고 있는 것은 맞습니다. 그런데 그 어려움은 대부분 육신 차원에서 보기 때문입니다. 지금의 어려움은 높은 의식 차원에서 보면 잘 되기 위한, 새로운 곳으로 가기 위한 통과의례입니다. 그렇게 생각하면 두려움이 없어지고 앞으로 무엇이 올까 오히려 기대가 됩니다.

자본주의 이후의 '이상국가' 건설자

다섯 번째로 모신 칫다다 선생님은 아마도 대중들에게 전혀 생소한 분일 것이다. '칫다다'는 인도에 근거지를 둔 '아난다마르가'라는 수행공동체에서 받은 이름이다. 낯선 이국땅으로 출가를 결심할 때까지 선생님은 이 땅에서 전형적인 지식인의 길을 걸어왔다. 그러다가 자본주의의 멸망을 주장하는 '사카르'라는 인도의 구루에게 매료되어 그의 논지를 주제로 논문을 써서 박사학위까지 받은 뒤 아예 인도로 가서 출가를 한다.

나는 2003년에 간디가 세운 아쉬람을 방문하기 위해 인도에 갔다가 현지에서 아난다마르가를 알게 되어 천신만고의 고생 끝에 아난다마르가 본부에 가서 일주일 머물다 온 적이 있다. 처음엔 단순한 수행공동체인 줄 알았는데 막상 가서 보니까 또 다른 하나의 사회였다. 수십 개의 마을이 포함된 거대한 지역공동체 안에 학교와 병원,

상점, 수도원 등이 다 들어 있었다. 거기에서 출가수행자들은 단지 수행만 하는 것이 아니라 공동체 사회를 운영하고 있었다. 철인(哲人)통치자가 다스린다는 플라톤의 '이상국가'가 아닌가 싶었다. 그런데 공교롭게도 귀국하고 얼마 안 되어 한국인 출가자인 칫다다 선생님을 만나게 된 것이다. 우리는 금세 의기투합하고 생명평화결사를 함께 하게 되었다.

다다 님은 한국의 스님들조차 혀를 내두를 정도로 철저한 계율생활을 하신다. 육식은 물론 오신채를 일절 들지 않고 정한 시간에 반드시 기도와 명상을 한다. 다다 님을 뵐 때마다 늘 감탄하는 것은 특이한 인도복장에 엄격한 채식을 하면서도 만나는 사람에게 전혀 불편한 마음을 일으키지 않는다는 것이다. 앞으로 다다 님을 통해 아난다마르가의 영성과 새로운 사회 건설에 대한 비전이 이 땅에도 널리 알려졌으면 좋겠다.

©김홍희

서영남

1954년 부산 범내골에서 태어나 1976년 천주교 한국순교복자수도회에 입회, 1985년 종신서원을 하고 가톨릭 교리신학원을 졸업했다. 1995년부터 전국의 교도소를 다니며 장기수 면담활동을 했으며, 2000년에는 천주교 서울대교구 교정사목위원회에 파견되어 출소자의 집인 '평화의 집'에서 형제들과 함께 지냈다.

수도원에서 25년간 수사 생활을 하다 소외되고 가난한 이들과 함께 살기 위해 환속해 2003년 만우절에 노숙인들을 위한 무료식당 '민들레 국수집'을 차려 지금껏 운영하고 있다.

무소유는 사랑의
다른 이름이다

줄탁동시의 마음으로

? 25년간 몸담은 수도원에서 나왔다고 들었습니다. '내 뜻대로 봉사 활동을 하기 위해 나왔다'고 하셨는데, 가족을 만들기 위해 수도생활을 그만둔 것은 아닌지요?

어느 종교를 막론하고 환속을 한다는 것은 출가만큼이나 어려운 일입니다. 스님이 출가할 때나 환속할 때나, 가톨릭의 수사가 수도원에 들어갈 때나 환속할 때나 똑같은 고통을 느낍니다.

제가 요즘도 밤에 잠을 자다가 꿈을 꾸면 지금은 돌아가신 이운영 신부님을 만납니다. 이운영 신부님은 제가 수도생활을 할 당시 수련장이셨는데, 돌아가실 때까지 그분께 예수님의 제자로서 어떻게 살아야 하는지 배웠습니다. 돌아가신 지 15년이 훨씬 넘었는데도 꿈속에 나타나 제게 꾸지람을 하십니다. "서영남, 제대로 살아라" 하구요. 그때마다 잠에서 깨 제 삶을 되돌아봅니다. '내가 과연 예수님의 제자로서 제대로 살고 있는가.'

수도원을 나온 까닭은 그 생활이 나쁘거나 힘들어서가 아닙니다. 다시 태어나 또 한 번의 삶을 산다고 해도 저는 수도원에 들어갈 것입니다. 그러나 2000년 11월에 가방 하나 들고 정든 수도원을 나왔습니다. 겁도 없이 나왔죠. 그때 나이가 47살이었는데 당연히 직업도 없었고 돈도 없었고 특별한 기술도 없었습니다. 아무것도 없었지만 두려움 역시 없었습니다. 세상 경험이 전혀 없는 내가 이 세상에 첫

발을 내딛으면서 국수집을 차리게 될 거라고는 전혀 생각하지 못했지요. 또 결혼을 하리라고는 언감생심 꿈도 꾸지 않았습니다. 그런데 덜컥 결혼을 하고 말았지요. 아무것도 없이 맨손으로 결혼한 나는 도둑놈이라는 비난을 들어도 반박하지 않습니다. 그때나 지금이나 돈은 못 벌고, 쓸 줄만 아니까요. 큰 호박(아내)과 작은 호박(딸)까지 넝쿨째 들어왔으니, 정말 횡재했습니다.

그러나 수도원을 나올 당시에는 결혼이나 봉사, 사업, 취업 등등 어떤 별다른 계획은 없었습니다. 어디로 가야겠다는 목표도 없었지요. 다만 어딘가에서 나를 필요로 할 것이다, 그렇게 믿었지요.

? 꿈속에서 '바르게 살아라'라는 질책을 들으셨다고 하셨는데, 어떻게 사는 게 바른 삶입니까? 지금도 그렇게 살고 계십니까?

제 휴대폰의 로고가 '나는 없다'입니다. 저는 '이웃을 위해 사는 것'이 바르게 사는 삶의 기준이라고 생각합니다. 나를 한가운데에 놓고 나를 위해 사는 것은 올바른 삶이 아닙니다. 반면 타인을 중심에 놓고 이웃을 위해 살아가면 바르게 살 수 있습니다. 가장 잘 사는 길은 '나는 없다'는 마음으로 사는 게 아닐까 싶습니다.

그러한 삶을 살고 있느냐고 내 자신에게 질문을 던지면 자신 있게 '네'라고 대답하기는 어렵지요. 다만 그렇게 살라고 배웠고, 그러기 위해 노력하는 중입니다.

? 《민들레 국수집의 홀씨 하나》라는 책을 보면 촌철살인의 구절이 많습니다. 그중 "내가 남의 버팀목이 되어야 내 인생이 더 아름답다"라는 메시지가 가슴에 와 닿았습니다. 그러한 생각을 하게 된 배경이나 철학이 있습니까?

저는 1995년부터 전국의 교도소를 다니며 장기수 면담활동을 해왔습니다. 그렇게 만난 형제들과 오래 편지를 주고받았는데, 편지의 내용은 제각각이지만 공통적으로 들어가는 하소연이 있습니다.

"너무 외롭다, 아무도 나를 기억해주지 않는다, 이 세상에서 완전히 잊혀진 사람이 되었다, 아무도 돌봐주지 않는다"는 슬픔과 설움, 분노입니다. 그런 하소연을 들을 때마다 그 사람이 감옥 안에서 다른 사람들의 벗이 되어주면 얼마나 좋을까 하는 안타까움이 있습니다. 감옥에 있기 때문에 자신이 너무 외롭다고 느끼면 같은 처지의 다른 사람도 외롭다는 것을 잘 알 것입니다. 그러면 내가 먼저 손을 내밀어 그의 친구가 되어주면 외로움도 조금은 줄어들 것입니다. 외롭고 소외된 사람들끼리 서로 버팀목이 되는 것입니다.

그런 연유로 내가 남의 버팀목이 되어야 내 인생이 더 아름답다고 말한 것입니다. 세상살이도 마찬가지입니다. 외롭지 않게 살려면 내가 먼저 그 사람의 친구가 되어야 합니다. 이는 감옥이건 사회이건 똑같습니다. 이기심을 버리고 서로에게 이웃이 되어주면 모두가 행복하고 재미있게 살 수 있습니다. 사랑은 남이 나에게 주는 것이 아니라 내가 남에게 주었을 때 생기는 것입니다.

? 노숙인들의 대부로 통하시는데, 노숙인의 자립에 가장 필요한 것은 무엇이라고 생각하십니까?

노숙인들은 대부분 40~60대입니다. 살아오면서 한 번 이상 실패를 겪은 사람들입니다. 당연히 큰 성공을 거두었던 사람들도 많지요. 그래서인지 가슴속에 응어리가 많습니다. 아무래도 실패의 아픈 기억 때문이겠죠. 그들 중 처음부터 노숙인이었던 사람은 아무도 없습니다. 자기는 열심히 살았으나 사회구조가 잘못되어, 다른 사람의 이기심으로, 사기를 당해서, 혹은 한순간의 실수로 노숙인 신세로 전락했다고 생각하지요. 그래서 사람들과 사회, 국가에 대해 원망을 많이 합니다. 물론 전혀 그렇지 않은 사람도 있습니다. 자신의 현재 처지는 오로지 자신의 잘못 때문이라고 말하는 사람도 많습니다. 그러나 그들 역시 자기 자신을 원망하기는 마찬가지입니다.

노숙인을 위한 활동엔 여러 입장이 있습니다. 일시적으로 곤란한 환경에 처했으므로 거기서 벗어날 수 있도록 지원을 해주면 충분히 자립할 수 있다고 생각하는 사람들이 있는가 하면, 무조건적인 지원이 그들의 자립 의지를 꺾고 그 생활에 더 익숙하게 만든다고 주장하는 사람들도 있습니다. 두 의견 모두 맞습니다. 정답이 없다는 뜻이지요.

노숙인 지원의 근본은 한 끼의 밥이나 잠자리를 제공해 일시적인 피난처를 만드는 것이 아니라 살아나고자 하는 마음을 북돋우는 것입니다. 이때 가장 중요한 것은 그런 의지가 언제 생기느냐입니다. 그들은 과연 언제 자립하려는 마음을 먹을까요? 아무도 자신에게 관심이 없고 오늘 한 끼의 식사도 하지 못한 채 차가운 바람을 맞으며 길모퉁이에서 잠을 잘 때 과연 자립 의지를 가질 수 있을까요?

사람은 극한 상황에 몰리면 본능적으로 초능력을 발휘하기도 하지만 사실 그런 경우는 드뭅니다. 결국 우리는 평범한 사람이기 때문입니다. 상대가 나에 대해 사람대접을 해줄 때, 인간의 정을 느낄 때, 그리하여 나는 잊혀진 사람이 아니라는 행복감을 느낄 때 살아갈 의욕이 생깁니다.

혼자만 잘 살면 된다고 생각하는 사람이 있습니다. "나는 열심히 했는데 세상이 불공평하다"며 끊임없이 불평하는 사람은 죽을 때까지 도움만 받으려 합니다. 불행히도 그들은 끝내 살아나지 못합니다. 반면 "나 대신 나보다 더 어려운 사람을 도와주라"고 말하는 사람은 세상이 불공평하다고 불평을 늘어놓지 않습니다. 담배 한 개비를 건네주면 자기는 있으니, 다른 사람을 주라고 말합니다. 이때 그가 내보이는 것은 겨우 꽁초 한 개비입니다. 밥을 먹을 때도 욕심껏 먹지 않습니다. 자기가 많이 먹으면 다른 사람이 먹을 게 없을까봐 조금만 먹습니다. 이러한 배려의 마음을 지닌 사람은 반드시 살아납니다. 원래의 삶으로 돌아가지는 못할지라도 언젠가 노숙인 신세는 벗어납니다. 그리고 조금이라도 돈을 벌면 작은 선물이나마 사 가지고 인사를 옵니다.

그렇다면 무엇이 둘을 구분하는 것일까요? 똑같은 노숙인이었는데 왜 한 사람은 살아나고 한 사람은 벗어나지 못할까요? 저는 나누려는 마음에 의해 갈린다고 생각합니다. 벗어나지 못하는 사람은 그 무엇도 나누려 하지 않습니다. 우선 자신의 입이 중요하고 자신의 몸만 편하면 됩니다. 그러나 극복하는 사람은 아무리 작은 것이라도 나눌 줄 압니다. 자신이 어려움을 겪고 있기 때문에 다른 사람의 어려움을 이해하고 공감합니다. 그 마음으로 나누는 것입니다.

내가 자립을 하려면 먼저 이웃을 도와주고 남을 배려해야 합니다. 자신의 욕심만 채우면 자립하기 어렵고 그 자립이 오래 가지도 못합니다. 그러므로 서로가 서로를 도와야 합니다. 사자성어로 표현하면 줄탁동시(啐啄同機)죠. 병아리가 알에서 나오기 위해서는 새끼와 어미닭이 안팎에서 서로 쪼아야 합니다. 달걀 껍데기 속의 병아리는 너무 어려서 혼자 힘으로 나오지 못합니다. 이때 엄마 닭이 밖에서 살짝만 쪼아주면 병아리는 새 생명을 얻습니다. 아주 조금만 도와주면 되는 것이죠. 내가 노숙인을 지원하는 것도 바로 그런 줄탁동시의 마음입니다.

©김홍희

"병아리가 알에서 나오기 위해서는 새끼와 어미닭이
안팎에서 서로 쪼아야 합니다. 달걀 껍데기 속의
병아리는 너무 어려서 혼자 힘으로 나오지 못합니다.
내가 노숙인을 지원하는 것도 그런 줄탁동시의
마음입니다."

도로시 데이의 '환대의 집'처럼

? 국수집을 차리시게 된 계기는 무엇인가요? 국수집을 차렸을 때 품었던 꿈은 무엇이었으며, 8년이 지난 지금 어디까지 이루셨나요?

저는 가톨릭 가정에서 자랐습니다. 그때부터 꿈이 신부님이나 수도자가 되는 것이었습니다. 그러다《잣대는 사랑》이라는 책을 통해 도로시 데이라는 인물을 알게 되었습니다. 도로시 데이는 가톨릭 일꾼운동을 하면서 '환대의 집'을 열었습니다. 그 환대의 집을 조금이라도 흉내 내고 싶어 민들레 국수집을 시작한 것이지요. 환대의 집은 도움을 주는 사람과 도움을 받는 사람의 구별이 없었습니다. 1930년대 미국에서 피터 모린과 도로시 데이에 의해 시작된 가톨릭 노동자 운동의 하나이지요. 환대의 집은 교부들의 전통을 이어받아 소외된 이들을 맞아들이고, 갇힌 이들을 방문하며, 굶주린 사람들을 먹이고, 집 없는 이들에게 방을 제공해야 한다는 취지로 문을 열었습니다. 이 집은 언제나 가난한 이들과 병든 이, 고아, 노인, 여행자, 순례자 그 밖의 곤궁한 사람들에게 열려 있었습니다. 가난한 이들에게는 따뜻한 안식처이면서 직업훈련을 제공하고, 기도와 토론, 공부를 하는 곳입니다. 누구나 환영하는 이 집에서는 항상 커피가 난로에서 끓었고, 있는 재료를 모두 집어넣어 끓이는 잡탕찌개가 굶주린 사람들을 기다려주었습니다. 도로시는 기증받은 물건들을 사람들에게 아낌없이 나눠주었는데, 어느 날 부잣집 귀부인이 기증한 다이

아몬드 때문에 일어난 에피소드는 감동적입니다.

도로시는 이 다이아몬드를 늘 환대의 집에 식사하러 오는 노파에게 주었습니다. 이를 보고 직원이 화들짝 놀라면서 보석을 팔아 돈으로 주면 그 노파의 1년 집세를 낼 수 있는데 과연 제대로 사용이나 할 수 있을지 모르겠다며 투덜거렸습니다. 도로시는 그 말을 듣고 다이아몬드는 이제 노파의 소유이므로 그가 어떻게 처리하건 그의 자유라고 말했습니다. 팔아서 1년치 방 값을 낼 수도 있고, 바하마로 여행을 떠날 수도 있고, 그 멋쟁이 부인처럼 반지로 끼고 다닐 수도 있다고 했습니다. 그러면서 직원에게 이렇게 물었습니다. "하느님께서 부자들만 즐기라고 다이아몬드를 창조하셨다고 생각해요?"

얼마나 멋진 말인가요! 찾아오는 낯선 누구라도 고귀한 인격으로 대하는 태도야말로 밥 한 그릇보다 더욱 값집니다. 정말 보잘것없다고 여겨지는 사람들을 예수님처럼 환대한다면 그 사람은 참으로 행복해집니다.

민들레 국수집은 환대의 집이 추구한 정신을 닮으려 합니다. 《잣대는 사랑》을 읽으면서 큰 감동을 받았고 이 책의 정신을 실천하려 노력했지요. 또 틈이 날 때마다 다시 펼쳐 읽으면서 초심의 마음을 잃지 않으려 합니다.

《잣대는 사람》에 보면 피터 모린은 스스로를 내어주는 사랑이야말로 초기 교회에서 행해진 일이라는 것을 강조했습니다. 자신을 희생해서 배고픈 이에게 음식을 제공하고, 벌거벗은 이에게 옷을 주었으며, 집 없는 이에게 숙소를 제공했고, 고통받는 이는 돌보아주었지요.

신앙을 가지지 않은 사람들이 그걸 보고 놀라서 말했습니다. '저들이 서로를 얼마나 사랑하는지 보라.' 그러나 오늘날의 우리에 대해 피터 모린은 이렇게 말합니다.

> 가난한 이들은 더 이상 개인의 희생으로 먹거나 입거나 숙소를 제공받지 않고 세금을 내는 사람들의 돈에 의존한다. 개인의 희생으로 가난한 이들이 먹고 입고 숙소를 제공받지 않으므로 이교도들이 그리스도교인들을 보고 말한다. '저들이 어떻게 돈을 남의 손으로 넘기는지 보라.'

2003년 4월 1일에 민들레 국수집을 시작했으며 그해 5월에 민들레의 집을 열었습니다. 민들레의 집은 국수집을 찾아오는 손님 중에서 자립하고 싶어하는 손님이 있으면 따로 방 한 칸을 얻어드립니다. 아무 조건이 없습니다. 혼자 힘으로 살 수 있을 때까지 식구로 받아들입니다. 지금 약 30명의 식구들이 국수집 주변에서 삽니다.

2008년에 민들레꿈 공부방을 열어서 공부할 환경이 좋지 않은 아이들을 돌보고 있습니다. 2010년 2월에는 민들레꿈 어린이밥집을 열어 동네 아이들이면 누구든지 공짜로 간식과 식사를 할 수 있도록 했지요. 11월에는 조그만 어린이 도서관 '민들레 책들레'를 열어 아이들이 이용할 수 있도록 했습니다.

2009년 7월에는 민들레 희망지원센터라는 자그마한 집을 시작했습니다. 우리 손님들이 자유롭게 낮 동안 이용할 수 있습니다. 1층에는 책과 컴퓨터가 있고, 영화도 볼 수 있으며, 강의도 할 수 있고, 작은 모임도 할 수 있고, 상담도 할 수 있습니다. 2층에는 샤워장과 세탁실과 낮잠 자고 휴식할 수 있는 방을 마련해놓았습니다. 옥상에는 화단을 꾸며놓았고, 빨래를 말릴 수 있습니다.

2010년 8월부터는 매달 두 번씩 민들레진료소를 엽니다. 인하대병원 교수님들께서 자발적으로 오셔서 진료를 하십니다. 진료와 투약은 모두 무료입니다. 2011년 1월에는 민들레가게를 열어 손님들에게 필요한 옷을 선물해드리고 있습니다.

? 얼마 전 미국의 장기수들이 출소한 뒤 정착하도록 도와주는 프로그램을 TV에서 보고 저도 후원회를 통해 장기수들과 편지를 주고받는 일을 시작했습니다. 그런데 그들의 성격이 외골수이고 평범하지 않아 마음에 부담이 되었습니다. 그래서 지금 고민입니다. 어떻게 해야 그들을 도울 수 있을까요?

저는 한국순교복자수도회에서 수도생활을 시작했습니다. 그곳의 주보성인(수호성인)들은 모두 교도소 출신에다 사형수 출신들입니다. 그분들의 순교 정신을 본받아 살아야겠다고 결심했습니다.

1981~1982년에 교리신학원을 다녔는데 수업을 빼먹으면서 의정부구치소와 서울구치소를 쫓아다녔습니다. 사형수들을 만나기 위해서였죠. 종신서원을 할 때도 교도소 사목을 하고 싶었지만 기회가 좀

처럼 오지 않았습니다. 그러다 1995년부터 교도소 사목을 할 수 있게 됐습니다. 감옥에 있는 형제들을 만나면서 무척 행복했습니다.

하는 일은 주로 이야기를 나누고, 상담하고, 편지 쓰고, 책을 보내주는 것입니다. 상담과 편지 쓰기가 주 업무라 할 수 있는데 어떤 날은 70~80통씩 편지를 주고받았습니다. 감옥에 있는 형제들이 어떻게 하면 행복해질 수 있을까 고민을 많이 했습니다. 그때 브라질의 해방신학자 파울로 프레이리와 프레이 벳토의 대담을 묶은《인생이 학교다》가 큰 도움이 되었습니다. 신부님이 감옥에 갇힙니다. 그곳에서 그는 수감자들을 교육하고 교화합니다. 1950년대였는데 당시 브라질에는 문맹자가 적지 않았지요. 그 책을 읽고 무릎을 쳤습니다. 신부님이 하신 방식이, 잘 살라고 가르치고 설교하는 게 아니라 스스로 잘 살 수 있게 하는 것이었습니다. 자기 스스로 입을 열게 하는 것입니다. 물론 그 신부님처럼 감옥에 갈 수는 없지만 그러한 정신으로 헌신해야겠다고 결심했습니다.

그러자 상상도 할 수 없는 일이 벌어졌습니다. 내가 설교조로 나갈 땐 계속 딴죽을 걸고 험악한 대꾸를 서슴지 않던 사람들이, 내가 귀를 열고 가만히 그들의 말을 기다리고 있자 스스로 말을 하기 시작한 것입니다. 자신에 대해 말하고 세상에 대해 말하면서 조금씩 변해갔습니다. 그 모습을 보면서 편지도 이렇게 하면 되겠구나, 생각이 들었고 그런 방식으로 편지를 주고받았습니다.

그런데 제가 수도원을 나오면서 그 소식을 100여 명 형제들에게 알리자 모두들 편지를 뚝 끊어버렸습니다. 수도원을 나왔기에 제가 나쁜 놈이라는 것입니다. 제가 잘못 가르친 셈이지요. 그 후 편지에 답장을 쓰는 일은 아내 베로니카에게 넘겼습니다. 지하상가에서 옷가게를 하는 아내도 지금까지 15년 넘게 편지를 주고받고 있습니다. 주로 사형수, 장기수들이지요.

방금 질문하신 것처럼 감옥의 형제들이 외골수이고 편협한 것은 어느 정도 사실입니다. 그러나 그 원인을 알아야 합니다. 그들은 제대로 배울 기회가 없었습니다. 사람은 교육을 받지 않으면 인간성이 향상되기 어렵습니다. 물론 많이 배웠다 하여 죄를 저지르지 않는 것은 아니지만 교육을 받으면 그만큼 죄를 저지를 확률이 줄어듭니다. 또 그들은 사랑을 받은 적이 없기에 사랑을 표현할 줄도 모르며 어떻게 주어야 하는지도 모릅니다. 그래서 사랑은 무조건 받는 것이라고 착각하는 경우가 많습니다. 그들에게 사랑은 받는 것이 아니라 주는 것이라고 깨우쳐주면 생각과 행동의 변화가 일어납니다.

저는 지금껏 10년 넘게 청송 북부교도소를 한 달에 한 번 꼴로 방문하고 있습니다. 강력범, 흉악범들이 주로 모이는 곳이지요. 처음에 바위처럼 꿈쩍도 하지 않던 형제들이 지금 변화한 모습을 보면 그야말로 기적이랄 수 있습니다. 제가 영치금으로 1만 원을 넣어주면 자기 몫을 더 어려운 사람에게 선뜻 내줍니다. 누가 강요해서가 아닙니다. 스스로 그렇게 합니다. 이는 굉장히 어려운 실천입니다. 때로는 단돈 100원이 아쉬운 상황일 텐데도 선뜻 자신의 몫을 다른 사람에게 줍니다.

교도관 분들도 그 모습을 보면서 정말 믿을 수 없다고 말씀하십니다.

? 현재 장사를 하고 있습니다. 돈을 많이 벌고 싶어서 가게 이름도 '재벌'이라고 지었습니다. 저 스스로를 평가하면 경계인이지 않을까 싶습니다. 부자가 되어 좋은 일을 하고 싶은 욕구도 있지만 때로는 다 버려야겠다는 생각도 듭니다. 그러나 기본적으로는 돈이 있어야 남도 도울 수 있지 않을까요?

예전에 영등포교도소에서 강연을 한 적이 있습니다. 감옥 형제들이 200여 명쯤 참석했습니다. 제가 "얼마 정도의 돈을 가지고 있으면 다시 교도소에 들어오지 않고 평범하게 살아갈 수 있겠습니까?"라고 물었지요. 대략 3~4억 원은 있어야 하지 않겠는가라고 대답하더군요. 조금 크게 보는 사람은 5~6억 원을 불렀습니다. 그 정도 돈은 있어야 남부럽지 않게 살 수 있다고 생각하는 것입니다. 감옥에서 10~20년 살던 사람도 그 정도 돈은 있어야 한다고 말했습니다.

그런데 얼마 전에 청송 형제들과 이야기를 나눌 기회가 있었습니다. 그들에게도 질문을 던졌는데 질문의 방식을 바꾸었지요. "출소할 때 법무부장관이 그동안 징역살이 하느라 고생했다면서 1억 원을 주면 어떻게 쓰겠습니까?"라고 물었습니다. 단 조건을 붙였습니다. 이 돈은 나라에서 주는 돈인데, 자신이 아닌 다른 사람을 위해서

ⓒ 김홍희

"국수집 식구들이나 감옥에 있는 형제들을 떠올리면
그들이 저에게 잘해준 기억만 납니다. 미웠던 일은
기억이 안 나니 버티고 사는 것 같습니다.
어쩌면 제 눈에 콩깍지가 씌었는지도 모르지요."

만 써야 한다고 말이죠. 나를 위해 한 푼이라도 쓰면 전부 회수한다고 했지요. 이 질문을 던지고 15명에게 차례차례 대답을 들었습니다. 14명째까지 아무도 대답을 못했습니다. 평생 단 한 번도 다른 사람을 위해 돈을 써본 적이 없었기 때문에 왜 그렇게 해야 하는지 이해하지 못했으며 쓰는 방법도 몰랐습니다. 마지막 15번째 형제의 대답은 "1억 원을 가지고 도망치겠다"였습니다.

첫 번째 질문에는 최소 3~4억 원은 필요하다고 대답했습니다. 즉 자신을 위해서는 그만큼의 돈이 있어야 한다고 생각하는 것입니다. 그러나 두 번째 질문에서 보듯 다른 사람을 위해서는 한 푼도 필요하지 않다고 생각합니다. 자신을 위해서는 아무리 돈이 많아도 부족하지만 타인을 위해서는 1원도 아까운 게 사람의 마음입니다.

얼마 전 소설 《허수아비 춤》을 보니, 열심히 공부해서 박사학위 받고 일류기업에 들어간 사람이 스톡옵션으로 수십억 원을 받고선 고민하더군요. 시계는 얼마짜리를 사고, 넥타이핀은 얼마짜리를 살까. 아무리 벌어도 자기를 위해서 쓰려고 하면 수십억, 수백억으로도 턱없이 모자랍니다. 이렇게 나를 중심에 놓으면 언제나 부족하지만, 남을 위해 쓰고자 하면 300만 원만 있어도 엄청난 일을 할 수 있습니다.

제가 2000년에 옷가방 하나 달랑 들고 수도원을 나와 여인숙에서 한동안 지냈는데 감옥에서 만난 형제가 울면서 찾아왔어요. 도와달라구요. 봉사자 분들의 도움으로 형제들과 먹고살기 위해 집수리 가게를 열었는데, 그만 형제들끼리 싸움이 벌어져서 얼마 못 가 뿔뿔이

흩어지게 됐습니다. 다 정리하고 나니 수중에 300만 원이 남더라구요. 이 돈으로 무얼 할까 궁리하다가 우리 형제들과 배고픈 분들 국수라도 삶아드려야겠다 싶어 국수집을 시작했습니다. 그때 300만 원으로 차린 국수집이 10년이 다 된 지금도 잘 돌아갑니다.

우리는 남을 위해 쓸 때는 머리를 많이 굴립니다. 어떻게 하면 공평하게 나눌 수 있을까 하구요. 하지만 제 욕심을 위해 쓸 때는 아낌없이 생각나는 대로 쓰게 되니 항상 모자랄 수밖에 없습니다.

? 봉사하시면서 방송에도 여러 차례 나오셨는데 그것으로 인한 걸림돌은 없는지요?

제가 수도원에서 나왔을 때 47세였습니다. 속된 말로 폼 잡을 나이도 아니지요. 몇 년 후면 오십이 되는데 기고만장할 것도 없었고요. 민들레 국수집을 처음 차렸을 땐 인터뷰 같은 건 절대 하지 않고 조용히 살겠다고 마음먹었어요. 그래서 인터뷰 요청은 전부 거절했습니다. 그런데 어느 날 우리신학연구소의 박영대 소장이 와서 말하더군요.

"사람들이 앉아서 밥을 먹을 수 있을 때까지는 싫어도 계속 떠드셔야 합니다."

무슨 말인고 하니, 노숙인들은 배식을 받으면 벤치에 앉아서 먹거나 땅바닥에 앉아서 먹거나 서서 후다닥 먹기도 하지요. 그렇게 먹는 사람들이 다 없어져야 한다는 말입니다. 즉 밥상 앞에 앉아서 밥을 먹어야 한다는 뜻입니다. 그날이 오게 하려면 제가 조용히 이 일을 할 게 아니라 소문을 내야 한다는 주문이었지요.

그때부터 인터뷰에 응하게 됐는데 TV의 효과가 참으로 컸습니다. 후원 물품도 많이 들어오고 자원봉사자가 많아져서 좋기는 하지만 알아보는 사람이 너무 많아 고민이 되었습니다. 또 사고도 있었고요. 〈인간극장〉이 방영될 당시 교도소에서 나온 형제 한 명이 저와 함께 국수집에서 일하고 있었는데, 방송 후 그 친구가 전화를 받았습니다. 그러더니 차츰 눈동자가 달라지더군요. 그리고 끝내 사고를 친 후 사라졌습니다. 그 후로 전화는 항상 제가 받습니다.

제가 만약 유명하다고 한다면, 그 유명세는 장단점이 있습니다. 세상 모든 일이 다 좋을 수만은 없으며 다 나쁠 수만도 없으니까요. 좋은 것을 얻으면 반드시 그만큼 값을 해야 합니다. 앞으로도 인터뷰 요청이 들어오면 거부하진 않을 생각입니다. 일하는 데 조금 방해가 된다고 해도 궁극적으로 모든 사람들이 밥상 앞에 앉아서 밥을 먹을 수 있게 될 때까진 하기로 했으니까요. 지금껏 8년 가까이 제가 각종 방송과 인터뷰에서 떠들었는데도 여전히 거리에서 식사하시는 분들이 많습니다. 제 생각처럼 쉽게 바뀌지 않더라구요.

항상 가슴에 담고 있는 게, 예수님이 마지막에 돌아가실 때 모습입니다. 그렇게 환호하던 군중들이 나서서 예수님을 십자가에 못 박았지요. 그와 마찬가지로 지금 사람들의 환호성은 아무것도 아니라는 것을 알면 건방 떨지 않고 살 수 있습니다.

내게 콩깍지를 씌운 사람들

? 항상 웃는 얼굴이신데, 장기수와 노숙인들과의 관계에서 화가 나거나 인간적인 실망감을 느끼는 일은 없으신가요? 그리고 기도를 하실 때 어떤 주제로 하나요?

2003년부터 노숙인들을 만나고 있는데, 어지간해서는 화가 잘 안 납니다. 아마 그전에 이미 예방주사를 맞았기 때문인 듯합니다. 수도원에서 나온 뒤 한동안 출소한 형제들과 함께 살면서 그들 밥을 해주었는데, 형제들이 싸울 땐 칼부림도 예사로 벌어지곤 했어요. 그때를 생각하면 노숙인들은 그야말로 천사처럼 느껴집니다. 술 먹고 성질 부려도 애교스럽게 봐줄 수 있지요.

재미있는 일이, 출소한 형제들과 지냈던 게 소문이 어떻게 났는지, 제가 '청송교도소에서 오래 살고 나온 흉악범 출신이다'라고 알려진 거예요. 국수집에 오는 손님들 중 가끔 술 먹고 이웃을 괴롭히는 분들이 있으면, 제가 목에 힘을 주고 정색을 하며 '아, 마음 좀 잡고 살아보려는데……'라고 혼잣말을 합니다. 그러면 바로 꼬리를 내리고 얌전해집니다. 어떤 손님은 저더러 "당신은 청송까지 갔다 왔지만, 나는 교통사고 내고 대전교도소밖에 안 갔다 왔소" 그렇게 말씀하시더군요.

그동안 감옥 형제들과 노숙인들을 만나면서 제가 불행한 적은 한 번도 없었습니다. 국수집 식구들이나 감옥에 있는 형제들을 떠올리면 그들이 저에게 잘해준 기억만 납니다. 미웠던 일은 기억이 안 나니 버티고 사는 것 같습니다. 어쩌면 제 눈에 콩깍지가 씌었는지도 모르지요.

원하는 게 없으니 기도도 잘 못하고 삽니다. 제가 할 수 있는 것을 찾아서 하면 하느님이 얼마나 좋아하실까, 이런 생각을 하는 정도입니다. 25년 동안 수도원에서 살면서 기도도 못 배운 것 같습니다. 기도할 땐 어떻게 하면 하느님이 좋아하실까, 하느님 마음에 들 수 있을까 궁리하면서 "주님, 제가 무엇을 해드리면 좋겠습니까?"라고 기도를 올립니다.

참 고마운 일이, 그렇게 기도를 하면 하느님께서 잘 들어주십니다. "제가 뭘 해드릴까요?" 하고 여쭤보면 얼마나 잘 응답하시는지……. 하느님께서 시키시는 일, 좋아하실 만한 일만 골라서 하다 보니 여기까지 왔습니다.

? 장기수를 교화시키고 노숙인을 자립시키는 일을 하시면서 가장 기억에 남는 분이 있는지요?

교도소에서 만난 사람들 중 가장 기억에 남는 사람은 '꼴베' 형제입니다. 징역 20년 6개월을 받고 덧붙여 감호처분까지 받았습니다. 15년 전에 한 교도관의 소개로 만났는데 1만 명 중에 한 명 있을까 말까 할 정도로 난폭한 친구였습니다. 항상 말보다 주먹이 먼저 나갔지요. 15년 동안 만나면서 과연 이 사람이 변할까 하는 의구심이 들었어요. 도저히 변할 것 같지 않았는데 지금은 누가 봐도 변했다고 말합니다.

지금 감옥에서 누구보다 열심히 노약자와 무기수를 돌봐줍니다. 예전 같으면 상상도 할 수 없었지요. 예전엔 먹을 게 생기면 감옥에 들어가서 혼자 먹었습니다. 누가 동정이라도 바라면 대뜸 주먹을 날렸지요. 지금은 먹을 게 있으면 자신은 먹지 않고 자기보다 약한 친구들에게 먼저 줍니다. 이 변화가 사소하다고 생각하면 큰 잘못입니다. 이 변화는 엄청난 것입니다.

꼴베 형제는 20년 4개월 동안 감옥에서 생활했고 앞으로 2개월만 지나면 석방입니다. 그런데 자유의 몸이 되는 게 아니라 감호를 살아야 합니다. 감호법은 악법이라 하여 2005년 6월에 폐지되었는데 '폐지되기 이전에 선고를 받은 사람은 유효하다'는 부속조항이 있어 그는 석방되지 않습니다. 감호소도 아닌 청송3교도소에서 언제 나올지 기약 없는 감호를 살아야 합니다. 그는 언젠가 세상에 나오면 민들레 국수집에서 저와 함께 노숙인들을 위해 밥을 지으며 살고 싶다는 꿈을 꾸고 있습니다.

민들레 국수집의 첫 번째 손님인 영식(가명) 씨는 늘 저의 화두입니다. 안타깝게도 지금 알코올중독 치료를 위해 병원에 입원해 있습니다. 그는 2003년에 첫 손님으로 우리 가게에 왔습니다. 민들레 식구로 국수집 근처에 방을 얻어주고 함께 지내는 동안 자립 의지를 세워 노숙인의 삶에서 벗어났지만 얼마 지나지 않아 다시 돌아왔지요.

민들레 국수집에서 몇 달 지내다가 좀 살 만해지면 연락을 뚝 끊었다가 거의 죽을 만하면 다시 돌아옵니다. 그러기를 십여 차례 반복했습니다. 그런데 다시 돌아오기까지의 기간이 점차 늘어났습니다. 처음에는 한 달 후에 노숙인이 되었지만 두 번째는 3개월 만에 노숙인이 되었고 세 번째는 7개월 만에 노숙인이 되었지요. 그러다가 몇 년 동안 돌아오지 않았습니다.

우리는 그가 노숙생활을 완전히 청산하고 새 삶을 살 거라 믿었습니다. 살림의 재미도 붙고 친구 사귀는 재미도 붙였다고 믿었지요. 그런데 술 때문에 살던 집에서 쫓겨났다는 소식이 들려오더군요. 걱정이 이만저만이 아니었는데 어느 날 다 죽어가는 모습으로 찾아왔습니다. 제발 좀 살려달라고요. 그래서 제가 또 나갈 거냐고 물으니 이제 다시는 나가지 않겠다고 약속했습니다. 민들레 국수집의 많은 손님들 중에는 그에게 가장 연민이 갑니다. 저의 첫사랑이니까요.

그 외에도 많은 분들이 떠오릅니다. 그동안 돌아가신 분들도 숱하게 많구요. 또 재기에 성공해 사회로 복귀한 분들도 많습니다. 그런 분들은 되도록 자신의 아픈 과거를 지우고 싶어합니다. 간혹 선물을 사들고 찾아오는 분들이 계신데, 저는 그분들이 다시 찾아오지 않아도 절대 서운하지 않습니다. 그들이 찾아오지 않고 그 시간에 더 열심히 사는 것이 제가 바라는 것입니다.

? 노숙인들도 성격이 천차만별이라 생각합니다. 어떤 사람은 조용한

가 하면 어떤 사람은 행패를 부리기도 하지요.《민들레 국수집의 홀씨 하나》에 등장하는 박씨는 온갖 행패를 부리다가 피를 토하고 죽었지요. 그렇게 구제불능인 사람을 어떻게 참아내셨는지.

박씨는 이 바닥에서 유명했지요. 노숙인 세계에서 무소불위의 권력을 휘둘렀다고 할까요. 원래 성은 양씨입니다. 진짜 성을 밝히면 사람들이 정체를 알게 될까봐 박씨라고 거짓말을 했습니다. 어떤 의미에서 보면 그는 사람들에게 피해를 많이 끼쳤습니다. 그런데 그의 지나온 인생을 가만히 들여다보면 꼭 그에게만 잘못을 물을 수도 없습니다. 분명 이 사회가 잘못한 것도 있으니까요.

박씨가 처음 교도소에 가게 된 것은 아버지가 고발을 했기 때문입니다. 자식이 죄를 지으면 반성을 하게 하고 참회를 시켜야 하는데 그 아버지는 아들을 감옥에 넣었어요. 감옥에서 나온 이후 박씨는 평생 다른 사람을 괴롭히며 살았습니다. 타인을 괴롭히고 힘으로 눌러야 자신이 살 수 있다고 믿었던 것입니다.

인천에서 몸 파는 불쌍한 아가씨들을 등쳐먹고, 심지어 아무것도 없는 노숙인도 등쳐먹으며 살다가 병으로 죽었습니다. 죽기 전에 한 여자와 동거를 했는데 그 여자가 먼저 죽으면서 보상금이 1500만 원이 나왔어요. 박씨가 저를 찾아와 그 돈을 내밀더군요. 자기는 은행도 믿을 수 없으니 저더러 돈을 보관해달라는 것이었습니다. 돈을 맡기면서 "저는 믿을 사람이 한 명밖에 없습니다" 그러더군요. 물론 그 후 얼마 안 가 그 돈은 전부 그의 술값으로 사라졌습니다. 돈을 다 쓸 때까지 자기 돈이니 당장 내놓으라며 얼마나 말썽을 부렸는지, 그 일 때문에 동네가 한동안 시끄러웠습니다. 돈을 다 찾아 쓰고 나서 국수집 근처엔 얼씬도 하지 않았어요. 그러다 죽기 얼마 전에 찾아왔습니다. 저더러 "자기를 미워하지 말라"고 하더군요.

그가 죽은 후에 제 마음이 무척 아팠습니다. 좀더 잘해줄 걸, 후회가 밀려들더군요.

이웃이 희망이다

? 앞의 책에 장기수 면담이 본업이고 민들레 국수집은 부업이라고 나와 있습니다. 그런데 민들레 국수집이 본업인 것 같습니다. 그곳이 실제로 어떻게 운영되는지 궁금합니다. 노숙인과 노인들을 위한 무료급식소가 근처에 여러 개 있는데 또 만든 이유는 무엇입니까?

처음 민들레 국수집을 차릴 때 자본금 300만 원을 들고 여러 군데를 답사했습니다. 인천에는 경로식당이 많습니다. 그러한 식당의 특징은 65세 이상 노인이면 누구든지 무료로 식사를 할 수 있다는 것입니다. 그런데 서울과 달리 인천에는 노숙인을 위한 식당은 한 군데도 없었습니다. 그래서 길에서 밥을 먹는 사람들을 위한 식당을 차리기로 했지요.

가장 중요한 것은 식당을 오래 유지하는 것이었습니다. 아무리 좋은 일도 1~2년 하고 말면 의미가 없지요. 가만히 보니 서울에서 노숙인 식당을 하면 사람들이 많이 몰려 곧 망할 것 같았습니다. 또 인천에는 노숙인을 위한 공간이 없어 도움의 손길이 절실히 필요했고요. 노숙인 수도 120명 정도여서 조금만 노력하면 어떻게든 해낼 수 있을 것 같았습니다.

시작하면서 몇 가지 원칙을 정했습니다. 정부 지원을 받지 않겠다, 프로그램을 공모해 예산 확보하는 일은 하지 않겠다, 후원회 조직을 안 하겠다, 부자들이 생색내려고 내는 돈은 안 받겠다고 말이죠. 그냥 착한 사람들의 작은 정성을 모아 착한 마음으로 하기로 했어요. 처음에 후원자는 제 아내 혼자였습니다. 정부 지원을 받지 않는 이유는, 그렇게 되면 간섭이 심하고 온갖 서류를 제출해야 하기 때문이죠. 그럴 경우 밥도 한 사람당 얼마까지 먹을 수 있다, 이렇게 정해진 양이 있습니다. 그러나 민들레 국수집에서는 배고픈 사람은 몇 번이든 얼마든지 양껏 갖다 먹을 수 있게 합니다. 하루에 세 번이든 몇 번이든 오실 수 있습니다. 쉽게 말해 눈칫밥 먹이지 않기로 결심한 것입니다. 눈칫밥을 먹으면 생명이 오래가지 않습니다.

많은 사람들은 좋은 일을 하고 싶어도 돈이 없어서 못한다고 토로합니다. 또 어떤 사람들은 인력이 모자라서 못한다고 말합니다. 저는 일단 돈도 사람도 없이 시작해보자 싶었습니다. 1930년 미국 대공황 때 아무것도 없이 시작한 '환대의 집'도 지금껏 70년 넘게 이어지는데, 돈도 많고 사람도 많은 요즘 세상에 못한다는 건 이상한 일이라고 생각했습니다.

그럼 예산도 확보하지 않고, 후원회 조직도 없이 어떻게 시작할까 고민하다가 먼저 내가 가진 것을 다 털자고 결심했습니다. 내 전부를 내놓으면 뜻을 같이 하는 사람들도 내놓지 않을까 싶었어요. 예수님도 그러셨으니까요.

그러나 그해 겨울쯤 되니 약간 불안해지기 시작했습니다. 손님들은 많이 오고, 돈은 떨어지고, 베로니카의 가게도 운영이 어려웠습니다. 하루는 더 이상 버틸 수 없어서 후배 신부님에게 전화를 걸어 이러저러하니 좀 도와달라고 말씀드렸어요. 그랬더니 "그런 부탁할 거면 앞으로 전화하지 마세요" 하면서 전화를 끊더군요. 얼굴이 화끈거렸습니다. 마지막으로 딱 한 군데만 더 전화해보고 안 되면 포기하자 마음먹고 기찻길 옆 작은학교의 담비 아빠에게 전화를 걸었습니다. 100만 원만 빌려달라고 겨우 입을 열었습니다. 첫 마디가 역시 못 빌려주겠다고 하더군요. 순간 절망감이 이만저만 아니었는데 빌려주지는 못하고 그냥 주겠다는 것이었습니다. 그 덕분에 1차 위기를 넘겼지요.

그 후에도 문제는 참 많았습니다. 쌀독에 쌀이 똑 떨어질 때도 있었고, 당장 저녁 국거리를 살 돈이 없는 날도 많았지만, 고마우신 우리 이웃들의 도움으로 그 모든 위기를 극복하고 지금에 이르렀네요.

국수집에는 직원도 없고, 정해진 자원봉사자도 없습니다. 아침에 문을 열 때면 오늘은 어떤 자원봉사자가 올지 궁금합니다. 오전 10시에 문을 열어 손님을 받지만 저와 국수집 식구들은 8시 반에 출근해 일을 시작합니다. 그때부터 자원봉사자들이 한 분 두 분 오셔서 각자 편하게 일을 시작합니다. 11시 무렵이 되면 그들이 전부 알아서 합니다. 저는 뒤로 물러나 아무것도 하지 않아도 착착 진행이 되지요. 요즘은 민들레 국수집만이 아니라 어린이 밥집, 희망지원센터 등도 자원봉사자 체제로 운영됩니다.

국수집의 자원봉사자는 대중이 없습니다. 어제는 10명이 오고, 오늘은 20명이 오고, 내일은 30명이 옵니다. 손님보다 봉사자가 더 많은 날도 있지만 각자 할 일이 있습니다. 김치를 150포기 담는 날도 종종 있으니까요. 김치를 담는 날이면 동네 할머니들도 전부 와서 거들어주고 버무려줍니다. 어떤 날에는 약속이나 한 듯 봉사자가 한 명도 오지 않는 날도 있습니다. 그래도 아무도 걱정하지 않습니다. 식사하러 온 손님들이 앞치마 두르고 설거지하고, 채소 다듬은 후에 돌아갑니다. 누가 시키지 않아도 그냥 다 그렇게 돌아갑니다. 그 덕분에 정해진 후원회 없이도 풍족하고 행복하게 운영되고 있습니다.

? 민들레 국수집의 명성을 듣고 직접 찾아가 보았습니다. 명성에 비해 그 크기가 너무 작아 깜짝 놀랐습니다. 10명이 앉으면 자리가 꽉 차겠던데…… 그렇게 조그만 곳에서 어떻게 그 많은 사람들이 일을 하고, 밥을 먹을 수 있는지 의아합니다.

아마 확장하기 전에 오신 것 같습니다. 지금은 조

금 더 늘렸습니다. 처음에는 무척 작았지요. 자본금이 300만 원이었으니까요. 처음 시작할 때는 6명이 앉으면 꽉 찼습니다. 식탁이 하나 있었는데 그 식탁도 중고품 가게에서 구입해 원래 크기의 4분의 1을 잘라내 겨우 집어넣었습니다. 자원봉사자들은 일할 공간이 없어서 길 가에 펼쳐놓고 합니다. 그들에게도 미안하지만 기다리는 사람들에게는 더 미안했습니다. 10명만 앉을 수 있어도 참 좋겠다는 생각이 간절했으니 얼마나 작았는지 짐작이 갈 것입니다.

2008년에 10명이 앉을 수 있게 되었는데 한 시간에 67명까지 식사를 한 것이 최고 기록이었습니다. 식당을 7시간 운영하면 최대 420명까지 식사를 할 수 있겠다는 계산이 나왔습니다. 그런데 300명이 넘어가면 지칩니다. 일하는 사람도 지치고 밖에서 기다리는 사람도 지칩니다. 다행히 2008년에 제가 어디서 상금을 타게 되어 그 돈으로 옆집 쌀가게까지 공간을 넓혔고 지금은 동시에 24명이 앉을 수 있게 되었습니다. 1시간에 100분 이상 식사가 가능하고 요즘은 500명이 넘어가도 지치는 사람이 없습니다.

처음 우리 식당을 본 사람들은 그렇게 작은 곳에서 어떻게 손님을 받느냐고 놀라지만 우리는 300명이 넘는 손님을 거의 매일 받았습니다. 지금은 조금 넓어졌지만 찾아오시는 손님 수에 비하면 여전히 작습니다. 그래도 하루에 500명 넘는 사람들이 밥을 먹습니다. 중요한 것은 크기가 아니라 정성과 의지, 따뜻한 마음입니다. 손바닥만 한 공간에서도 우리는 얼마든지 지구를 덮을 사랑의 꽃을 피울 수 있습니다.

무료급식소 하면 가장 먼저 떠오르는 게 긴 줄입니다. 어느 급식소엘 가든지 줄이 길게 서 있습니다. 그러려니 하고 지나치면 줄을 선 사람들은 비인격체로 전락하게 됩니다. 그걸 막기 위해 저는 그들의 이름을 불러주고, 그들과 이야기를 나누고, 이런저런 질문을 합니다. 줄을 서는 방식에 대해서도 고민을 여러 차례 했습니다. 우리 사회에서 보통 줄은 선착순으로 섭니다. 그러나 선착순이 항상 올바른 방법일까요? 먼저 온 사람은 무조건 1등이어야 할까요? 저는 그렇지 않다고 생각했습니다.

힘없고 아프고 나이 들어 걷기조차 힘든 약자들이 1등을 해야 한다고 생각했지요. 그래서 손님들을 설득했습니다. 아무리 늦게 와도 힘없고 약한 사람이 먼저 밥을 드실 수 있게 하겠다고 하니 처음엔 반발이 거셌습니다. 그래서 "경쟁에서 져서 내 힘으로 밥 한 그릇 먹기조차 힘들게 됐는데, 우리마저 경쟁을 따라 해서야 되겠는가. 우리는 약한 사람부터 배려하자"고 설득했지요. 결국 손님들이 제 말에 수긍을 해서 약한 사람들을 우선 배려하기로 했지요.

내가 먼저 와서 기다리고 있는데, 나중에 온 사람에게 양보를 하면 처음에는 억울한 느낌이 듭니다. 그러나 그 사람이 나보다 약자이면 기쁜 마음이 듭니다. 또 늦게 와서 먼저 먹게 된 사람은 대접을 받았다는 느낌이 들어 뿌듯해지고, 동시에 다른 사람에게 미안한 생각이 들어 식사를 빨리 합니다. 그야말로 1석 3조입니다.

그 모습을 보면 수도원에서 지내던 시절이 떠오릅니다. 1976년에 입회를 했는데 아침에 밥을 먹지 못하고 라면을 끓여 먹었습니다.

큰 통에 라면을 담아놓으면 선배 수사들부터 차례대로 라면을 퍼갑니다. 나이가 가장 어린 막내들이 가장 마지막이지요. 앞에서부터 푸다 보면 앞 사람은 많이 먹고, 가장 뒤의 사람은 적게 먹을 것 같지만 그렇지 않았습니다. 맨 뒤의 막내들이 언제나 가장 많이 먹었습니다. 라면을 많이 끓이나 적게 끓이나 늘 꼬마들이 제일 많이 먹었지요.

어른 수사들이 퍼가면서 배려를 하는 것입니다. 자신이 많이 가져가면 뒷사람이 먹지 못할까봐 조금씩 덜어내는 것이지요. 그렇게 서로 조금씩만 양보를 하면 가장 약한 아이들이 가장 많은 혜택을 보게 됩니다. 우리가 사는 세상이 수도원의 아침식사처럼 돌아가면 모두가 행복할 것입니다.

우리는 인간답게 사는 것과 평화롭게 사는 것이 어떻게 하면 가능한지 알고 있습니다. 1등부터 주지 않고 약한 자부터 먼저 주면 세상은 행복해집니다. 이를 가슴으로는 잘 알지만 행동으로는 실천하지 못합니다. 타이타닉호가 침몰할 때 구명정에 탄 사람들은 누구인가요? 아이들이 가장 먼저 타고 여자들이 두 번째로 타고 노인들이 세 번째로 탔습니다. 그래도 자리가 남으면 남자들 중에서 어리고 병약한 사람부터 태웠어요. 그리고 나머지 건강하고 젊은 남자들은 모두 바다에 빠져 죽습니다. 그 순서가 우리 사회에서도 지켜지면 참 좋겠습니다.

? 민들레 국수집의 왕팬입니다. 선생님께서 홈페이지에 매일 올리시

는 일기를 감동으로 읽고 있습니다. 국수집 손님들의 사연을 읽다 보니 경쟁 제일주의, 자본주의의 폐해가 가장 적나라하게 드러나는 게 노숙하는 분들의 상황이 아닐까 하는 생각이 들었습니다. 이에 대한 선생님의 의견을 듣고 싶습니다.

요즘 우리가 살아가는 사회구조가 경쟁하고, 혼자만 잘살고, 내 가족만 잘살면 된다는 식으로 지옥을 만들어가는 것 같습니다. 노숙하는 분들도 이 세상에 자기밖에 없다고 말합니다. 실제로 친구도 동료도 이웃도 가족도 없고, 가족이 있다고 해도 아무 상관없이 살아가는 경우가 대부분입니다. 산업화, 개인주의화의 풍토 속에서 진짜 완전히 토막나버린 사람들, 이게 노숙하는 사람들입니다. 너무 안타까운 일이지요.

이분들에게 정말 필요한 것은 밥도 아니고 일자리도 아닌 것 같습니다. 대개 일자리를 만들어주고 저축하게끔 하면 살 수 있다고들 생각하지만, 제가 볼 땐 무엇보다 이웃이 있어줘야 합니다. 이 세상에 나를 생각하는 이웃이 있다는 걸 느끼게 해줘야 합니다. 국수집에서 오래 지내던 한 총각이 자립한다고 나갔다가 얼마 안 돼 다시 돌아왔습니다. 민들레 식구로 지내는 동안 운전면허도 따고 해서 얼마든지 마음만 먹으면 자립이 가능한 상태였습니다. 근데 왜 돌아왔냐고 하니까, 아등바등 돈만 벌며 사는 게 도무지 재미가 없어서 돌아왔다고 합니다. 그보다는 민들레 식구들과 어울려 지내면서 작은 거 하나라도 나누면서 사는 게 훨씬 재미있다고 합니다.

국수집에선 스물네 분이 앉아서 식사를 하는데 식기 부딪치는 소리만 날 뿐 너무 조용합니다. 전부 따로따로 앉아서 묵묵히 자기 밥만 떠먹습니다. 서로 대화가 없습니다. 저나 봉사자 분들이 말을 걸면, 그때야 대답을 합니다. 이분들에게 어떻게 이웃과 더불어 사는 재미를 만들어줄까, 그럼 살아날 수 있지 않을까, 그런 생각을 하던 차에 '사랑의 선교회' 수사님들이 빈 집을 빌려주셨어요. 단 조건은 노숙하는 사람들을 위해 쓸 것, 그렇지 않을 경우 즉시 계약해지라고 하시면서요. 방 네 칸과 거실이 있는 집인데, 그곳을 우리 민들레 식구들의 구심점으로 만들어야겠다 싶어 지금 수리중에 있습니다. 따로따로 지내는 식구들이 하루 한 끼만이라도 모여서 밥을 나누고 정을 나눌 수 있게 해보자는 것입니다. 나머지 시간은 지금처럼 각자 지내게 하구요. 아마 새로운 실험이 되지 않을까 싶습니다.

한 1년 전부터 우리 손님들과 정기적으로 책을 읽고 대화를 나누는 인문학 강좌를 열고 있습니다. 끝나면 막걸리 파티도 하는데, 고정적으로 모이는 분이 20분 정도 됩니다. 그중 우리 영민(가명) 씨는 노숙생활을 십 수 년 했습니다. IMF 전엔 금세공 공장도 직접 운영할 정도로 여유가 있었는데 그땐 남보다 앞서기 위해 앞만 보고 죽어라 뛰느라 한 번도 행복하다고 느낀 적 없었다고 합니다. 그런데 요즘은 최악의 상황인데도 오히려 행복하다고 하십니다.

영민 씨는 처음 노숙을 시작했을 때부터 살아보려고 안달복달하며 열심히 일했지만, 나쁜 놈들한테 다 뜯기고 제대로 인건비를 받아본 적이 없었답니다. 그렇게 착하고 힘없는 사람들을 힘으로 착취하는 이들이 세상에 너무 많습니다. 술하게 이리 뛰고 저리 뛰어봐도 길바닥 생활을 벗어날 수 없는 것입니다. 제가 작년에 시골의 한 양계장에 영민 씨를 소개했습니다. 그곳에서 석 달 일하고 300만 원을 벌었는데, 노숙생활 후 제대로 인건비를 받아보긴 처음이라고 하더군요. 그 돈을 이혼하고 한 번도 못 만난 딸에게 갖다주었다면서 너무 기뻐하셨습니다.

공중화장실에서 노숙하던 갓난아기 가족이 지난해에 국수집을 찾아오셨는데, 아기 아빠가 그때부터 지금까지 1년 넘도록 정말 쉬지 않고 일했는데도 돈을 못 법니다. 방세 10만 원도 못 마련할 정도입니다. 신용불량자에다 배운 것도 없으니 가장 열악한 조건의 일을 할 수밖에 없고, 노가다를 해도 인건비를 받을 길이 없습니다. 지난 달부터 꽃게잡이를 하는데, 그런 곳은 보통 보름이나 한 달 치 인건비를 묶어놓습니다. 얼마나 돈이 급한 사람들인데……. 그 돈을 묶어놓으니 못 견딜 수밖에요.

국수집에 오는 분들한테 시골에 일자리가 있는데 먹여주고 재워주고 한다고 해도 안 믿습니다. 다 당해봐서 그렇습니다. 가봤자 죽어라고 노예처럼 일만 하다 도망쳐 나와야 하는 경우가 비일비재합니다. 이처럼 임금을 제대로 받기도 어렵고, 어쩌다 제대로 받은 돈도 주변에 널려 있는 도박장 주인들이 다 챙깁니다.

동인천역 근처만 해도 체육공단인가에서 경륜, 경정 같은 도박장을 운영합니다. 그런 곳에 몰리는 돈이 거의 국수집 손님들 같은 가난한 사람들 돈입니다. 로또복권도 마찬가지입니다. 길거리에서 가끔 국수집 손님들이 로또복권을 손에 꼭 쥐고 펼쳐보는 모습을 봅니다. 로또복권 하나 맞으면 빚이라도 갚을 수 있으려나, 하는 마음에서지요. 안 그러면 방법이 없다고 하소연을 합니다.

이런 악순환이 계속됩니다. 아니, 점점 더 심해지고 있습니다. 노숙인이 생기는 근본 이유는 개인주의, 이기주의의 만연 때문입니다. 근본적인 원인을 바꾸지 않고 생겨난 노숙인만 처리하려 하는 것은 그야말로 밑 빠진 독에 물붓기입니다. 이런 근본적인 악순환의 고리를 끊으려면 어떻게 해야 할까요?

얼마 전 제가 수도생활을 할 때 인연을 맺었던 필리핀에 가족들과 다녀왔습니다. 책을 팔아 인세 수입이 생기면 그곳 가난한 아이들을 돌볼 방법을 찾아보겠다고 약속한 일을 지키기 위해서였죠. 그곳의 가난한 정도는 이루 말 못합니다. 20여 년 전과 하나도 달라진 게 없더군요. 서너 살짜리 아이들이 어마어마한 쓰레기더미를 날마다 뒤지고 삽니다. 아이들한테 나눠주려고 옷과 신발을 잔뜩 가져갔는데, 7살쯤 된 아이가 3살쯤 된 동생을 업고 자기 몫을 받으려고 줄을 서는 거예요. 그 모습을 보고 제 딸 모니카가 이렇게 말합니다. 이 아이들은 아무리 가난해도 가족이 함께 있으니까 조금은 행복할 거라고요. 우리가 서울에서 정기적으로 자장면파티를 열어주는 보육시설이 있는데, 그곳 아이들 모습이 떠올라서 가슴이 아팠던 모양이에요. 먹을 것, 입을 것이 아무리 풍족해도 가족과 떨어져 지내야 하잖아요. 가끔 아이들을 데려다 우리집에서 먹이고 재우고 가족의 따뜻함을 맛보게 해주려고 하지만, 매일 함께 지내는 가족과 같은 순 없겠지요.

우리가 사는 세상이 지금 어떻게 돌아가고 있는지, 한 번쯤 자기 주변을 둘러보고 함께 고민해보면 좋겠습니다.

? 오랜 세월 함께 지내면서도 자립하지 않은 식구들이 있는 것 같은데, 국수집을 하시는 궁극적 목적은 노숙인들의 자립을 돕기 위해서 아닌가요?

민들레 식구 중에 선재(가명) 씨라고 있어요. 지금 40대 중반인데, 자기 배가 고프다고 남의 것을 탐할 줄도 모르는 착실하기만 한 친구입니다. 선재 씨는 2005년에 국수집에 왔는데 지금껏 국수집 일을 거들면서 함께 지냅니다. 이 친구의 모습을 보면서, 자립시키는 게 능사는 아니구나, 하는 생각을 많이 합니다.

선재 씨는 갈 데가 없습니다. 본인이 어디 가려고 하지도 않구요. 아무래도 자본주의 사회에서 경쟁하며 살아가는 일이 너무 겁나는 모양입니다. 원래 부산 소년의집 출신인데 열 몇 살에 서울로 나와서 살아보려고 발버둥 치다가 거리에서 십 수 년 노숙을 했습니다. 선재 씨를 처음 만났을 때 저한테 했던 말이 지금도 잊히지 않습니다. 한겨울 산 밑에 있는 공원에서 밤새 덜덜 떨다가 새벽녘에 햇살이 얼굴에 비치는데, 그 햇살이 너무 따뜻했다고……. 가슴이 아프지요. 얼마 전 선재 씨가 정기검진 결과 결핵이 발견되어 치료를 받고 있는데 아주 흐뭇한 모양이에요. 베로니카께서 먹을 것도 신경 써주고, 사골도 고아주고 하니까요.

물론 민들레 식구로 지내다 자립해서 잘 지내는 분들도 많습니다. 그러나 선재 씨 같은 사람까지 자립하라고 등을 떠밀 일은 아니라고 생각하게 됐습니다. 국수집 근처에 느슨한 공동체인 민들레의 집을 마련해 함께 지내고, 훗날 이들과 함께 사는 마을을 만들고 싶은 꿈을 꾸는 것도 같은 이유에서입니다. 요즘은 민들레 식구 중 누가 아프면 다른 식구가 돌보고, 서로 돕고 나누는 모습들이 많이 자연스러워졌습니다. 그 모습을 보면 민들레의 집이 자연스럽게 수도원 공동체를 닮아가는 것도 같습니다.

? 수도원 공동체 내부에서의 일상생활이 궁금합니다. 앞서 말씀하신 것 외에도 궁극적으로 우리 사회의 모습이 수도원을 닮았으면 좋겠다고 여기는 부분이 있으신가요?

수도원마다 다르기는 하지만 대동소이합니다. 가톨릭 수도자들은 예수님의 삶을 따르기 위해 가난, 정결, 순명의 3대 서원을 합니다. 예수님처럼 하느님을 사랑하고 이웃사랑을 실천하면서 지상에서 천국의 삶을 증거하는 예언자적 삶을 살아갑니다. 수도생활은 예수님께서 우리를 사랑하신 것처럼 우리도 서로 사랑하라는 예수님의 새 계명을 실천하는 삶입니다.

일상생활은 기도와 노동으로 이루어집니다. 기도하는 것과 노동이 일상생활의 중심축입니다. 새벽에 일어나서 아침기도를 하고 미사를 드립니다. 아침식사를 하고 청소를 합니다. 그리고 각자가 맡은 일을 하거나 공부를 합니다. 점심에 낮기도를 하고 점심식사를 합니다. 잠시 쉬었다가 각자의 일을 하거나 공부를 합니다. 저녁에 저녁기도를 하고 저녁식사를 합니다. 공동 휴식과 오락시간이 있고 마지막에 끝기도를 하고 대침묵을 지키면서 하루를 마무리하고 잠자리에 듭니다.

수도자들은 성무일도를 통해 매 시간 하느님을 중심으로 살아갑니다. 성무일도는 기본 중심이 아침기도, 낮기도, 저녁기도, 끝기도입니다. 그리고 독서의 기도가 있습니다. 그 사이사이에 일용할 양식을 얻고, 어려운 이웃을 돕기 위해 노동을 합니다.

수도원은 지상에서 하늘나라를 미리 보여주는 생활입니다. 궁극적으로 완성된 사회를 꿈꾸지요. 세상에 남이란 없습니다. 이 세상도 수도원처럼 서로 형제자매로, 가족으로 살아가면 참 좋겠습니다. 하느님의 사랑 안에서 오순도순 살아가는 것이 바로 지상에서 천국처럼 사는 삶입니다. 하늘나라는 자기 밭에 좋은 씨를 뿌리는 사람에 비길 수 있습니다. 하늘나라는 겨자씨와 같으며 누룩과 같고 촛불과 같습니다.

함께 꿈꾸고 이뤄낸 1만 원의 기적

? 국수집을 시작한 이후 필요할 때마다 저절로 채워지는 기적의 손길을 많이 경험하셨다고 들었습니다. 그 이야기 좀 들려주세요.

국수집 5년째 되던 해에 무언가 새로운 일을 더 해야겠다는 생각이 들었습니다. 국수집만 해가지고는 더 밝은 미래를 만들기가 어렵다는 것을 깨달았습니다. 어른들을 도와드리고, 노숙인의 친구가 되어주는 단계에만 머물러선 큰 변화를 기대하기 어렵겠더군요. 좀처럼 변화하지 않는 그분들을 보면서 때로는 밑 빠진 독에 물붓기처럼 회의감도 들었어요. 그렇다면 지금 무엇이 필요한가 따져보았죠. 아, 아이 때부터 돌봐야겠다는 생각이 들더군요. 노숙인이 되고 재소자가 되는 사람들을 줄이려면 그게 정답인 것 같았어요. 그래서 내린 결론이 소외된 아이들에게 희망을 주고 공부할 수 있는 환경을 만들어주자는 것이었지요. 가장 시급한 일이, 낮에 갈 곳 없는 아이들을 위한 공부방을 만드는 것이었습니다.

바로 1만 원을 들고 우체국에 가서 통장을 만든 다음 홈페이지에 글을 올렸습니다. 공부방을 마련하기 위해서는 전세금 2000만 원이 필요한데 이 돈이 모아졌으면 좋겠다고요. 100일째 되는 날 2000만 원 넘는 돈이 모아져 공부방을 마련했습니다.

또 가만히 보니 부모가 모두 일을 나가는 집의 아이들이 불량식품으로 식사를 대충 때우는 일이 많더라구요. 어른이야 한 끼 안 먹어도 되지만 아이들은 우리의 미래이지 않습니까. 그래서 아이들을 위한 어린이밥집을 만들어서 동네 아이들은 누구나 스스럼없이 들어와서 밥도 먹고 간식도 먹을 수 있게 하고 싶다는 꿈을 꾸었고, 결국 작년에 이루었습니다. 그 다음에 또 가만히 보니 먹는 문제와 공부할 공간이 일부나마 해결되었다고 해서 책임을 다한 것은 아니더라구요. 그래서 책도 보고 문화적인 체험도 할 수 있는 작은 어린이 도서관을 만들었어요. 그냥 하니까 되더라구요.

국수집을 하면서도 늘 신기한 일이, 아슬아슬한 순간에 간절하게 꿈을 꾸고 기도하면 저절로 자연스럽게 부족한 부분이 채워지는 겁니다. 그런 경험은 너무나 많습니다. 쌀독이 텅 비었을 때 생각지도 못했던 고마운 분들이 가게 문 앞에 쌀을 두고 가시거나, 민들레 식구들을 위해 급히 월세방을 마련해야 하는데 고마우신 분이 딱 보증금만큼 보내주신 경우도 있었구요.

왜 이런 일이 자꾸 일어날까, 제가 생각해도 신기합니다. 아마도 제가 간절하게 꿈꿀수록 다른 사람들에게도 그런 간절한 마음이 전해져서 자연스럽게 도와주시는 게 아닐까, 다른 사람과 그렇게 같은 마음이 되는 게 바로 기적이 아닐까 생각합니다. 그야말로 1만 원의 기적이지요. 제가 자꾸 꿈을 꾸고 일을 벌이니까 요새는 딸이 그럽니다.

"아빠, 제발 꿈꾸지 마세요!"

? 노숙인의 가장 큰 문제는 술 아닐까 생각합니다. 알코올중독은 치유가 불가능한 병으로 알고 있는데 오랫동안 그들을 만나시면서 마음 고생을 많이 하셨을 것 같습니다만, 어떠신지요?

술은 노숙인뿐 아니라 모든 사람에게 문제일 수 있지요. 뭐든지 적당히만 하면 좋겠지만 술은 적당히가 참 어렵습니다. 일반 직장인이나 학생들, 가정주부 중에도 과도한 음주로 건강을 상하고 인생이 허물어지는 경우가 많습니다. 그러니 꼭 노숙인들만의 문제는 아니지요. 대부분의 노숙인들은 술을 마십니다. 술을 마시기 위해 세상을 사는 사람도 있지요.

그런데 그들에게는 한 가지 특징이 있습니다. 사랑받고 싶은 욕구가 있다는 것입니다. 모든 것이 완벽하게 갖추어진 사람들 중에도 술로 인생을 망치는 경우가 있습니다. 그들은 물질이 부족해서가 아니라 사랑이 부족해서 그렇습니다. 아무리 돈을 많이 벌고 권력을 얻어도 무언가 채워지지 않으면 술로 채우려 합니다.

노숙인 중에는 난폭하지도 않고, 어떻게든 살아보려 애쓰는데 안 되는 사람들이 많습니다. 알코올중독에서 벗어나 새 삶을 살려 하지만 뜻대로 되지 않습니다. 민들레 국수집 식구 중에 이슬왕자님이 대표적인 경우입니다. 그는 지금까지 술을 끊기 위해 병원을 7~8차례 왔다 갔다 했습니다. 우리가 병원에 입원시키면 술을 딱 끊습니다. 술만 끊으면 정신이 말짱해지므로 정신병동에서 바로 나옵니다. 누군들 정신병원에 있기를 좋아할까요. 그렇게 밖에 나와 며칠, 길게는 몇 주 있다가 다시 병원으로 실려갑니다. 그걸 지금 5년째 반복하고 있습니다.

앞에서 얘기한 영식 씨도 알코올 문제가 심각합니다. 독하게 마음을 먹으면 1~2년 마시지 않지요. 그러다 우연한 계기로 발동이 걸리면 다시 중독자가 됩니다. 이 병은 암보다 더 무섭습니다. 하지만 아직은 특별한 묘책이 없습니다. 단지 살아 있는 한 희망의 끈을 놓지 않는다는 것뿐, 그냥 기다릴 뿐입니다.

? 대전에서 일하다가 작년에 200일 순례길을 떠나 지금 서울에 도착했습니다. 저 역시 대전에서 노숙인 돌보는 일을 했습니다. 그들은 의외로 자존심이 강합니다. 세수하다가 옆 사람이 실수로 물을 튀기자 벽돌을 들어 치려고 하는 것을 겨우 뜯어 말린 적도 있습니다. 그 외에도 여러 가지 문제가 많은데 나이가 점차 내려가고 있다는 점, 특별한 기술이 없으며 막노동조차 하지 않으려 한다는 점, 알코올 문제, 1000원이 생기면 PC방으로 가 게임만 한다는 점…… 열거하자면 끝이 없습니다. 저는 지금 순례를 하지만 노숙인은 아닙니다. 돌아갈 집이 있으니까요. 하지만 그들은 돌아갈 집이 없습니다. 가장 최선의 방법은 무엇인지 듣고 싶습니다.

처음 국수집을 시작할 때는 배고픈 사람들에게 밥 한 그릇 주자는 소박한 마음으로 시작했습니다. 그러다 시간이 지날

수록 그에 덧붙여 다른 고차원적인 일을 해야 한다는 사실을 깨달았습니다. 밥도 중요하지만 밥을 먹은 후에 인간으로서 해야 하고, 누려야 할 일이 있다는 것을 알게 된 것이지요. 음악을 듣고, 차를 마시고, 낮잠을 자고, 책을 읽고, 컴퓨터를 하고, 영화를 보는 것 역시 그들에게도 똑같이 필요합니다.

사람은 언제 변할까요? 아, 내가 변해야겠다, 라고 마음을 먹는 순간은 언제일까요? 의식주가 위협받을 때는 변화에 대한 꿈도 꾸지 못합니다. 우선 생존해야 되니까요. 내 목숨을 보전하기가 급한데 어찌 변화를 모색하겠습니까. 그러나 그 위급의 단계를 벗어나면 변화의 필요성을 느낍니다. 노숙인들도 마찬가지입니다. 당장 배가 고프면 눈앞에 보이는 것은 밥밖에 없습니다. 배가 부른 다음에야 주위를 둘러보게 됩니다.

우리 민들레 희망지원센터에는 술만 마시지 않으면 누구나 올 수 있습니다. 양말과 새 속옷도 주고, 목욕도 하고, 낮잠도 자게 해줍니다. 영화도 보고 컴퓨터도 할 수 있습니다. 그러다가 저녁 6시가 되면 다시 노숙하러 나갑니다. 이 대목에서 사람들은 궁금해하지요. 왜 잠자는 문제를 먼저 해결해주지 않느냐는 것입니다. 그러나 노숙인에게는 노숙의 자유가 있습니다. 노숙이 싫어서 이제 이 생활을 청산해야겠다고 스스로 마음을 먹어야 합니다. 남이 강요해서는 그만두지 않습니다.

낮에 센터에서 깨끗하게 목욕을 하고 새옷을 입고 나간 사람은 노숙을 꺼리게 됩니다. 모처럼 깨끗해진 자신의 모습을 더럽히기 싫은 것이죠. 그러면 골똘히 생각을 하게 되고 스스로 살 궁리를 합니다.

얼마 전부터는 센터에서 책을 읽고 독후감을 발표하는 사람들에게 독서장려금을 주고 있습니다. 노숙인 중에는 전철에서 신문지를 수거하는 일을 하는 분이 많습니다. 온종일 신문을 수거하면 5000~6000원 정도 법니다. 그것을 기준으로 책 1권에 3000원으로 정했습니다. 즉 책 1권을 읽고 독후감을 발표하면 3000원을 주는 것입니다.

처음에는 책을 다 읽었는데도 표현하지 못하는 사람이 적지 않았습니다. 소외되고 고립된 사람들의 특징이 스스로 말하지 못하는 것입니다. 사람들과 정상적인 대화를 한 지가 너무 오래되었고 머릿속에 하고 싶은 말은 많아도 어떻게 해야 할지 모르는 것이지요. 그러나 차츰 시간이 지나면서 자신의 의견을 표시합니다. 입을 꾹 다물고 있던 사람이 그 무거운 입을 열어 말을 하는 것입니다. 이는 어마어마한 변화이지요. 교도소의 형제들이 입을 열어 말하는 변화와 버금가지요. 책을 읽고 독후감을 발표하면서 그들 스스로 생각하고 말하기 시작한 것입니다.

또 하나, 독서장려금을 나눠드린 후 생각지 못한 큰 변화가 나타났어요. 책 읽는 사람들 중 노숙인이 줄어든 것입니다. 책 두 권만 읽으면 그날은 노숙하지 않아도 되고 찜질방에서 잘 수 있잖아요. 찜질방에서 자고 나온 후 일거리를 찾습니다. 길에서 자지 않았으니 노숙인을 졸업한 셈이죠. 억지로라도 발표를 하니 자기표현이 늘고 사회생활의 기본기도 익힐 수 있게 되었구요.

물론 모두가 그렇지는 않습니다. 술값을 벌기 위해 책을 읽는 사람도 있고, 절대 읽지 않는 사람도 있습니다. 새옷을 입고도 여전히 노숙을 하는 사람도 있습니다. 그러나 변하는 사람이 더 많습니다.

노숙인 문제는 영원히 해결하지 못할 것이라고 말하는 사람들이 많습니다. 그들의 말이 맞을 수도 있으나 그렇다고 우리가 포기해서는 안 되지요. 한 사람을 변화시키기 위해서는 백 사람이 발 벗고 나서야 합니다. 충분히 가치가 있는 일이니까요.

가장 약하고 보잘것없는 이가 보물이 되는 곳

? 1999년 타계한 빈민운동가 제정구 선생 밑에서 주거권 실현 운동을 20년 이상 해왔습니다. 우주의 모든 생명체는 자기 집이 있는데 오직 인간만이 집이 없습니다. 저출산시대로 접어들어 국가적 캠페인을 벌이고 있지만 집이 없는 사람들은 아기를 낳아 기르기가 굉장히 어렵습니다. 현재 가구 수로는 우리나라 전 국민을 수용하고도 남는다고 하는데 집 없는 사람은 여전히 많습니다. 이 문제에 대해 어떻게 생각하시는지요?

저 역시 집 없는 사람들과 함께 삽니다. 얼마 전 강원도 원주에서 전화가 왔습니다. 36살의 부부인데 자녀가 셋이라고

©서희 모니카

"타이타닉호가 침몰할 때 구명정에 탄 사람들은
누구인가요? 아이들이 가장 먼저 타고 여자들이
두 번째로 타고 노인들이 세 번째로 탔습니다.
그래도 자리가 남으면 남자들 중에서 어리고 병약한
사람부터 태웠어요. 그 순서가 우리 사회에서도
지켜지면 참 좋겠습니다."

하더군요. 그런데 살던 집에서 한겨울에 쫓겨나 거리에서 지내다 궁리 끝에 저한테 전화를 한 것입니다. 그전에 동사무소(주민센터)에 가서 도움을 청하니 가장 현실적인 방법은 부부가 이혼을 하면 도움을 받을 수 있다고 했다더군요. 물론 주민센터의 그 직원은 자신의 업무를 제대로 보느라 그렇게 일러주었을 것입니다.

그 이야기를 듣자마자 국수집으로 당장 오시라고 했습니다. 제가 초능력자는 아니지만 멀쩡한 부부를 이혼하게 만들 수는 없잖아요. 며칠 뒤 부부가 왔기에 근처에 작은 방을 하나 얻어주었습니다. 비록 낯선 곳에서 남의 돈으로 거처할 방을 얻었으나 이산가족은 되지 않았으니 얼마나 다행인지요. 그 부부가 사업을 하다가 망했든, 빚보증을 서서 재산이 압류가 되었든, 노름으로 탕진을 했든 잘잘못을 따지는 것은 미련한 짓입니다. 그보다 더 미련한 짓은 도움을 받고자 하는 부부에게 이혼을 하라고 일러주는 것입니다. 나라 규정이 그렇게 되어 있는 것입니다.

2010년에 국수집을 찾아온 가장 어린 손님이 생후 7개월 아기였습니다. 부모와 노숙생활을 하다가 국수집으로 왔지요. 태어났을 때부터 심장이 나빠 수술을 했는데 그 비용을 마련하고자 전세금을 빼는 바람에 빈털터리가 되었답니다. 아이 아빠가 돈을 마련하기 위해 인감을 빌려주었는데 그게 빌라 두 채를 구입하는 용도로 사용되었다고 하더군요. 생활보호대상자 신청을 하면 빌라가 두 채나 있는 부자로 나와 한 푼도 받지 못합니다. 거리에서 생활하다가 우리를 찾아왔지요.

그전에는 59세의 할아버지가 찾아왔습니다. 59세면 할아버지 소리를 듣기에는 아직 멀었는데 외모는 완전히 노인이었어요. 이가 하나도 없어 음식도 제대로 먹지 못합니다. 자신의 정확한 이름도 모르고 주민등록번호도 알지 못합니다. 저와 함께 동사무소에 가서 이리저리 검색을 했는데 기록을 찾아내지 못했습니다. 열 손가락 지문을 찍어 경찰에 의뢰하니 보름 만에 결과가 나왔습니다. 1980년에 주민등록 말소가 되었더군요. 이후 30여 년을 거리에서 살았던 것입니다. 기초생활수급자 신청을 해서 그나마 남은 생을 유지할 수 있게 되었습니다.

이 모든 일은 누구의 잘못일까요? 굳이 잘잘못을 따지자는 게 아니라 왜 이러한 일들이 우리 주변에서 끊임없이 생기는 것일까요? 국가가 할 일은 과연 무엇일까요? 우리나라가 아직도 그렇게 가난한 나라인가요? 이 질문에 누구도 명확하고 실제적인 해결책을 제시할 수는 없지만 국가 차원의 대책에만 기대서는 안 된다는 점은 확실합니다. 대신 개인이 할 수 있는 일이 많습니다. 내가 가진 것을 조금씩 줄이면 길거리로 내쫓기는 사람들에게 희망을 줄 수 있습니다.

한번은 라디오를 듣는데 세금 감면에 대한 상담을 하더군요. 어떤 사람이 전화를 해서 자신의 집이 157채인데 어떻게 하면 세금을 줄일 수 있느냐고 물었습니다. 그는 세금이 너무 많다고 불평을 쏟아냈습니다. 그 불평을 우리는 어떻게 받아들여야 할까요? 주거권 확보와 노숙인 문제 모두 결국 사회 구조적인 문제와 연결돼 있다는 생각이 듭니다.

? 궁극적으로 가장 어려운 형제들이 함께 어울려 사는 공동체를 꿈꾸신다는 얘기를 들었습니다. 구체적으로 어떤 공동체인지요? 혹시 모델로 생각하고 있는 곳이 있으신가요?

이 말을 하면 우리 딸이 또 꿈꾼다고 싫어할 텐데……. 교도소에서 10~20년씩 수감생활을 하다가 출소하는 형제들 중에는 돌아갈 곳이 없는 이들이 많습니다. 15년 넘게 교도소를 다니다 보니 20년형을 선고받은 형제들도 이제 출소할 날이 얼마 남지 않았습니다. 붓글씨를 무척 잘 쓰는 친구가 있는데 그 친구는 출소하면 70살이 됩니다. 또 알코올에 빠진 손님들은 평생 자립이 어려울 테니, 이들과 함께 어울려 살 수 있는 마을을 일구고 싶은 꿈을 자연스럽게 꾸게 됐습니다. 그들이 마음 편하게, 욕심 부리지 않으면서 모여 살 수 있는 마을을 만드는 것이죠. 그분들이 언제까지 생을 누릴지는 모르지만 존재하는 것 자체로 소중한 대접을 받을 수 있는 그런 마을을 만드는 게 소망입니다. 어느 날 한 후원자 분이 저더러 뭐 도와줄 거 없냐고 묻기에, 배짱 두둑하게 땅이나 몇 천평 주십시오, 라고 얘기했습니다. 어쩌면 마을을 세울 땅이 생길 수도 있겠다 싶습니다.

공동체의 모델로는 한국 가톨릭 초기의 '교우촌'을 마음에 두고 있습니다. 200여 년 전 조선 땅에서 가톨릭 신자가 된다는 것은 모든 것을 포기해야만 가능했습니다. 나라에서 엄벌에 처하는 서구 신앙을 가진 그 사람들은 재물과 인연을 모두 포기하고 신앙을 지키기 위

©서희 모니카

"사람이 사랑에 빠지면 가난을 두려워하지 않습니다.
자기 것을 다 내놓아도 아깝지 않습니다."

해 깊은 산속으로 들어가 모여 살았습니다. 콩 한쪽도 서로 나누며 보살피고 함께 기도하면서 살았습니다. 그 자체로 '함께 생활하고 함께 성화되고 함께 선교하는' 소공동체로, 하느님 앞에선 모든 이들이 평등함을 삶 안에서 드러내 보였어요.

전북 전주의 초대 전동 성당 주임이었던 보두네 신부의 편지(1889년 4월)를 보면 교우촌의 모습이 구체적으로 나와 있습니다.

> 그중에서 뛰어난 미덕은 그들 서로가 사랑과 정성을 베푸는 일입니다. 현세의 재물이 궁핍하지만, 사람이나 신분의 차별 없이 조금 있는 재물을 가지고도 서로 나누며 살아갑니다. 공소를 돌아보노라면 마치 제가 초대교회에 와 있는 듯합니다.

가장 약하고 보잘것없는 사람이 공동체의 보물입니다. 가정을 예로 들면 어린 아기나 노인이 보살핌을 잘 받을 때 그 가정이 화목한 것과 똑같습니다. 그러한 공동체를 만드는 것이 저의 궁극적 꿈입니다.

? 마지막으로 이 자리에 모이신 분들께 한 말씀 부탁드립니다.

사람이 사랑에 빠지면 가난을 두려워하지 않습니다. 자기 것을 다 내놓아도 아깝지 않습니다. 제 아내인 베로니카를 보면서 많이 느낍니다. 옷가게를 하는 아내는 그동안 민들레 국수집 식구들과, 감옥에 있는 형제들을 보살피면서 항상 더 못 주는 걸 안타까워합니다. 사랑만이 용기를 내게 합니다. 무소유를 얘기하기 전에 우리 마음속에 사랑이 얼마나 있는지, 정말 나만 사랑하고 있진 않은지, 나는 없다는 마음으로 살고 있는지, 이웃을 사랑하고 있는지 돌아보면 좋겠습니다.

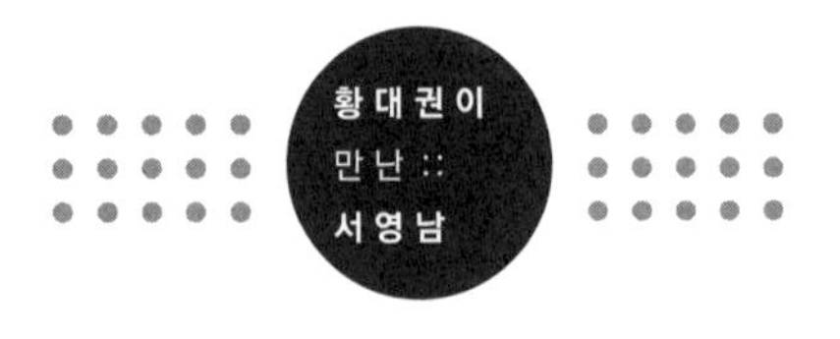

내가 만나본 가장 경이로운 사람

여섯 번째로 모신 분은 민들레 국수집으로 유명한 서영남 선생님이다. 서영남 선생님은 마지막 타자여서 뒤풀이를 겸하기 위해 장소를 프란치스코 회관에서 생명평화결사의 서울 아지트처럼 되어버린 홍대 앞의 '클럽 500'으로 옮겨 진행하게 되었다. 선생님의 이름은 〈인간극장〉이라는 TV프로그램과 저서를 통해 익히 들어 알고 있었지만 개인적인 만남은 이번이 처음이다. 그러나 이미 두 번씩이나 사전 탐색(?)차 강연장에 오시는 바람에 마지막 날에는 많이 친숙한 사이가 되어 있었다. 게다가 《야생초편지》의 애독자라는 사모님과 따님이 함께 오시어 더욱 화기애애한 분위기 속에서 강연이 이루어졌다.

사회자로서 미리 강사의 저서와 행적 등을 조사하면서, 어떻게 사람이 이렇게까지 살 수 있는가 하고 감탄을 금치 못했는데 막상 만나서 얘기를 들어보니 과연 명불허전이었다. 감히 말하자면 지금껏 만나본 사람 가운데 가장 경이로운 인물 가운데 한 분이다. 그 순수함과 천진함, 열정 그리고 성실함이 타의 추종을 불허한다. 노숙인에게 거저 음식을 제공한다는 점에서 밥퍼 최일도 목사와 비교되지만 전직 가톨릭 수사임에도 전혀 종교 색이나 선한 티를 내지 않는다는 점에서 봉사활동의 진면목을 보여주고 있다.

나와는 사는 곳이 워낙 떨어져 있어 아직 국수집을 방문해보지 못했는데 이 책이 나오면 쌀 한 포대 짊어지고 민들레 국수 한 그릇 먹으러 가야겠다.

비워야 산다

초판 1쇄 인쇄 2011년 7월 1일
초판 1쇄 발행 2011년 7월 8일

지은이 지율 박기호 이남곡 임락경 칫다다 서영남
펴낸이 이기섭
기획편집 김윤희 이선희
마케팅 조재성 성기준 정윤성 한성진
관리 김미란 장혜정

펴낸곳 한겨레출판(주) www.hanibook.co.kr
등록 2006년 1월 4일 제313-2006-00003호
주소 121-750 서울시 마포구 공덕동 116-25 한겨레신문사 4층
전화 02)6373-6720 **팩스** 02)6383-1610
대표메일 book@hanibook.co.kr

ISBN 978-89-8431-480-1 03810

* 책값은 뒤표지에 있습니다.
* 파본은 구입하신 서점에서 바꾸어 드립니다.